OLIVER WOLF

# Netzkiller

**GAME OVER** Drei befreundete Gleitschirmflieger stoßen durch Zufall auf eine Leiche, bei der sie einen Zettel mit einer seltsamen Notiz und ein Messer finden. Ein junger Mann versucht in einer Besenwirtschaft jemanden abzupassen, wird daran aber gehindert. Eine Studentin stößt in einer überfüllten Straße in London mit einem deutschen Touristen zusammen. Nachdem sie sich von dem ersten Schreck erholt hat, findet sie in ihrer Tasche eine mysteriöse Notiz.

Was diese Fälle miteinander zu tun haben, kommt erst heraus, als ein Schüler zufällig auf eine Internetseite stößt, auf der illegale Downloads angeblich verfolgungssicher angeboten werden. Der Download funktioniert nicht, stattdessen wird er ungewollt Spielfigur in einem ganz anderen, viel realeren Spiel, denn jeder, der sich einloggt, ist dem »Gamemaster« hilflos ausgeliefert und nimmt an einem ganz besonderen Spiel teil. Die Regeln sind einfach: Finde eine Person auf einem vorgegebenen Google-Street-View-Bild oder sie wird sterben. Die Kriminalbeamten André Bürkle und Antonia Ronda machen sich auf die Jagd nach dem Mörder, doch selbst als dieser gefasst wird, ist das Spiel noch lange nicht vorbei …

*Oliver Wolf wurde 1978 in Stuttgart geboren und wohnt seitdem in einem Teilort der Schillerstadt Marbach. Nach dem Studium der Betriebswirtschaft arbeitete er einige Jahre in verschiedenen Führungsfunktionen einer großen Krankenversicherung. Seit 2008 ist er als Vertriebsberater, Coach und Trainer tätig.*

# OLIVER WOLF

# Netzkiller

*Kriminalroman*

GMEINER *Original*

Personen und Handlung sind frei erfunden.
Ähnlichkeiten mit lebenden oder toten Personen
sind rein zufällig und nicht beabsichtigt.

Besuchen Sie uns im Internet:
www.gmeiner-verlag.de


Im Ehnried 5, 88605 Meßkirch
Telefon 07575/2095-0
info@gmeiner-verlag.de

2. vollst. überarb. Auflage 2012

Lektorat: Claudia Senghaas
Herstellung: Julia Franze
Umschlaggestaltung: U.O.R.G. Lutz Eberle, Stuttgart
unter Verwendung eines Fotos von: Lutz Eberle / Model: Marcus W.
Druck: GGP Media GmbH, Pößneck
Printed in Germany
ISBN 978-3-8392-1239-4

Für Mirjam

Die Haustür gab ein kaum wahrnehmbares Klicken von sich, als die Verriegelung aufsprang. Leise scharrend schwang die Tür langsam auf, und zwei SEK-Beamte in schwarzen Kampfanzügen liefen lautlos hindurch.

»Alles klar«, drang es nach wenigen Sekunden aus dem Inneren des Hauses.

Bürkle und Ronda folgten ihren Kollegen geduckt in Richtung der Wohnungstür. Beide hatten ihre Waffen im Anschlag.

Das Treppenhaus des kleinen Zweifamilienhauses war vollkommen dunkel. Lediglich ein dünner Lichtschein unter der Wohnungstür verriet, dass sich jemand in der Erdgeschosswohnung aufhielt. Gespenstische Stille hing in der Luft. Ronda hörte nur ihren eigenen Atem, der so schnell ging, als hätte sie eben einen 100-Meter-Lauf absolviert. Die beiden Polizisten vom SEK standen mit dem Rücken zur Wand neben der Wohnungstür und warteten. Ronda hielt sich nahe dem Hauseingang auf, Bürkle am Fuß der Treppe zum zweiten Stock.

Nachdem er Ronda zugenickt hatte, machte er einen Schritt auf die Wohnungstür zu. In diesem Moment verdunkelte ein Schatten den Lichtstreifen.

Ronda erschrak. »Achtung, da steht jemand!«, flüsterte sie.

Bürkle sah auf den Boden, drehte sich dann zur Seite – zu spät. Ein ohrenbetäubender Schuss aus einer großkalibrigen Waffe fetzte ein riesiges Loch in die Wohnungstür. Ein Gemisch aus Schrotkugeln und Holzsplittern jagte durch die Luft. Der beißende Gestank von Schießpulver brannte Ronda in der Lunge. Instinktiv warf sie sich gegen die Wand zu ihrer Rechten und hielt die Arme über den Kopf. Der Schuss hallte als ein hohes Pfeifen in ihren Ohren nach.

Als die Erkenntnis, was geschehen sein musste, in ihren Verstand gesickert war, fuhr sie herum und hielt die Pistole vor sich.

Die Polizisten in ihren Kampfanzügen standen noch immer neben der Tür.

Wo war Bürkle? Ronda stand auf. Ihr Blick wanderte von den Beamten weg, hin zum Treppenaufgang.

Bürkle lag regungslos auf den unteren Stufen. Etwas Dunkles glitzerte auf seinem Sakko.

Blut.

Der Schuss muss ihn erwischt haben, dachte sie. Eilig zog sie das Funkgerät vom Gürtel. »Polizist angeschossen. Wir brauchen dringend einen Sanitäter!«, schrie sie beinahe hysterisch.

Im selben Moment trat einer ihrer Kollegen gegen das altersschwache Schloss der Wohnungstür. Krachend flog sie auf, und die Beamten stürmten hindurch.

»Polizei, Polizei!« Lautes Gebrüll war aus der Wohnung zu hören. Wieder krachten Schüsse. Erst dumpf und wuchtig wie von Kanonen, dann höher, peitschend.

Plötzlich drang ein markerschütternder Schrei durch den Lärm des Feuergefechts. Rondas Herz setzte für einen Moment aus.

Schnell steckte sie das Funkgerät zurück an seinen Platz und presste sich mit ihrer rechten Schulter gegen den gesplitterten Rahmen der Wohnungstür. Sie sah kurz in die Wohnung, um sich einen Überblick zu verschaffen. Sofort zog sie sich wieder zurück.

Sie hatte einen Bewaffneten rechts hinter dem Küchentresen gesehen. Ein weiterer krümmte sich getroffen auf dem Boden. Einer ihrer Kollegen hatte ihr gegenüber im Badezimmer Deckung gesucht. Der andere lag ein Stück weiter rechts bewegungslos im Wohnzimmer. Der Wohnraum war in warmes gelbes Kerzenlicht getaucht. Die Luft war geschwängert von einer Mischung aus Schießpulver, Kerzenwachs, Blut und Sex. Weitere Schüsse hallten durch das Haus.

Besorgt sah Ronda zu Bürkle, der noch immer regungslos dalag. Die Blutlache um ihn herum wuchs mit jeder Sekunde, die verstrich. Am liebsten wäre sie zu ihm gerannt, um ihm zu helfen. Doch die Gefahr war noch nicht ausgestanden. Zwei weitere Kollegen waren auf ihre Hilfe angewiesen.

Neue Schüsse schallten aus der Wohnung.

Schweren Herzens wandte sie sich von Bürkle ab.

Sie blickte zu ihrem Kollegen im Badezimmer hinüber und nickte ihm knapp zu.

Die Pistole zitterte heftig in ihren Händen.

Sie holte tief Luft, dann rannte sie in die Wohnung und presste sich flach gegen die Wand im Inneren. Den verbliebenen Gegner in der Küche konnte Ronda von dort nicht sehen.

Schritt für Schritt bewegte sie sich immer weiter auf die Küche zu. Schließlich ging sie in die Hocke. In der Küche war es für einen Moment still geworden. Der Angreifer schien damit beschäftigt, seine Waffe nachzuladen. Ronda hörte das verräterische Klacken eines Laufes, der geöffnet wurde.

Jetzt oder nie, dachte sie.

Sie sprang auf, rannte nach vorn, stellte sich breitbeinig vor dem Gegner auf und zielte auf ihn – besser gesagt auf sie.

Ronda zögerte – zu lange.

Schon krachte ein ohrenbetäubender Schuss in ihren Ohren. Etwas Warmes lief an ihrem Hals hinab.

Ihr wurde flau im Magen, die Bilder vor ihren Augen verschwammen. Sämtliche Kraft verließ ihren Körper, und sie sackte in sich zusammen.

# Teil 1

# 1

Der Wind war perfekt. Ich konnte endlich starten.

Mein Herz schlug mir vor Aufregung bis zum Hals. Adrenalin durchströmte meinen Körper – wie immer, wenn es ans Abheben ging.

Gewissenhaft checkte ich noch einmal alle Schlösser und Schnallen. Dann atmete ich durch und schloss die Augen. Das Trommeln in meinen Ohren wurde leiser.

Ich öffnete die Augen wieder, zog vorsichtig die vorderen Leinen zu mir, um Wind in die Öffnungen zu lassen. Der Schirm sog gierig die Luft ein und stellte sich wie eine gelbe Wand vor mir auf, sodass ich mich gegen den Zug des Gleitschirmes stemmen musste. Eilig kontrollierte ich, ob die zahlreichen Leinen am Segel frei waren. Alles schien in Ordnung zu sein.

Es konnte losgehen.

Ich zog ruckartig an den Gurten, und der Schirm stieg zügig über mich. Der Rest lief automatisch ab: Schirm anbremsen, über meinem Kopf stabilisieren, mich in Flugrichtung umdrehen, Kontrollblick - und loslaufen. Ein paar lange Schritte – ich verlor den Boden unter den Füßen.

Freiheit.

Der Tag war wunderschön. Am Himmel war keine Wolke zu sehen, und der Geruch von frisch gemähtem Gras hing in der kühlen Luft. Der Frühling hatte eindeutig Einzug gehalten.

Während ich den Hang entlangsegelte, zogen die bisherigen Ereignisse des Tages wie Bilder vor meinem geistigen Auge vorüber. Die Nacht zuvor war kalt gewesen, aber die Sonne hatte den Boden seit den frühen Morgenstunden kräftig aufgeheizt. Dementsprechend stark und turbulent waren die thermischen Aufwinde. Für einen Anfänger wie mich die perfekten Voraussetzungen, zu erfahren, wie es sich anfühlt, unkontrolliert abzustürzen. Also hatte ich mich eines Besseren besonnen und meinen Gleitschirm vorerst noch im Rucksack gelassen.

Gemeinsam mit meinen Freunden Ralf und Armin hatte ich routinierten Gleitschirmfliegern zugesehen, die scheinbar mühelos und völlig entspannt die Frühjahrsthermik des Schwarzwaldes nutzten. Sie kreisten inmitten des warmen Luftstroms, um sich weit hinauf in den Himmel ziehen zu lassen. Der Anblick der vielen bunten Punkte in dem tiefblauen Meer über unseren Köpfen war wunderschön.

Ralf interessierte sich offensichtlich nicht sonderlich für das Schauspiel. Er verbrachte die Stunden, in denen wir warteten, lieber damit, seine Fähigkeiten in der hohen Kunst des Zigarettendrehens zu verfeinern, um anschließend die Produkte auf Tauglichkeit zu testen. In den Pausen dazwischen hörten wir eher wenig von ihm – was nicht ungewöhnlich war. Generell war Ralf kein großer Redner.

Ganz im Gegensatz zu Armin, der wie immer mit seinen Kommentaren zu misslungenen Starts und Landungen den gesamten Startplatz unterhielt. »He, schau dir mal das an. Wenn der nicht langsam ein wenig anbremst, rennt er bis zum Landeplatz!«, rief Armin beim Anblick eines Piloten, dessen Gleitschirm wie eine Schaukel über seinem Kopf wippte, aber keine Anstalten machte, den Piloten zu tragen.

»Des dät i net verspronga kriega«, antwortete Ralf brummig.

»Wäre aber ein gutes Training, um mal ein wenig mehr Muskeln an dich hinzubekommen.« Armin lachte.

Ralf schüttelte lediglich den Kopf.

»Oh, nicht mit dem Wind einlanden, Junge.« Armin moderierte die nächste Landung.

»Zieh die Beine an. Das wird hart«, rief er dem Piloten zu, der mit viel zu hoher Geschwindigkeit über den Platz flog.

Das Spiel war so weitergegangen bis weit über die Mittagszeit hinaus. Armin hatte die Zuschauer unterhalten, Ralf hatte geraucht, und ich hatte die Piloten beobachtet und nach dem Winter die warmen Sonnenstrahlen genossen.

Gegen Nachmittag hatten die Böen merklich nachgelassen, und wir trauten uns, unsere Gleitschirme auszupacken.

Wie gut es gewesen war, mit dem Start zu warten, wurde mir direkt bewusst, als meine Füße den Boden verlassen hatten, und starke Turbulenzen mich immer wieder kräftig durchrüttelten. Teilweise glich der Flug der Fahrt in einem Geländewagen über ein frisch gepflügtes Feld. Der Schirm schoss über meinem Kopf vor und zurück, entlastete an den Tragegurten oder drohte einseitig einzuklappen. Ich hatte alle Hände voll zu tun, den Schirm über die Bremsleinen zu kontrollieren. In der Schulung hatte man uns immer wieder eingebläut, aktiv zu fliegen – was bedeutet, dass man die Richtungswechsel kontrolliert, die der Schirm in turbulenter Luft vollführt. Das ist zwar leicht gesagt, in Wirklichkeit stellt es die größte Herausforderung beim Gleitschirmfliegen dar. Damals hätte ich nie gedacht, dieses sanfte Dahingleiten in ruhiger Luft würde einmal in solch einem Rodeo enden. Die ersten Flüge wurden bei Bedingungen durchgeführt, bei denen man lediglich an der Bremse ziehen und – ähnlich wie beim Motorradfahren – sein Gewicht auf die Seite, zu der man zog, verlagern musste, um zu lenken. Ansonsten saß man bequem in seinem Gurtzeug, dem Sitz beim Gleitschirmfliegen. Aufgehängt an den Tragegurten, die über mehrere Leinenebenen im Schirm enden, glitt man lautlos dahin.

In thermisch aktiver Luft, in der man sich mit seinem Gleitschirm in die Höhe schrauben kann, sind die Bedingungen allerdings ganz anders.

Und das war heute der Fall – in einer Höhe von etwa 300 Metern. Da die Kontrolle des Schirmes für mich, ähnlich wie das Kuppeln beim Auto, langsam zur Routine wurde, fand ich dennoch genug Zeit, mich ein wenig umzusehen.

Die Landschaft war überwältigend.

Hoch aufsteigende, mit Tannen bewaldete Bergrücken. Dazu tiefe, schmale Täler mit saftig grünen Wiesen. Darin kleine, für diese Gegend typische Häuser mit flachen, langgezogenen Dächern fast bis zum Boden. Aus einzelnen Schornsteinen stieg hier und da in dünnen Fäden etwas Rauch in die Höhe. Wenn man den Blick Richtung Osten wandte, sah man auf die hügelige Landschaft des Nordschwarzwaldes, worin eingebettet in etwa 20 Kilometern Entfernung die Stadt Freudenstadt lag. Der Startplatz ›Zuflucht‹ befand sich auf einer Art Hochebene, bevor die von Nord nach Süd verlaufende Bergflanke in die Rheinebene abfiel. Bei schönem Wetter blickte man von dort auf die französische Stadt Straßburg und konnte die Mittelgebirgslandschaft der Vogesen in der Ferne erahnen.

Außer der riesigen Freifläche auf dem Rücken des Berges und dem viel zu kleinen Landeplatz etwa 350 Meter unterhalb des Startplatzes gab es in diesem Gebiet nicht viele Landemöglichkeiten. Die teilweise 30 Meter hohen, kerzengeraden Schwarzwaldtannen waren allgegenwärtig und schienen regelrecht ihre Äste nach den Gleitschirmfliegern auszustrecken. So war es nicht verwunderlich, dass viele Geschichten, vielleicht nicht immer ganz auf Tatsachen beruhend, über Baumlandungen und Berührungen von Piloten mit den Tannen erzählt wurden. Man berichtete sich von abenteuerlichen Flügen zwischen Bäumen hindurch, wobei die äußerste Kante des Gleitschirmes bereits die Tannen gestreift habe, oder prahlte damit, wie oft man am Ende eines Dreistundenfluges aus Bäumen gerettet werden musste.

Von Flügen, die sich über mehrere Stunden zogen, konnte ich zu diesem Zeitpunkt nur träumen. Bisher hatte ich eine Thermikblase erst dann gespürt, wenn ich bereits durch sie hindurchgeflogen war.

Nicht so dieses Mal.

Ich konnte mich richtig gut halten. Aber nicht nur das – es war mir sogar vergönnt, gemeinsam mit zwölf anderen Piloten in einer großen Thermikblase zu kreisen, die uns mehr oder weniger sanft immer weiter in die Höhe trug. Einer der Piloten gab die Drehrichtung und den Radius vor, sodass ich mich lediglich innerhalb seiner Spur bewegen musste, um mitzuhalten.

Plötzlich hörte ich hinter mir eine vertraute Stimme rufen: »He, Jochen, du alter Schleicher, mach mal Platz, hier kommt Papa.« Um zu erkennen, wer meine Ruhe gestört hatte, brauchte ich mich nicht umzudrehen.

Armin, der verrückte Kerl, befand sich auf gleicher Höhe mit mir und brauste wider jede Regel mitten durch die sich einheitlich bewegenden Piloten. Von den meisten erntete er verächtliche Kommentare, aber das schien ihn nicht im Geringsten zu interessieren.

Armin hatte immer irgendeine verrückte Idee oder ließ sich spontan zu wilden Aktionen hinreißen.

Kaum dass er durch die Menge geflogen war, reihte er sich ganz brav in Drehrichtung der Gruppe ein und kreiste mit uns zusammen – so wie es sich gehörte.

Da ich im Gegensatz zu Armin nicht allen mitteilen wollte, was ich zu sagen hatte, benutzte ich das in meinem Helm eingebaute Funkgerät, das auf einer Frequenz sendete, die nur Armin, Ralf und ich empfangen konnten.

»Sag mal, du Spinner, wo ist denn Ralf?«, fragte ich Armin.

Seine Stimme klang dünn und metallisch. »Als ich gestartet bin, wollte er noch zu Ende rauchen und dann kommen.«

Typisch Ralf, dachte ich.

Wo andere nervös und hektisch wurden, um schnell in der Luft zu sein, hatte er die Ruhe weg. Grundsätzlich war Gelassenheit eine tolle Eigenschaft, nur leider verpasste er es dadurch des Öfteren, zu starten, bevor die letzte Thermik des Tages einschlief. Ralf machte das nichts aus. Ihm war sowieso ein gemütlicher Abgleiter in ruhiger Luft lieber als ›der wilde Ritt auf der Kanonenkugel‹, wie er das Thermikfliegen bezeichnete.

»Schau mal, ist das nicht sein Schirm? Ich glaub, er versucht, ’ne Top-Landung hinzulegen«, rief Armin in sein Funkgerät.

Eine ›Top-Landung‹ bedeutete, nach dem Flug wieder am Startplatz einzulanden, was aufgrund von Wind, Thermik und Pilotenaufkommen oft gar nicht so einfach war.

»Das wird eng, wenn er jetzt nicht bald runterkommt oder abdreht«, sagte ich.

Gebannt verfolgte ich die Szene unter mir zwischen meinen Beinen hindurch. Für einen Moment vergaß ich sogar den Pulk an Piloten um mich herum. Einer der Gruppe neben mir machte mich äußerst aktiv darauf aufmerksam, dass ich nicht allein war.

Der Startplatz war eine breite Ebene, die in Richtung Tal zuerst sanft, dann steil abfiel. Zu beiden Seiten des mit Gras bewachsenen Platzes standen Büsche und dahinter hohe Tannen.

Ralf steuerte geradewegs in Richtung des südlichen Endes des Platzes. Er hatte nach meiner Einschätzung immer noch mindestens eine Höhe von zehn bis 15 Metern – was für eine Landung viel zu hoch war.

Da passierte es auch schon – der Schirm prallte gegen einen Baum und blieb wie eine vom Wind verwehte Plastikfolie auf den dünnen Ästen liegen. Die Leinen verfingen sich in den feinen Ästen, sodass der Schirm samt Ralf darin hängen blieb. Seine Beine baumelten in etwa drei Meter Höhe.

»Scheiße«, sagte ich leise zu mir selbst. Ich schaute über meine Schulter, damit ich nicht aus Versehen in einen anderen Piloten flog. Anschließend verlagerte ich mein Gewicht und zog an der Bremse. Der Schirm legte sich steil zur Seite, bis er mich in einer immer schneller werdenden Drehbewegung Richtung Boden brachte.

50 Meter über dem Startplatz lehnte ich mich auf die kurvenäußere Seite und leitete so die Spiralbewegung sanft aus.

Ralf war zwar schmächtig gebaut, wog aber offensichtlich dennoch zu viel für den Baum.

Einer der Äste, an dem der Schirm eben noch gehangen hatte, gab nach, und Ralf stürzte auf den Boden. Ich sah sofort mehrere Personen in seine Richtung laufen.

Armin meldete sich über Funk: »Scheiße, Mann, das sah nicht gesund aus. Hoffentlich ist ihm nichts passiert. – Ralf, hörst du mich? Alles klar bei dir?« Er klang hektisch.

Ralf blieb die Antwort schuldig.

»Ralf, melde dich. Hast du dir was getan?«, rief ich über Funk.

Wieder keine Antwort.

»Ralf, verdammt, sag uns, wie's dir geht!«, versuchte es Armin erneut. Die Besorgnis war jetzt deutlich zu hören.

Als Armin seine Sprechtaste losgelassen hatte, hörte ich zuerst nur ein leises Rauschen über die Helmkopfhörer. Stimmen redeten wild durcheinander, ohne dass ich etwas verstehen konnte. Nach einer gefühlten Ewigkeit hörte ich endlich Ralf: »He, Männer, kommat amol ronder. I glaub, i benn do wo drufgfloga.«

# 2

Aus einer beachtlichen Sammlung an Lautsprechern, die mehr an eine Musikhandlung erinnerten als an eine Party-Anlage, brüllte ohrenbetäubender Techno. Die gigantische Installation benötigte einen eigenen Pavillon, um im Falle eines Regenschauers im Trockenen zu bleiben.

Daneben stand ein weiterer Pavillon, etwa dreimal so groß. Ringsherum war er mit Planen abgehängt, sodass man nur schemenhaft erkennen konnte, was darin vor sich ging.

Etwa fünf Meter entfernt brannte ein Feuer, um das sich einige Partygäste geschart hatten. Die Flammen schlugen über die Köpfe der Anwesenden hinweg und beleuchteten die zu beiden Seiten steil aufragenden Hänge mit einem flackernden orangegelben Licht. Funken sprühten in den schwarzen Nachthimmel. Die Schatten der sich im Rhythmus der Musik bewegenden Personen vollführten an den Wiesenhängen einen schaurigen Tanz.

Das Bild erinnerte Hannah an ein Indianerritual, bei dem die Tänzer um ein Feuer stampften. Die gesamte Szene könnte auch in ›Der Exorzist‹ vorkommen, dachte sie. Sie saß zusammen mit ihren Freunden in einiger Entfernung an einem weiteren, bedeutend kleineren Feuer. Eingewickelt in eine Strickjacke und eine Decke, die sie sich um die Schultern geworfen hatte, wirkte es, als läge die Außentemperatur weit unter dem Gefrierpunkt. Dabei war die Nacht überraschend mild, und das Feuer wärmte zusätzlich. Dennoch schauderte Hannah wegen der seltsamen Gestalten am Feuer. Ihre halblangen, hellblonden Haare hatte sie unter einer Mütze versteckt. Lediglich ihr Gesicht war zu erkennen. Gleichmäßige feine Züge, eine kleine spitze Nase und dunkelblaue Augen.

Um sie herum saßen vier Personen im Kreis auf groben Holzbänken. Alle waren sie Mitglieder des Tauchclubs Ostalb, der sich zum Auftakt eines Wochenendausflugs an den Bodensee zum Grillen getroffen hatte. Ihr Plan bestand darin, hier die Nacht zu verbringen und am kommenden Morgen weiter in Richtung Süden zu fahren. In der Nähe von Meersburg wollten sie sich an dem mit Spalten, Überhängen und Höhlen durchsetzten Gebiet des Bodensees auf die Jagd nach Süßwasserkrebsen machen.

»So hab ich mir das nicht vorgestellt«, sagte Winnie, der Hannah direkt gegenübersaß, verärgert. Er starrte wütend in die grellrote, vor Hitze wabernde Glut, aus der hellgelbe Flammen züngelten.

»Das geht jetzt schon seit Stunden so«, antwortete Hannah mit einem frustrierten Seufzer. »Sollen wir nicht woanders hingehen?«

Patrick, der wie immer nur an Essen dachte, warf wie zur Antwort entschlossen den Grillrost auf die gusseiserne Halterung. Mit einem lauten, hellen Schlag stoben Funken in den Himmel.

»Also, ich für meinen Teil esse jetzt. So eine schöne Glut kann man nicht einfach dem Feind überlassen«, sagte er laut, als wollte er, dass ihn die Partygäste hören.

»Sag mal, bist du eigentlich auch irgendwann satt?«, fragte Silke, die direkt neben Hannah saß.

Sie hatte wieder diesen seltsam verträumten Blick. Wie jedes Mal, wenn Patrick in ihrer Nähe ist, dachte Hannah.

Bereits seit einiger Zeit hatte Hannah den Eindruck, Silke empfände mehr als nur Freundschaft für Patrick. Als sie ihre Freundin einmal auf ihre Vermutung angesprochen hatte, hatte sie sich einen Vortrag anhören müssen, warum ihr Patrick ganz und gar nicht gefiel – was Hannah klar als Ausrede durchschaute. Dazu kannte sie Silke zu lange.

Hannah sah abwechselnd ihre beiden Freunde an. Äußerlich, dachte sie, passen sie gar nicht zusammen. Patrick war ein gut aussehender, sonnengebräunter Kerl mit kurzen, hellblonden Haaren und stahlblauen Augen, etwa 1,80 Meter groß und durchtrainiert. Silke dagegen war eher unauffällig. Sie war maximal 1,56 Meter groß und hatte hellbraune, etwas ungepflegte schulterlange Haare. Sie trug eine altmodische Brille, die nie gerade auf ihrer Nase sitzen wollte, und verbrachte ihre Freizeit lieber mit Chips vor dem Fernseher als Sport zu treiben. Was deutlich an ihrer beachtlichen Leibesfülle zu erkennen war.

»Ich hab heute noch fast nichts gegessen«, gab Patrick gespielt beleidigt zurück.

»Was das heißt, wissen wir ja nur zu gut. In manchen Ländern würde von einer Portion, die du als ›fast nichts‹ abtust, eine ganze Familie eine Woche lang satt werden«, meldete sich Mario zu Wort.

Er war der Schönling der Gruppe. Immer darauf bedacht, gut gekleidet zu sein, nach dem teuersten Parfum zu riechen und kein Gramm zu viel auf den Rippen zu haben. Silke konnte Mario nicht sonderlich gut leiden. Da sie generell ein Problem damit hatte, ihre Meinung für sich zu behalten, gab es deshalb des Öfteren heftige Diskussionen zwischen ihnen. Meistens entschied Silke sie aufgrund ihres schnellen Mundwerks für sich.

»Nur weil du immer meinst, magersüchtig zu sein, ist cool«, zischte Silke.

Es ist mal wieder so weit, dachte Hannah. Sie wollte Silke gerade bitten, keinen Streit anzufangen, als Mario losbellte: »Wer hat dich denn gefragt?«

»Ruhe jetzt, oder ihr werdet den Teufelsanbetern da drüben als Opfer gebracht.« Hannah war aufgesprungen und hatte sich wie eine Mauer zwischen die Streithähne gestellt. »Dass ihr immer streiten müsst.« Sie sah Silke verständnisvoll an. »Silke, du musst nicht immer alles auf die Goldwaage legen, was Mario sagt. Lass ihn einfach reden, du weißt doch, wie er manchmal ist.«

»Was soll das denn heißen? Das musst du mir schon genauer …«, weiter kam Mario nicht. Denn Patrick sprang unvermittelt auf und lief in Richtung der Techno-Party.

»Was ist denn los?«, rief Hannah erschrocken hinterher. Verwundert schüttelte sie den Kopf.

Nur langsam wurde ihr bewusst, dass die Musik verstummt war. Die Feiernden, die kurz zuvor noch getanzt hatten, standen nun wie erstarrt da, alle in eine Richtung gewandt. Zwischen den Beinen der Leute hindurch sah sie, wie sich eine junge Frau schreiend und schluchzend auf dem Boden wälzte.

»Leute, seht ihr das? Seht ihr das Mädchen?«, fragte sie leise. Keiner sagte ein Wort. Auch die anderen blickten gebannt in die Richtung, in die Patrick lief. Ein mulmiges Gefühl breitete sich in Hannahs Magen aus. Etwas war passiert.

»Patrick, was ist denn los? Was hat sie denn?«, rief sie ihm hinterher. Doch Patrick schien sich nicht für das Mädchen zu interessieren. Er lief an ihr vorbei auf eine kleine, in den Hang gebaute Sommerskisprungschanze zu.

»Liegt da jemand?«, fragte Silke. Ihre Stimme war kaum mehr als ein Flüstern.

Hannah drehte sich zu ihr um. Silke hielt sich ihre Hände an die Wangen. Selbst im schwachen Licht des Feuers erkannte Hannah, dass das Gesicht ihrer Freundin plötzlich leichenblass war.

Mario stand auf, um zögerlich einige Schritte in Richtung der Schanze zu gehen. Unvermittelt blieb er stehen, drehte sich um und übergab sich vor den Füßen von Hannah, Winnie und Silke.

Die jungen Frauen machten sofort entsetzt einen Satz zurück. Winnie wirkte wie erstarrt.

Hannah fragte sich, was er in der Ferne entdeckt hatte, das ihn so aus der Bahn warf.

Ängstlich folgte sie seinem Blick – dann sah sie es.

Ein junger Mann lag mit verkrümmten Gliedmaßen auf dem Boden. Den Kopf hatte er in Hannahs Richtung gedreht. Ein Auge starrte sie an, das andere fehlte – so wie auch die Hälfte des Schädels.

Hannah spürte den Drang, sich abzuwenden, was ihr aber nicht gelang. Zu sehr zog sie der flehende Ausdruck des einzelnen Auges in den Bann.

Winnie suchte das Gelände ab. Das Mädchen, das sich gerade noch auf dem Boden hin und her geworfen hatte, war plötzlich verschwunden.

Er blickte suchend über den gesamten Platz. Nirgends war sie zu entdecken. Dann sah er in die andere Richtung zum Wald hin.

Am gegenüberliegenden Hang lehnte sie an einem Holzstapel. Sie wiegte sich in einem langsamen Rhythmus vor und zurück.

»Ich geh zu ihr. Bleibt hier und schaut, dass ihr Patrick da wegbekommt, aber geht nicht hin«, sagte er hastig und lief los.

Hannah stand wie angewurzelt vor einer der Holzbänke. Silke ging auf sie zu und nahm sie in den Arm.

Als Winnie nur noch wenige Meter von dem Mädchen entfernt war, verlangsamte er seine Schritte. Um sie nicht zu erschrecken, ging er ganz behutsam auf sie zu, kniete sich vor sie und sprach in leisem, freundlichem Tonfall: »Kann ich dir helfen? Soll ich jemanden für dich anrufen?«

Sie hatte den Kopf auf die Knie gelegt und die Augen auf den Boden gerichtet. Ein leichter Geruch nach hochprozentigem Alkohol und Zigarettenrauch ging von ihr aus.

Das Mädchen war nicht älter als 17, dachte Winnie. »Ich heiße Winnie. Verrätst du mir deinen Namen?«

Lange reagierte sie nicht, doch dann, ganz langsam, hob sie den Kopf. Sie sah ihn mit verweinten, rot unterlaufenen Augen an. Ihre langen dunkelbraunen Haare waren zerzaust. Ihre Kleidung war vollkommen verdreckt.

Sag doch was, dachte Winnie.

Endlich öffnete sie den Mund. »Je ne comprends pas l'allemand.«

Damit hatte Winnie nicht gerechnet. Eine Französin? Kurz wusste er nicht, wie er reagieren sollte. Er hatte zwar vor langer Zeit Französisch im Gymnasium gehabt, es seitdem jedoch nie wieder gesprochen. Eilig suchte er in seinem kümmerlichen Wortschatz nach der Bedeutung ihrer Worte.

Sie ließ den Kopf kraftlos auf die Knie zurücksinken. Wieder wippte sie vor und zurück wie ein kleines Kind.

Verdammt, was war denn hier los?, fragte sich Winnie. Er spürte, wie sich sein Atem beschleunigte.

Jetzt ganz ruhig.

»Do you speak english?«, fragte er.

Die Antwort war international verständlich: Sie schüttelte langsam den Kopf. Leise begann sie zu weinen.

Patrick stand am Fuß der Schanze neben der Leiche. Was er sah, erschien ihm wie aus einem Horrorfilm.

Der langfaserige Kunstrasen, mit dem die 20 Meter lange Schanze und die Landezone davor belegt waren, war an einer Stelle blutgetränkt. Dort schien der leblose Körper aufgekommen zu sein. Eine rote Spur von ungefähr einem Meter Länge führte vom Kopf des jungen Mannes weg, dessen Gesicht von einem längs verlaufenden tiefen Schnitt gespalten war.

Patrick spürte, wie ihm kalter Schweiß auf der Stirn stand. Seine Knie wurden weich, die Bilder vor seinen Augen begannen zu verschwimmen.

»Ich muss hier weg«, flüsterte er mehr zu sich selbst.

Er sah noch einmal in Richtung des Zeltes.

Seltsam, dachte er, waren es vorhin nicht mehr Leute? Tatsächlich hatte sich die Menge stark dezimiert. Ob es daran lag, dass sich die Jugendlichen verteilt hatten, irgendwo herumsaßen, oder einige nach dem schrecklichen Unfall die Party verlassen hatten, vermochte er nicht zu sagen. Das Zelt war von der Stelle, wo er mit seinen Freunden den

Abend verbracht hatte, schlecht einsehbar. Aber wenn er an die vielen Feiernden dachte, die sich um das Feuer versammelt hatten, kam ihm das verbliebene Häufchen von überwiegend Jugendlichen sehr klein vor.

Mit einem seltsam leeren Gefühl verließ er den Bereich der Schanze. Er war zu spät gekommen. Hätte er denn überhaupt rechtzeitig kommen können? Hätte es für den jungen Mann eine Rettung gegeben?

Er vermochte es nicht zu sagen.

Traurig, frustriert und ein wenig wütend stapfte er langsam zurück zu seinen Freunden.

»Patrick, was ist denn passiert? Ist ein Rettungswagen unterwegs?« Silke war völlig aufgelöst, als Patrick zurückkam.

Er fühlte sich, als stünde er hinter einem Vorhang. »Er braucht keinen Rettungswagen mehr«, brummte er leise.

»Oh mein Gott.« Sie schlug sich die Hand vor den Mund. »Was hast du denn so lang dort gemacht?«

»Jetzt bin ich ja wieder da.« Ohne ein weiteres Wort ging er an Silke vorbei, seinen Blick starr zu Boden gerichtet.

Wie in Trance begann er, seine Jacke und die Isomatte, auf der er gesessen hatte, in einen Rucksack zu packen, um anschließend alles zu seinem Auto zu tragen.

Als würde eine tonnenschwere Last auf seinen Schultern liegen, setzte er sich kraftlos auf die Ladekante des Kofferraums. Ein Bild ging ihm nicht mehr aus dem Kopf. Ein langer, dünner, heller Strich im Gras. Genau an der Stelle, wo die Stangen in den Boden gerammt waren, an denen ein Drahtseil gespannt war. Der Strich sah aus, als hätte eine Stange von ungefähr 30 Zentimetern Länge eine Weile im Gras gelegen und es platt gedrückt.

# 3

Göppinger Kreiszeitung, Montag 03.05.2010

*Tödlicher Unfall auf Skisprungschanze in Wiesensteig (vto)*

*Bei einem Sprung von einer Sommerskisprungschanze ist ein 21 Jahre alter Mann in Wiesensteig (Landkreis Göppingen) ums Leben gekommen. Wie die Polizei am Montag mitteilte, ereignete sich der Unfall in der Nacht zum Samstag, 01. Mai bei einer privaten Feier. Am frühen Morgen entfernte sich der Mann von den anderen Anwesenden, um die etwa 30 Meter entfernte Schanze auf einer Plastiktüte hinunterzurutschen.*

*Am unteren Ende des Auslaufs war ein Stahlseil quer über die Schanze gespannt. Der Mann prallte ungebremst dagegen und erlitt schwere Kopfverletzungen.*

*Er verstarb noch an der Unfallstelle.*

Sven zog eine Augenbraue hinter seiner Sonnenbrille hoch.

»Wie kommt man denn auf so 'ne Scheiße«, nuschelte er leise. Dann klappte er die Zeitung zusammen und legte sie vor sich auf den Tisch. Direkt neben das Glas mit dem Wein, den ihm der Kellner empfohlen hatte. Grauburgunder Weißherbst; kalt war er sicher okay, aber so warm, wie er ihm gebracht worden war, war er grauenhaft. Generell waren Sven schwäbische Weine zu trocken, und außerdem war er es gewohnt, den Wein in einem richtigen Weinglas serviert zu bekommen – nicht in einem plumpen Henkelglas mit dem Aufdruck des Getränkelieferanten der Wirtschaft.

Die Wahl des Restaurants war alles andere als gut ausgefallen. Von außen sah es nett aus, und als er angekommen war, war es vollkommen leer gewesen. Das Gartenlokal war einladend in einer sonnigen Ecke des Bauernhofes untergebracht. Insgesamt wirkte die kleine Wirtschaft in der Nähe von Oberstenfeld bei Heilbronn eher wie ein Wohnhaus, in dem man kurzerhand die Grünflächen um das Haus zu einem Biergarten umgewandelt hatte.

Es befand sich am Fuß eines Hügels, auf dem eine vollständig erhaltene Burg thronte. Die Hänge rings um die Burg waren mit Weinreben bepflanzt. Eigentlich sehr gemütlich und urschwäbisch. Das Problem war nur, dass bald, nachdem er einen geeigneten Platz gefunden hatte, Scharen von Gästen hereingestürmt waren. Der Lärmpegel stieg auf ein Maß, das keinen klaren Gedanken mehr zuließ. Zudem setzten sich einige Leute sogar an seinen Tisch. Die meisten bestellten Rotwein in Literkrügen, dazu Platten mit Leber- und Blutwurst und Kraut. Um alles einigermaßen verdauen zu können, tranken sie zum Nachtisch Schnaps.

Sven musste sich über die Essgewohnheiten der Schwaben schon sehr wundern. So etwas kannte er aus seiner Heimat nicht. Als zu allem Überfluss ein älterer Herr saure Kutteln bestellte, wurde es ihm zu viel.

Er sprang auf, riss die Rechnung unter seinem Glaskrug hervor und ging, ohne sich zu verabschieden.

Als er den Garten verließ, spürte er die Blicke der anderen Gäste in seinem Rücken.

»Junge, Junge, was für Freaks«, zischte er kopfschüttelnd. Eine grauhaarige Dame trug vier Teller mit allen möglichen Wurst- und Fleischgerichten an ihm vorbei.

Er bog eilig um die Ecke des Hauses, um zu seinem Auto

zu gelangen. Dabei wäre er beinahe mit dem Kellner zusammengestoßen, der ihm den Wein serviert hatte. Vor Schreck übersah er den an der Wand hängenden Weidenbesen. In vollem Lauf stieß er sich den Kopf daran an.

»Verflucht noch mal!«, entfuhr es ihm.

Der Stiel knackte, der Besen rutschte aus seiner Aufhängung und polterte hinter ihm direkt auf einen kleinen Tisch, der mit schmutzigen Tellern und Gläsern überfrachtet war. Mit lautem Krachen fielen die Teller auf den gepflasterten Steinboden. Der Kellner fing augenblicklich an, lauthals zu schimpfen: »Ha, Mensch, kennat Sie net uffbassa? Wie ohgschdocha en dr Gegend romrenna.«

Panik ergriff Sven. Hastig blickte er sich um. Alle Augen waren auf ihn gerichtet. Er hatte sich verraten, dachte er.

Nein, das kann nicht sein, beruhigte er sich selbst. Woher sollten die etwas wissen?

Lauf weg war das Einzige, was ihm in den Sinn kam.

Kopflos stürmte er aus dem Lokal auf die Straße. Der Kellner rief hinter ihm her, er solle gefälligst bezahlen.

Sven ignorierte es.

Sein Wagen, ein dunkelblaues BMW Z3 Cabrio, war auf der gegenüberliegenden Straßenseite geparkt. Ohne auf den Verkehr zu achten, lief er hinüber, betätigte von Weitem die Zentralverriegelung des Wagens und schwang sich auf den Fahrersitz. Er ließ den Motor an und fuhr los.

Er preschte über eine kleine Brücke, die über einen Bach führte, und jagte an weiten Feldern vorbei.

Nach einigen 100 Metern hielt er abrupt an und schlug mit den Händen fest gegen das Lenkrad. Sein Herz hämmerte wild gegen seinen Brustkorb. Das T-Shirt unter seinem Pullover klebte ihm schweißnass am Körper.

»Ich habe sie verpasst«, sagte er gequält.

Er war nicht zufällig in das weit abgelegene Lokal gegangen, sondern hatte dort jemanden treffen wollen. Er hatte die auf dem Foto abgebildete Frau lange beobachtet und war sich absolut sicher gewesen, dass sie in die Wirtschaft kommen würde. Sie war aber nicht erschienen. Und vor drei Minuten war das Ultimatum abgelaufen.

Eine Träne rann ihm über die Wange.

# 4

Darauf hat er gewartet. Endlich kann er seinen Plan in die Tat umsetzen. Wie ein Songwriter, der wochenlang nach dem Refrain für sein Lied sucht, hat er sich intensiv Gedanken gemacht, wie er seinem Werk den richtigen Höhepunkt verleihen kann. Jetzt ist es perfekt, und endlich ist er bereit, den ersten Takt anzuschlagen.

Ein besonderes Hochgefühl überkommt ihn. Er spürt regelrecht, wie die Energie seines Schaffens durch seine Adern schießt und sein Blut zum Kochen bringt.

Er darf jetzt keinen Fehler machen. Es darf auf keinen Fall schiefgehen. Jetzt ist er an der Reihe. Dies ist sein großer Moment. Er ist der Puppenspieler, der die Fäden bewegt. Alles hört auf sein Kommando.

Seine Finger zittern vor Vorfreude auf das große Ereignis.

Er hört seinen Puls in den Ohren trommeln.

Lampenfieber vor dem großen Auftritt.

# 5

Es war die sechste Unterrichtsstunde an diesem Montag. Marcel saß in der letzten Reihe des Klassenzimmers und hatte alles andere im Kopf, als englische Vokabeln zu lernen. Er musste unbedingt nach Hause. Ungeduldig rutschte er auf seinem Stuhl hin und her.

Ein Klassenkamerad hatte ihm in der letzten Pause erzählt, wo man das brandaktuelle Computerspiel ›Dragonforce Evolution‹ absolut sicher aus dem Internet herunterladen könne. Es gäbe eine neue Plattform, die im Gegensatz zu bekannten Downloadportalen wie eMule oder Shareaza keine Spuren im Netz hinterlassen würde.

»Da kannst du endlich mal wieder ohne Stress Games, Tracks und Pornofilme runterziehen«, hatte sein Kumpel gesagt. Das wollte Marcel sich sofort ansehen. Daten aus dem Internet zu saugen, ohne erwischt zu werden, war genau das, worauf er gewartet hatte.

Er blickte auf die Uhr – sieben Minuten bis Schulende.

Bisher hatten die Lehrer sich mit Hausaufgaben zurückgehalten. Und wenn schon, dachte er sich. Mach ich morgen eben blau, falls der Alte vorn doch auf die Idee kommen sollte, uns was aufzugeben.

Das Läuten der Klingel, die das Ende des Schultages verkündete, schreckte ihn aus seinen Gedanken. Sein Schulrucksack war bereits gepackt.

Marcel schwang ihn auf die Schulter und lief zur Tür.

»Marcel, wir sind noch nicht fertig«, vernahm er die strenge Stimme des Lehrers.

Hinter ihm lachten einige Schüler belustigt auf. Marcel spürte, wie sein Gesicht rot anlief. Peinliche Nummer, dachte er. Schnell überlegte er, wie er aus der Situation herauskommen sollte. »Ich muss dringend gehen. Ich hab einen Termin beim Kieferorthopäden.«

Der Lehrer war genervt. »Marcel, setz dich hin und warte, bis wir fertig sind.«

»Aber …«

»Setz dich, hab ich gesagt.« Der Lehrer ließ keine Widerrede zu. Entgeistert starrte Marcel ihn an.

»Mann, Alter, setz dich«, hörte er einen Mitschüler sagen.

»Ja, genau, sonst kommen wir hier nie raus«, moserte ein Mädchen.

Marcel trottete an seinen Platz zurück. Sein Nebensitzer, ein kleiner dicker Junge mit Pickeln und einer runden Brille, sah ihn fragend an.

»Schau nach deinem eigenen Scheiß, Fetti«, zischte Marcel.

»Marcel, es reicht jetzt. Entschuldige dich bei Daniel.« Der Lehrer stand direkt vor Marcel. Alle Mitschüler hatten sich zu ihm umgedreht.

Er kochte vor Wut.

Am liebsten hätte er laut geschrien, sie sollen ihn nicht so saudumm anglotzen. Er besann sich aber eines Besseren.

»Sorry«, brachte er zwischen zusammengebissenen Zähnen hervor.

Er ließ die letzten Minuten des Schultages über sich ergehen, ohne sich auf irgendeine Art am Unterricht zu beteiligen.

Nachdem der Lehrer der Klasse einige Hausaufgaben aufgegeben hatte, beendete er endlich den Unterricht und wünschte den Schülern einen schönen Nachmittag. Marcel sprang auf und lief zur Tür. Im Flur war bereits einiges los. Jüngere Schüler rannten den langen Korridor entlang, und Gruppen von Mädchen stolzierten vor den Jungs der Abschlussklassen auf und ab.

An normalen Tagen verabredete Marcel sich nach der Schule mit seinen Kumpels, um einen Joint zu rauchen oder ein paar Bier zu trinken. Heute war aber kein normaler Tag. Heute wollte er so schnell wie möglich nach Hause.

Marcel war Schüler der 9c der Anne-Frank-Realschule in Marbach am Neckar. Seine Leistungen waren für einen Jungen seines Alters entsprechend – absolut unterirdisch –, was seiner Mutter große Sorgen bereitete. Sie wünschte sich für Marcel einen guten Schulabschluss, damit er es einmal leichter als sie hätte. Seinem Vater hingegen war es ziemlich egal, was der Junge den ganzen Tag trieb. Seine Welt drehte sich mehr um Zigaretten und Alkohol. Arbeit hatte er keine; schon lang nicht mehr. Früher war er als Bauarbeiter bei einem lokalen Tiefbauunternehmen beschäftigt gewesen. Nachdem er im Lauf der Zeit immer öfter betrunken zur Arbeit erschienen war, wurde er gefeuert. Seitdem ließ er sich völlig gehen. Er war nur noch damit beschäftigt, das wenige Geld, das die Familie vom Staat bekam, in Alkohol umzusetzen.

Marcels Mutter war, bis man sie aufgrund der Wirtschaftskrise ›in den Markt entwickelt hatte‹, als Sachbearbeiterin in einer Spedition angestellt gewesen. Seither nahm sie verzweifelt jeden Job an, verdiente ein paar Euro als Verkäuferin bei einem Discounter. Marcel war davon überzeugt, dass seine Mutter auch deshalb so viel arbeitete, damit sie nicht mit seinem Vater zu Hause sein musste. Er war zwar nicht gewalttätig oder grob zu ihr, doch er wurde rechthaberisch und zynisch, wenn er getrunken hatte. Es zählte lediglich seine Meinung. Er hatte immer recht, egal, was für einen Blödsinn er von sich gab. Er gab einfach vor, die größte Lebenserfahrung von allen zu haben, was ihm als Begründung völlig genügte.

Das Peinlichste für Marcel allerdings war, wenn er Nachbarn, die abends nach einem langen Arbeitstag nach Hause kamen, erzählte, er würde sich nicht ausbeuten lassen wie sie. Marcel war bewusst, dass dieses Verhalten auf die Frustration seines Vaters zurückzuführen war, dennoch schämte er sich für ihn in Grund und Boden. Seine Mutter und er hatten alles Mögliche versucht, Arbeit für seinen Vater zu beschaffen – ohne Erfolg. Mit jeder Absage, die er erhielt, stieg neben seinem Ärger das Quantum des täglichen Alkoholkonsums und verwunderlicherweise auch der Anspruch, den er an eine künftige Arbeitsstelle hatte. Er stellte sich zwischenzeitlich sogar vor, als Einkaufsleiter zu arbeiten. Sah man von der fehlenden Qualifikation ab und der Tatsache, bisher zu keinem einzigen Bewerbungsgespräch eingeladen worden zu sein, standen seine Chancen gut, so einen Job zu bekommen.

Als Marcel in die Straße einbog, in der ihr Häuschen stand, sah er bereits von Weitem, wie sich sein Vater mit der Nachbarin von gegenüber unterhielt. Sie lebte in einer kleinen Wohnung in einem Mehrfamilienhaus und ging dem gleichen Hobby wie sein Vater nach – nur viel intensiver. Über Backen und Nase zogen sich feine rote Äderchen. Die Haut war vom Trinken und Rauchen so gezeichnet, dass sie wie knittriges Pergament wirkte.

Sie schien offensichtlich gerade in ein angeregtes Gespräch über Politik und Wirtschaft mit Marcels Vater vertieft zu sein.

Perfekt, dachte er. Dann brauch ich mir nicht sein Gequatsche anzuhören.

Sein Plan war einfach: So schnell wie möglich am Garten vorbeigehen, so tun, als würde er seinen Vater nicht bemerken, hoch in sein Zimmer, Computer an und in die wunderbar anonyme Welt der Computerspiel-Piraterie abtauchen.

Alles gelang problemlos. Sein Vater und die Nachbarin waren zu beschäftigt, als dass sie ihn bemerkt hätten. Er rannte in den ersten Stock des Hauses, bog in den engen Flug nach rechts ab und knallte am Ende des Ganges seine Zimmertür hinter sich zu.

Geschafft.

Schwer atmend blieb er einen Moment stehen, den Rücken gegen die geschlossene Tür gelehnt. Vor sich unter dem Schreibtisch sah er den Rechner stehen. Mit einem Satz war er dort und drückte auf den Powerknopf.

Als der Computer hochfuhr, hatte Marcel das Gefühl, es dauere ewig. Nervös zündete er sich eine Zigarette an. Dabei trommelte er zwischen benutzten Taschentüchern, leeren Getränkedosen, CD-Hüllen und zahllosen Computerkabeln mit der linken Hand ungeduldig auf seinen Schreibtisch.

Endlich erschien das Hintergrundbild der Windowsoberfläche. Der Rap-Musiker Bushido hielt Marcel in einer lockeren Geste die zu einer Pistole geformte Hand entgegen.

Mit einem Klick öffnete er den Internet-Browser, gab die Adresse der Download-Seite ein und …

Ein Pop-up-Fenster erschien.

Warum wollen die denn meine E-Mail-Adresse haben?, wunderte Marcel sich.

Ah, cool, die schicken einem sogar einen Newsletter, damit man immer über die neusten Uploads informiert ist. Das ist ja super, dachte er.

Vor lauter Vorfreude waren Marcels Nerven zum Zerreißen gespannt. Ohne weiter nachzudenken, gab er seine E-Mail-Adresse an und klickte auf ›Okay‹. Eine neue Seite erschien. Offensichtlich hatte er jetzt Zugang zum eigentlichen Portal erhalten.

Marcel entschied, zuerst die Liste der angebotenen Spiele durchzugehen, um nach seinen Lieblingsgames zu suchen.

Die Auswahl erschien ihm unendlich groß. Unglaublich, was man hier alles saugen konnte. Nie zuvor hatte er eine so umfangreiche Sammlung an gecrackter Software gesehen. Das war echt ein super Tipp von seinem Kumpel.

Er musste systematisch vorgehen, dachte er sich. Wild runterladen brachte nichts.

Also legte er sich zuerst eine Liste mit Spielen, Programmen, Musik und Filmen an, die er schon lange haben wollte. Dann begann er, die Seite nach seinen Wunschdateien zu durchsuchen, und hakte die verfügbaren ab. Später würde er alle herunterladen und auf seiner externen Festplatte speichern.

Plötzlich erschien am rechten unteren Bildrand ein Hinweis. ›Sie haben eine neue Nachricht.‹

Er klickte darauf. Eine E-Mail von einem ihm unbekannten Absender öffnete sich. Die Nachricht war vollkommen leer bis auf den einen Satz: ›Das Spiel beginnt.‹

# 6

Pressebericht des IT-Dienstleisters Kaisha vom Mittwoch, dem 18.10.2006

*Nach Bayern geht auch das LKA Baden-Württemberg mit FIDA auf Verbrecherjagd.*

*Da das Biometrik-Programm FIDA (Fingerabdruck Informationsdatenbank Abfrage) des IT-Dienstleisters Kaisha vom Landeskriminalamt Bayern bereits seit Ende 2003 erfolgreich verwendet wird, entschied sich jetzt auch das LKA Baden-Württemberg für den Einsatz der Software. Mit FIDA ist es möglich, Fingerabdrücke und andere biometrische Merkmale wie Gesichtszüge oder Unterschriften zur Identitätsprüfung von verdächtigen Personen an nationale Datenbanken zu übermitteln. Ziel ist es, FIDA in das bestehende Informations- und Auskunftssystem des LKA Baden-Württemberg zu integrieren. Eine Schnittstelle zu der zentralen Fingerabdruck-Datenbank AFIS (Automatisiertes Fingerabdruckidentifizierungssystem) des Bundeskriminalamts in Wiesbaden besteht bereits.*

*In einem Modellprojekt werden für Kapazitätstests auch die seit dem 01.11.2005 verwendeten biometrischen Personalausweisbilder in FIDA eingespielt.*

# 7

Sarah rannte aus dem ›Beefeater‹. Seit sie ihr Medizinstudium in London begonnen hatte, verdiente sie sich dort etwas Geld nebenher.

Das ›Beefeater‹ war eines der ältesten Pubs des Londoner Stadtteils Paddington. Von außen war das Erdgeschoss mit dunklem Holz verkleidet, die Fenster waren von innen zugehängt und somit nur schwer einsehbar. Im Inneren dominierten dunkle Holzbalken das Ambiente, die fachwerkartig den Raum durchzogen. Die Decke war so niedrig, dass größere Menschen achtgeben mussten, sich an den abgehängten Balken nicht den Kopf zu stoßen.

Von der U-Bahn-Station war das Pub lediglich 800 Meter entfernt, was jedoch eine ziemlich lange Strecke sein konnte, wenn Touristen die Straßen verstopften.

Da sie eine wichtige Prüfung an der Universität hatte, durfte sie die Bahn auf keinen Fall verpassen.

Sarah war, was Pünktlichkeit anging, nicht allzu zuverlässig. Weshalb sie bereits einige Klausuren verpasst hatte. Ihr Professor hatte angedroht, wenn sie dieses Mal nicht rechtzeitig erschiene, könnte sie sich mit keiner Ausrede der Welt mehr retten. Sie müsste die Klausur wiederholen und somit ein Semester länger studieren. Sarahs Eltern würden ihr die Hölle heißmachen, das wusste sie.

Sie lief hastig an einem Hotel vorbei. Der Page an der Eingangstür grüßte sie wie immer äußerst höflich. Sarah vermutete, er tat das nicht nur, weil er die Anweisung dazu hatte. Sie erkannte an seinem Blick, dass mehr dahintersteckte. Freundlich aber kühl ließ sie ihre Zähne aufblitzen und lief weiter. Sie wollte gerade ein Steakhaus passieren, als sich ihr eine Meute japanischer Touristen in den Weg stellte. Plötzlich fand sie sich mitten in einem Meer schwarzer Köpfe und aufblitzender Fotokameras wieder. Wie ein American–Football-Spieler kämpfte sie sich durch die Gruppe. Mit »excuse me« und »sorry« brachte sie die Touristen dazu, sie durchzulassen. Kurz bevor sie die Gehwegkante erreichte, stieß sie gegen eine ältere Japanerin, die ein wenig ins Wanken geriet. Sarah stolperte und stand im nächsten Moment auf der Straße. Ein schwarzes Taxi bog gerade um die Ecke.

Sie riss erschrocken die Augen auf. Der Fahrer reagierte augenblicklich und trat beherzt auf die Bremse.

Der Wagen kam mit quietschenden Reifen zum Stehen. Sofort schüttete der indische Taxifahrer alle ihm bekannten englischen Schimpfwörter über Sarah aus.

Sie hob entschuldigend die Hand und lief weiter. Hinter ihr hörte sie den Inder weitere Beleidigungen rufen. Sie drehte sich noch einmal um und hielt ihm den ausgestreckten Mittelfinger entgegen.

Im nächsten Moment prallte sie heftig mit einem Mann zusammen, der offenbar ebenfalls der Gruppe der Japaner ausweichen wollte. Die Wucht des Aufpralls holte ihn regelrecht von den Beinen. Er versuchte krampfhaft, sich an Sarahs Tasche festzuhalten, allerdings ohne Erfolg. Die Tasche rutschte von ihrer Schulter, und er landete unsanft auf dem Boden.

Sarah hielt sich die Hand ans Herz.

»Oh, entschuldigen Sie bitte. Ich habe Sie nicht gesehen. Alles okay?«, fragte sie keuchend. Innerlich bereitete sie sich auf die nächste verbale Attacke vor. Der Mann aber lag nur da und lächelte sie zu ihrer völligen Überraschung breit an.

»Mir geht es wunderbar«, sagte er scheinbar überglücklich.

Sarah verstand die Welt nicht mehr. Blut rann ihm von der Stirn; er aber hatte nichts Besseres zu tun, als sie anzustrahlen. Sie war verwirrt. Offensichtlich hatte er sich so schwer den Kopf gestoßen, dass er nicht mehr richtig bei Sinnen war. Was sollte sie tun? Sie musste die Bahn erreichen. Aber sie konnte den Kerl auch nicht einfach liegen lassen.

Bei dem Anblick, den der Mann bot, überkam sie ein schlechtes Gewissen. Hektisch sagte sie auf Englisch: »Mein Gott, Sie bluten ja. Haben Sie Schmerzen?« Sie beugte sich zu ihm hinunter. Dabei zog sie ihre Tasche zu sich, die er noch immer in der Hand hielt, und suchte darin nach Taschentüchern, um das Blut abzuwischen.

Sie wollte gerade vorsichtig die lädierte Stirn des Fremden berühren, als er sie behutsam wegschob und sie auf Deutsch – in ihrer Muttersprache – ansprach: »Nein, es geht mir gut, wirklich.«

Sarah legte den Kopf schief und betrachtete den seltsamen Typen. Er trug Jeans, ein T-Shirt und ein offenes Hemd darüber. Seine Haare sahen aus, als wären sie seit einiger Zeit nicht mehr gekämmt worden. Sie fragte sich, was ihn dazu brachte, so blöd zu grinsen, wenn er von einer wildfremden Frau umgerannt wurde. Ihre psychologische Analyse ergab nach kurzer Betrachtung des Fremden: ›eindeutig nicht ganz dicht‹.

Offensichtlich wollte er keine Hilfe annehmen. Damit gab es für sie keine Notwendigkeit mehr, bei ihm zu bleiben. Sie musste sich so schnell wie möglich aus der Situation befreien, damit sie pünktlich zu ihrer Klausur kam.

»Ist wirklich alles okay mit Ihnen? Ich habe es sehr eilig

und darf auf keinen Fall meine U-Bahn verpassen«, erklärte sie. Dabei setzte sie ihr unschuldigstes Lächeln auf.

Er sagte fröhlich: »Gehen Sie, Sarah, mir geht es gut.«

Mit einem dankbaren Augenzwinkern stand sie auf und rannte los. Wenig später verschwand sie im Treppenabgang der U-Bahn-Station. Sie nahm mehrere Stufen auf einmal. Die Bahn stand bereits an der Haltestelle, und jeden Moment würden sich die Türen schließen. In letzter Sekunde sprang sie in ein Abteil. Die Türen schoben sich scheppernd zu, und die Bahn fuhr an.

Sie sah sich um. Das schmuddelige Abteil war nahezu leer. Sie nahm Platz und wischte sich den Schweiß von der Stirn.

Mann, was war das denn für ein Vogel?, dachte sie. Wird umgerannt und bedankt sich fast dafür.

Sie schüttelte den Kopf, wie um die Gedanken an den Vorfall loszuwerden. Dann kramte sie in ihrer Tasche nach ihrer Wasserflasche.

Ich hab sie doch vorhin eingesteckt, wunderte sie sich.

Sie war nicht mehr da. Stattdessen tauchte ein Zettel aus den Tiefen der Tasche auf. Verwundert las sie, was darauf stand.

›Das Leben ist schön.‹

Darunter war eine Internet-Adresse geschrieben, die verriet, dass es etwas mit Facebook zu tun hatte.

Was sollte das denn?

Der Titel war auf Deutsch geschrieben. Sie konnte sich nicht erinnern, den gleichnamigen Film von Roberto Benigni ansehen zu wollen. Zudem war es nicht ihre Schrift und auch keine, die ihr bekannt vorkam. Sie war sich sicher, mit niemandem über den Film gesprochen zu haben. Und was sollte der seltsame Link bedeuten?

Sarah beschloss, später nachzusehen, was sich auf der Internetseite verbarg.

Sie lehnte sich in ihrem Sitz zurück. Dabei schloss sie für einen Moment die Augen. Ihre Schulter schmerzte ein wenig von dem Zusammenprall. Irgendetwas an der Situation vorhin kam ihr seltsam vor.

Im Geiste ließ sie den Vorfall Revue passieren und versuchte, sich an jede Einzelheit der kurzen Unterhaltung zu erinnern. Da er sie auf Deutsch angesprochen hatte, vermutete sie, es handelte sich um einen Touristen.

Aber weshalb empfand sie so ein seltsames Unbehagen? Sie fühlte sich ein wenig, als stünde sie nackt vor einem Arzt.

Auf einmal fiel es ihr wie Schuppen von den Augen.

Er hatte ihren Namen genannt! Er hatte gesagt: ›Gehen Sie, *Sarah*.‹

Sarahs Puls schoss in die Höhe. Wer war der Kerl? Und woher kannte er ihren Namen? Unvermittelt drehte sie sich um, da sie das starke Bedürfnis hatte, nachzusehen, ob er ihr gefolgt war.

Auf einer Bank saß eine ältere Dame. Ganz hinten im Wagen befand sich eine kleine Gruppe Jugendlicher sowie einige einzelne Fahrgäste. Alles in allem nicht ungewöhnlich für London.

Von dem Unbekannten war nichts zu sehen.

»Sarah, krieg dich wieder ein«, sagte sie zu sich selbst. Vielleicht kannte sie den Typen ja von irgendwoher, vielleicht aus dem Pub, in dem sie beschäftigt war, grübelte sie. Vielleicht war er auch ein Student aus Deutschland, der, wie sie auch, in London studierte.

Langsam beruhigte sich ihr Herzschlag wieder ein wenig.

# 8

Sein Gesicht ist knallrot angelaufen. Eine dicke Ader pulsiert auf seiner Stirn.

Dieser Vollidiot hat ihm alles versaut.

Rasend vor Zorn schleudert er sein Handy gegen die Wand des kleinen Hotelzimmers. Mit einem lauten Krachen zerspringt das elektronische Gerät in 1000 Teile.

»Verflucht!«

Niedergeschlagen setzt er sich auf das ungemachte Bett. Die ganze Mühe, das Ticket, alles umsonst.

Eine Träne läuft ihm über die stoppelige Wange.

Verdammt noch mal, das darf nicht wahr sein. Es war alles so gut vorbereitet. Er war sich seiner Sache so sicher. Es darf nicht sein, dass dem Kerl das gelungen ist.

Er musste irgendeinen Fehler gemacht haben, irgendetwas übersehen haben. Nur was?, fragt er sich.

Er steht auf, geht einmal durch den Raum und tritt gegen den Mülleimer vor dem kleinen Schreibtisch. Der Eimer prallt wie ein Fußball gegen die Wand und rollt polternd durch das Zimmer, bis er vor der Badezimmertür liegen bleibt. Dabei verteilt sich der gesamte Inhalt auf dem Boden: Watte, Apothekenfläschchen, Seilstücke, Pappkartons.

# 9

»Herr Winter, schildern Sie mir bitte detailliert, was Sie gesehen haben.« Der Polizist saß mir gegenüber auf seinem schäbig aussehenden Bürostuhl.

Ich kam mir vor wie ein Verdächtiger in CSI Miami. Nur dass der Beamte kein gestylter Sonderermittler war, sondern ein stark übergewichtiger Dorfpolizist. Das Büro war längst nicht so modern eingerichtet wie in den Serien, und eine hübsche Blondine, die für die Beweissicherung zuständig war, war auch nirgends zu sehen.

»Ich habe Ihnen doch alles erzählt. Was soll ich denn noch sagen?«, gab ich gereizt zur Antwort. Diese Zeugeneinvernahme dauerte bereits drei Stunden. Und immer wieder stellte er dieselben Fragen; ganz so, als hätten wir etwas mit der Sache zu tun.

Ich bin grundsätzlich ein geduldiger, verständnisvoller Mensch, dennoch ging mir der Kerl langsam richtig auf die Nerven. Seit wir angekommen waren, saß ich auf einem kleinen, unbequemen Metallstuhl in dieser Rumpelkammer von Büro und durfte mir die Fragen von diesem übermotivierten Ortsbullen anhören. Er hatte sich mit Herr Polizeihauptmeister Spechtle vorgestellt. Er war schätzungsweise 45 Jahre alt, hatte bereits stark gelichtetes Haupthaar, eine altmodische Brille und war, wie schon erwähnt, stark übergewichtig.

Spechtles Schultern waren schmal und hingen energielos herunter. Umso beachtlicher erschien dagegen sein Bauchumfang. Jedes Mal, wenn er sich an uns vorbeizwängte, um zu seinem Platz zu gelangen, bekam Ralf seinen Bauch ins Gesicht. Dabei wehte uns ein scharfer Schweißgeruch entgegen.

»Sie geben also an, mit Ihrem Fallschirm …«, begann er. Dabei bildete sich ein Speicheltropfen in der Mitte seiner Unterlippe. Bei jeder Mundbewegung zog der Tropfen einen dünnen Faden zur Oberlippe und wuchs weiter an.

»Gleitschirm«, berichtigte ich ihn schroff. Ich hasste es, wenn jemand den Unterschied zwischen einem Fallschirm und einem Gleitschirm nicht kannte.

»… Gleitschirm in der Luft gewesen zu sein, als Herr Sigrist auf den Toten aufmerksam wurde«, berichtigte sich Spechtle. Der Speicheltropfen wuchs weiter an.

Aufmerksam ist gut, dachte ich. Als Ralf vom Baum fiel, landete er direkt auf einer Leiche. Offensichtlich muss der Mann dort schon ein paar Tage gelegen haben. Die Leiche war aufgedunsen und stank erbärmlich.

»Hören Sie, Herr Spechtle, Ralf und ich sind Gleitschirmflieger und haben an dem Platz nichts anderes gemacht, als zu fliegen. Uns sind weder verdächtige Personen aufgefallen noch haben wir etwas Seltsames gehört. Außer Gleitschirmpiloten, Motorradfahrern und Wanderern sind da oben nicht sonderlich viele Leute. Der Mann war wie ein Bauer gekleidet. Die sieht man dort normalerweise gar nicht. Wir können Ihnen bei Ihren Ermittlungen wirklich nicht helfen. Tut mir leid.« Ich hob entschuldigend die Hände. Dabei rutschte ich auf meinem Stuhl bis zur Kante, um anzudeuten, gern aufstehen zu wollen.

Ich sah ihn mit meinem treuherzigsten Hundeblick an und fragte: »Dürfen wir jetzt gehen?«

»Ob der Tote ein Bauer war oder nicht, ist nicht geklärt. Ziehen Sie keine voreiligen Schlüsse, Herr Winter«, bellte Spechtle. Er wirkte arrogant. Der Speicheltropfen löste sich von der Unterlippe und klatschte gegen meinen nackten Unterarm. Ekel stieg in mir auf. Ralf lachte leise in sich hinein.

Jetzt nichts anmerken lassen, sagte ich mir.

Ich widerstand dem Drang, den Schleim abzuwischen, und hielt Spechtles Blick weiter stand.

Nachdem er mehrere Minuten lang hoch konzentriert mit zwei Fingern auf eine altersschwache Schreibmaschine eingehämmert hatte, antwortete er: »Nun gut, unterschreiben Sie hier Ihre Aussagen und Sie können gehen.« Dabei reichte er mir das getippte Protokoll. »Falls wir im Laufe der Ermittlungen weitere Fragen an Sie haben, sollten Sie uns zur Verfügung stehen.« Schwerfällig stemmte er sich aus seinem Stuhl. »Auf Wiedersehen, die Herren.«

Wir erhoben uns ebenfalls.

Ralf hatte sich noch am Startplatz die Kleidung angezogen, die er vor dem Flug in seinem Gurtzeug verstaut hatte. Er trug nun eine schwarze Jogginghose und eine Fleecejacke, aus der er jetzt ein Tabakpäckchen zog und sofort begann, eine Zigarette zu drehen. Auch das unterschied sich von den Krimiserien im Fernsehen. Ralf durfte auf der Polizeiwache nicht rauchen.

Seine Verabschiedung beschränkte sich auf ein knappes »Tschau.« Anschließend drehte er sich um und stapfte hinaus.

Ich zwang mich, mich per Handschlag von dem Ordnungshüter zu verabschieden.

Draußen angekommen stellten wir fest, dass es bereits dunkel wurde. Es hatte ziemlich abgekühlt. Da wir die letzten Stunden in dem schwülwarmen, stickigen Raum verbracht hatten, begannen wir in unserer dünnen Kleidung sofort zu frösteln.

Wir gingen die drei Treppenstufen des alten Fachwerkhauses hinunter und bogen links in die Poststraße ab. Die

Kirchturmuhr zeigte 18 Uhr an. Ralf ging neben mir her, ohne ein Wort von sich zu geben.

Krampfhaft suchte ich nach einem Gesprächsthema. »Junge, Junge, was war das denn für einer? Hält der uns im Ernst für verdächtig, oder was?« Oh, wie kläglich.

»Du, der macht halt au sein Job. Wahrscheinlich hat der 's ganze Johr sonscht nix zom do. I däd saga, mir guggad nach em Armin. No hebet mr erscht mol oin«, antwortete Ralf ruhig.

Biertrinken war neben Rauchen und Gleitschirmfliegen Ralfs große Leidenschaft.

»Warte mal, ich ruf ihn schnell an.« Erleichtert, dem stockenden Gespräch entfliehen zu können, zog ich mein Handy aus der Jackentasche und wählte Armins Nummer. Nach dem ersten Klingeln nahm er ab.

»He, Jungs, wo seid ihr denn? Meine Zeit, wart ihr mit dem Grünen auf Tour oder was? Kommt mal lieber schnell her, ich muss euch was sagen. Ich bin hinter der Kirche in Richtung Oppenauer Steige im ›Grünen Baum‹.« Seine Worte kamen wie aus der Pistole geschossen.

»Wir sind gleich bei dir«, gab ich zur Antwort.

Es war ganz normal für Armin, mehrere Fragen auf einmal zu stellen, wenn er aufgeregt war. Als wir zusammen den Gleitschirm-Schein gemacht hatten, löcherte er während der Auffahrt zu den Startplätzen immer unsere Fluglehrer, ohne auf Antworten zu warten. Wenn es jedoch kurz darauf ans Starten ging, war er schlagartig ruhig.

»Armin ist ganz nervös. Er wartet im ›Grünen Baum‹ auf uns. Theoretisch müsste das gleich da vorn sein«, sagte ich zu Ralf.

»Also, i sag dr, i hann jetzt en Durscht.«

Den hatte ich auch. Seit Mittag hatten wir nichts Flüssiges mehr zu uns genommen. Zudem war das Zusammenpacken der Ausrüstung nach der Landung extrem schweißtreibend gewesen. Kaum verwunderlich, dass sich mein Hals anfühlte, als hätte ich Sand gegessen.

Wir umrundeten den kleinen Marktplatz und gingen an der Kirche vorbei die Hauptstraße entlang. Um diese Uhrzeit war die Strecke nicht sonderlich befahren. Hinzu kam, dass Samstagabend war. Wir hörten in einem Garten jemanden Holz spalten und das leise Rauschen des Baches, der der Hauptstraße entlang floss.

Ralf schnippte den Zigarettenstummel auf die Straße, ehe wir die Gaststätte betraten. Auch hier ging es ein paar Stufen nach oben, bevor man durch eine schwere Holztür in den Gastraum eintrat.

Als ich die Tür öffnete, schlug uns ein Schwall warmer Luft entgegen. Sie roch nach Bier und altem Holz.

Der Raum war schummrig beleuchtet. Die gesamte Einrichtung war in dunklem Braun gehalten. Die schweren Holztische, die Stühle, sogar die Holzbänke waren dunkelbraun. Die Leuchter über den Tischen waren aus Kupferblech, das schon stark korrodiert aussah. In die Bleche waren ovale Glasscheiben mit dem Logo einer Stuttgarter Brauerei eingearbeitet.

An einem großen rechteckigen Tisch hinter der Tür spielten vier Männer Karten.

Armin saß direkt vor dem großen weinroten Kachelofen. Von dem Ofen ging eine wohlige Wärme aus, die ich selbst auf die drei Meter Distanz spürte.

»Mensch, Jungs, da seid ihr ja endlich. Erzählt mal, wie war's? Was wollte die Polizei von euch? Ist schon was bekannt?«

»Armin, jetzt schaltsch erscht mol en Gang zrück.« Ralf war leicht genervt. Er mochte es nicht, wenn Armin allzu überdreht war.

Schon beim Hereinkommen hatte er zwei Weizenbier bestellt, weshalb der Kellner zwei Biergläser an den Tisch brachte, bevor wir uns richtig gesetzt hatten. Ich hob mein Glas und sagte laut: »Prost, Jungs.« Wir stießen an.

Ralf begann zu berichten. Da Armin von dem Vorfall am Startplatz nicht viel mitbekommen hatte, erzählte Ralf alles von Beginn an.

Ralf hatte direkt nach dem Start einen Knoten in den Gabelleinen seines Schirms festgestellt.

Bei so einem ›Verhänger‹ kann man nur mit Mühe die Flugrichtung beibehalten, da die durch den Knoten verformte Seite den Schirm stark abbremst, wogegen die offene Seite normal weiterfliegt. Es bleibt einem folglich nichts anderes übrig, als so schnell wie möglich zu landen.

Ralf war froh gewesen, von den Aufwinden getragen zu werden, so musste er nicht die gesamte Strecke bis zum Landeplatz fliegen. Er hatte vor, gleich nach dem Start wieder einzulanden, den Knoten zu lösen und sofort erneut zu starten. Da er aber nie zuvor eine Top-Landung durchgeführt hatte, war er mit der Situation überfordert gewesen. So war er den Platz viel zu hoch angeflogen. Der Aufwind am Startplatz hatte ihn nicht sinken lassen, und sein Flug hatte in den Bäumen geendet. Als der Stoff seines Gleitschirms zu reißen begonnen hatte, hatte er Richtung Boden gesehen, um sich auf seinen Sturz vorzubereiten. Unter Sträuchern, Laub und Tannenzweigen hatte er etwas liegen sehen. Im nächsten Moment war der Stoff durchgerissen, und er war etwa drei Meter tief zu Boden gefallen.

Sofort waren einige Flieger zu ihm gerannt, um ihm zu helfen. Da Ralf zu seinem Glück relativ weich gefallen war, hatte er außer ein paar Kratzern an den Armen und im Gesicht keine Verletzungen davongetragen.

Was man von dem Mann, auf dem er gelandet war, nicht sagen konnte.

Durch den Aufprall hatte sich dessen Bauchdecke wie ein Luftballon gebläht und war aufgeplatzt. Der verwesende Inhalt war herausgequollen – es hatte widerlich gestunken. Der Geruch war einem in die Nase, in die Haare, in die Kleidung gekrochen. Man hatte den Eindruck, jede Pore verströmte den Geruch nach Tod.

Einige Anwesende, die Ralf eigentlich zu Hilfe hatten eilen wollen, übergaben sich in die umliegenden Büsche. Ralf selbst war im ersten Moment außerstande gewesen, einen klaren Gedanken zu fassen. Als er langsam realisiert hatte, worauf er lag, war er aufgesprungen. Da er aber noch in sein Gurtzeug geschnallt gewesen war, hat er nicht weglaufen können.

Das Gesicht der Leiche war, vermutlich von Tieren, schlimm zugerichtet. Von der Nase war nur mehr der weiße Knochen übrig, die Augenhöhlen waren leer, sogar die Lippen waren abgefressen.

Einer der Umstehenden hatte sofort die Polizei gerufen.

Ralf hatte sich hastig aus seinem Gurtzeug befreit. Der Drang, sich seine Kleider vom Leib zu reißen, um den Gestank von Verwesung und Tod loszuwerden, war übermächtig gewesen. So war er einige Schritte von der Absturzstelle weggelaufen, um sich auszuziehen. Sein Fliegeroverall war von oben bis unten mit verfaulenden organischen Fetzen beschmiert. Geschüttelt von Ekel hatte er mit spitzen Fingern den Reißverschluss geöffnet. Dann hatte er die Verschlüsse an den Beinen aufgerissen und angewidert den Overall abgestreift. Darunter trug er neben einem T-Shirt wie immer eine klein gemusterte blaugraue Radlerhose.

Außer Ralf kenne ich keinen Menschen, der nach Beginn der 90er-Jahre jemals eine solch schreckliche Hose getragen hat. Er selbst schwor darauf. Davon ließ er sich von nichts und niemandem abbringen.

Nach Ralfs weiterer Erzählung hatte ich in der schnellsten Steilspirale meines Lebens auf den Unfallort zugehalten. Keine Minute, nachdem er uns über Funk verständigt hatte, hatte ich am Boden gestanden. Ich hatte mich meiner Ausrüstung entledigt und war sofort zu ihm hingerannt.

»Mir wurde kotzübel, als ich gesehen hatte, worauf Ralf da gefallen war. Das Bild bekomme ich nie wieder aus meinem Kopf. Mal ganz abgesehen von dem grauenhaften Gestank. Ich hab den immer noch in der Nase, als würde der Tote direkt neben mir liegen«, erzählte ich Armin.

»Ist ja gut. Ihr müsst mir nicht alles im Detail erzählen. Ich muss mir nicht alles vorstellen können«, sagte er.

Da Ralf aufgestanden war, um vor der Tür eine Zigarette zu rauchen, war es an mir, Armin von den weiteren Geschehnissen zu erzählen. »Die Polizei traf nach knapp 20 Minuten ein. Als sie oben angekommen war, stieg zuerst der dicke Bulle aus, der uns später auf der Wache vernommen hat. Er kam, so schnell es für ihn möglich war, auf uns zugelaufen. Ein anderer Polizist sicherte die Fundstelle mit einem Absperrband. Anschließend nahm er die Personalien der Anwesenden auf.«

»Das hab ich von oben gesehen. Meine Zeit, war das eine Aufregung bei euch da unten. Ich wäre ja runtergekommen, aber bei mir ging's gerade so richtig gut nach oben. Das war der Hammer«, sagte Armin aufgeregt.

»Schön, dass du deinen Spaß hattest«, gab ich etwas zu scharf zurück. Das war typisch für Armin. Er hatte weder sonderlich viel Taktgefühl noch war er empfänglich für Emotionales. Für ihn war Ralfs Antwort, es ginge ihm gut, genug, um beruhigt weiterfliegen zu können. Was sich ansonsten abspielte, war ihm egal. In Armins Hierarchie kam er selbst an allererster Stelle – dann mit großem Abstand seine Freundin und danach seine Kumpel.

Er sah mich überrascht an und meinte: »Sorry, aber woher sollte ich wissen, was da passiert ist?«

»Entschuldige, irgendwie bin ich heute Abend ein wenig genervt.« Ich fuhr mir mit der Hand durch die Haare. Dabei atmete ich tief ein. Dann erzählte ich, wie Spechtle uns zur Protokollaufnahme mit auf die Wache genommen hatte. So durften wir eine kostenfreie Fahrt in einem altersschwachen VW Passat genießen. Auf der Wache angekommen, witterte Spechtle wohl seine große Chance, einmal richtig tolle Polizeiarbeit zu leisten. Folglich verhörte er uns, als wären wir Kriminelle.

»Nur die Lampe, mit der man geblendet wird, damit man sein Gegenüber nicht erkennen kann, hat gefehlt«, sagte ich, um die Dramatik ein wenig zu unterstreichen.

»Sen des net eher Mafiamethoda?«, fragte Ralf, der plötzlich wieder am Tisch stand.

»Jungs, ihr habt eindeutig zu viele Krimis gesehen«, meinte Armin.

Aufgeregt fuhr ich fort: »Echt, das war der Hammer, was der mit uns angestellt hat. Ständig hat er das gleiche Zeug gefragt. Ich hab irgendwann fast selbst geglaubt, mit dem Toten was zu tun gehabt zu haben. Jetzt aber mal zu dir, Armin. Du bist doch sicher auch irgendwann von deinem Flug zurückgekommen, oder?«

Er sah mich vorwurfsvoll an.

»Ich meine, wurde noch irgendwas bezüglich des Toten geredet? Kannte ihn jemand?«, fragte ich.

»Ne, da war fast keiner mehr da. Als der Leichenwagen weg war, sind die Leute, die nicht von der Polizei befragt wurden, abgezogen. Ich glaube, denen ist nach der ganzen Geschichte die Lust vergangen. Ich selbst hab ewig gebraucht, bis ich am Startplatz war. Ich hab mich nämlich nicht getraut, oben zu landen, und durfte den ganzen Weg vom Landeplatz zum Startplatz laufen, um zu unserem Auto zu kommen. Dort ist mir was Komisches aufgefallen.« Armins Blick wirkte auf einmal, als wäre er mit seinen Gedanken weit entfernt.

»Was hasch denn gsä?«, fragte Ralf ungeduldig. Er hatte sein Glas bereits geleert. Sofort bestellte er drei weitere Biere.

Ich wechselte mit Armin einen überraschten Blick. Im Gegensatz zu Ralf hatten wir unsere Gläser nicht einmal zur Hälfte leer getrunken.

»Mir sen ja net zum Schpass do«, sagte Ralf. Gleichgültig zuckte er mit den Achseln. »Also, was isch jetzt? Verzähl halt.«

Armin berichtete uns, er habe in der Nähe des Startplatzes ein Stück Papier gefunden. Er kramte in seiner Jackentasche und brachte einen kleinen, zerknitterten Zettel zum Vorschein. Er legte ihn auf den Tisch und versuchte, ihn mit der rechten Hand ein wenig glatt zu streichen. ›Kill 'em all‹, stand darauf.

»Wo hast du das gefunden?«, fragte ich ihn.

»Da ist doch die kleine Hütte am linken Rand des Startplatzes. Ein paar Meter dahinter fangen die Bäume an, und da hab ich ihn im Unterholz entdeckt, als ich pinkeln gegangen bin.«

»Was soll das denn bedeuten? ›Kill 'em all‹. Ist damit das Metallica-Album gemeint?«

Ralf nahm einen großen Schluck aus seinem Glas, das sich schon wieder ziemlich geleert hatte. Er zog die Augenbrauen zusammen und sinnierte: »Was, wenn des gar nix mit Metallica zum do hat?«

Ich war verwirrt.

»Was meinst du damit?«, hakte Armin nach.

»'s kann ja au sei, oiner hat sich en schlechda Scherz erlaubt, weil da a Leiche gfunda worda isch.«

»Na, das wäre aber ein ganz schön makaberer Spaß. Wer kommt denn auf so einen Mist?«, antwortete ich angewidert.

Auf einmal kam Armin ein Gedanke: »Vielleicht war das ein Killer, der seine ›Visitenkarte‹ am Tatort hinterlassen wollte, damit die Polizei seine blutige Spur nachvollziehen kann.«

Armin kam öfter auf seltsame Ideen, doch das war das Blödsinnigste, was ich jemals von ihm gehört hatte. »Armin, wir sind nicht in den USA. Da gibt es so was vielleicht, aber hier nicht.« Ich sah ihn vorwurfsvoll an. »Wir wissen doch gar nicht, ob der Typ nicht eines natürlichen Todes gestorben ist. Vielleicht hat er einfach die tolle Aussicht genossen und ist plötzlich tot umgefallen.«

Armins Augen funkelten – offensichtlich ging gerade seine Fantasie mit ihm durch.

Bevor er antworten konnte, knallte Ralf sein leeres Glas auf den Tisch. Er lehnte sich auf seiner Bank zurück und rülpste herzhaft. Danach winkte er den Kellner her. »Brengat Sie uns no drei Woiza und drei Schnäps, bidde. Mir hen heit en brudal schwera Dag ghet«.

Armin sah abwechselnd Ralf und mich an. »Ralf, das bringt doch nichts. Lass uns lieber über die Ereignisse reden, anstatt sie zu ersäufen.«

Gut gebrüllt, Löwe, dachte ich.

»Jetzt bleib du mol ruhig. I wois scho, was für ons am beschda isch«, belehrte ihn Ralf im Brustton der Überzeugung.

Damit war der Verlauf des weiteren Abends besiegelt.

Armin und ich folgten Ralfs Rat, wie man am besten mit einem Trauma umging. Sein Rezept war einfach: So viel trinken, bis die Welt wieder besser aussieht.

Zu vorgerückter Stunde begannen wir noch einmal, über mögliche Todesursachen zu spekulieren. Auch Mordmotive wurden nicht ausgelassen. Armin schien sich in der Rolle des Ermittlers richtig wohlzufühlen. Er sinnierte über mögliche Tathergänge, berichtete von Fällen, die er aus dem Fernsehen kannte, und entwickelte Pläne, wie wir den Fall aufarbeiten könnten. Auch ich steuerte mit meinem Autopsiewissen aus Kriminalromanen meinen Teil bei. Ralf brachte uns, wenn wir zu weit abschweiften, wieder zum Thema zurück. Unser Ermittlerteam harmonierte perfekt.

Obwohl wir keine Ahnung hatten, wer der Tote war, wie alt er war oder woher er kam, stellten wir die wildesten Mutmaßungen an. Außerdem befanden wir den Polizisten Spechtle für unfähig, solch clevere Rückschlüsse ziehen zu können, wie wir es taten.

Irgendwann kam es, wie es kommen musste.

Wir beschlossen, den Fall selbst in die Hand zu nehmen.

Völlig übermotiviert entschieden wir kurz nach Mitternacht, den Tatort abermals aufzusuchen, um eventuell übersehene Beweisstücke sicherzustellen.

Unser Problem bestand nur darin, dass wir nicht wussten, wie wir dort hinkommen sollten. Der Gleitschirm-Startplatz lag gute zwölf Kilometer entfernt. Zu Fuß viel zu weit.

Ralf beteuerte zwar, er sei auf jeden Fall imstande, Auto zu fahren, doch Armin und ich waren uns absolut einig:

Ralf gehörte nicht mehr hinter ein Steuer. Also riefen wir uns ein Taxi, was sich allerdings als nicht ganz einfach herausstellte. Immerhin befanden wir uns nicht gerade in Stuttgart, wo Taxen rund um die Uhr fuhren.

Da der ›Grüne Baum‹ zwischenzeitlich geschlossen hatte, warteten wir vor der Kirche auf unsere Mitfahrgelegenheit. Es hatte deutlich abgekühlt, sodass unser Atem kleine Wölkchen bildete.

Nach über einer halben Stunde sah ich zwei kreisrunde Lichter die Straße heraufkommen. Die Scheinwerfer verwandelten sich immer mehr in einen Mercedes E-Klasse mit einem Taxischild auf dem Dach. Ich stellte mich an den Straßenrand und winkte.

»Haben Sie Taxi bestellt?«, fragte der Fahrer mit starkem türkischem Akzent.

»Ja, das waren wir«, antwortete ich.

»Wohin?«

»Ich leite Sie hin.«

Der Fahrer zuckte gleichgültig mit den Achseln.

Ich nahm auf dem Beifahrersitz Platz, Ralf und Armin machten es sich auf den ledernen Rücksitzen bequem.

Während der Fahrt wies ich dem Taxifahrer mit knappen Worten den Weg. Ich wollte ihm meine Alkoholfahne nicht länger als nötig zumuten.

»Halten Sie hier«, sagte ich, als wir an der Zuflucht angekommen waren.

Der Fahrer wirkte irritiert. »Hier? Aber hier nix.«

»Das passt schon. Danke.« Ich gab ihm das Geld für die Fahrt. Wir stiegen aus.

Der Taxifahrer ließ die Scheibe hinunter. »He, Kollege, du sicher, ich nix warten?«

Armin versuchte, sich lässig gegen das Seitenfenster der

Beifahrertür zu lehnen, rutschte jedoch mit dem Ellenbogen von der Tür ab und schlug sich mit dem Arm auf den Oberschenkel.

Der Taxifahrer verkniff sich gerade so ein Lachen, Ralf und ich hingegen prusteten lauthals los.

Armin rief theatralisch: »Der Mob hat zu schweigen, wenn der König spricht.«

Er beugte sich abermals in das Seitenfenster und meinte in geschraubtem Ton: »Herr Taxifahrer, unser Vorhaben kann die ganze Nacht andauern. Daher benötigen wir Ihre Dienste heute nicht mehr. Vielen Dank für Ihre Besorgnis. Gute Nacht.«

Der Taxifahrer schüttelte verwundert den Kopf und fuhr davon.

»He, Armin!«, rief ich. »Wenn du heute der König bist, kannst du ja nachträglich die gesamte Taxifahrt zahlen. Oder was meinst du, Ralf?«

»Sehr witzig. Anstatt euch über mich lustig zu machen, hättet ihr lieber mal an Taschenlampen oder so was denken können. Jetzt stehen wir da, es ist stockdunkel. Ich seh nicht mal die Hand vor den Augen.«

Das war meine Gelegenheit, cool zu wirken. Mit einer lässigen Bewegung ließ ich meine schwarze Umhängetasche von der Schulter rutschen, öffnete sie und zog zwei LED-Taschenlampen heraus.

»Wenn ihr mich nicht hättet«, höhnte ich mit leichtem Kopfnicken.

Ralf blickte mit einem dämlichen Grinsen auf. Er war wieder einmal damit beschäftigt, eine Zigarette zu drehen, obwohl bereits eine hinter seinem Ohr klemmte. Ich war mir sicher, er hatte unserem blödsinnigen Vorhaben auch deshalb so schnell zugestimmt, weil er hier rauchen durfte, wann und wie viel er wollte.

»Du ond dein Organisationswahn«, sagte er mehr zu den Zigaretten als zu mir.

Da hatte Ralf wohl recht. Bei mir musste immer alles geplant sein. Ohne eine gute Vorbereitung ging es nicht. So war es nicht sonderlich verwunderlich, dass ich mir, trotz der zahlreichen Biere und Schnäpse, zumindest ein paar Gedanken um die nötigste Ausrüstung gemacht und aus unserem Wagen geholt hatte, bevor wir losgezogen waren.

Wir knipsten die Taschenlampen an.

Ihre Strahlen tauchten den Platz in ein kaltes blaues Licht. Vom Tal her zogen dünne Nebelschwaden herauf, die durch die künstliche Beleuchtung strichen, um danach zwischen den Tannen zu verschwinden, von der Dunkelheit verschluckt.

Auf wackligen Beinen gingen wir zu der abgesperrten Stelle.

Das von der Polizei gesicherte Gebiet war circa drei auf fünf Meter groß. Auf der Rückseite wurde es vom Waldrand begrenzt. Auf der linken Seite stand die Holzhütte, hinter der sich Armin erleichtert hatte.

Bis auf das Absperrband sowie die bei Ralfs Bruchlandung abgerissenen Äste wirkte der Ort völlig friedlich. Ganz so, als ob hier niemals etwas Schreckliches geschehen wäre.

Ich setzte mich auf eine Holzbank, die einige Meter entfernt von der Fundstelle stand.

»Nach was suchen wir eigentlich?«, fragte ich. »Irgendwie kommt mir unsere Idee inzwischen ziemlich bescheuert vor.« Ich fühlte mich träge und müde. Am liebsten hätte ich mich einfach hingelegt, um zu schlafen.

Armin antwortete: »Wir suchen Hinweise auf ein mögliches Gewaltverbrechen. Kleidungsstücke, Fußabdrücke, Blutspuren oder Tatwaffen.«

»Ah, alles klar, dann weiß ich Bescheid«, sagte ich ganz so, als wäre mir plötzlich ein Licht aufgegangen.

Mir war die Lust an unserem Detektivspiel vergangen. Die frische Luft hatte meinen Verstand wieder klar werden lassen. Zumindest so weit, um zu realisieren, dass es keine sonderlich gute Idee war, was wir taten. Möglicherweise war hier gar kein Gewaltverbrechen geschehen. Dazu kam, dass wir sicherlich den Tatort ›verunreinigten‹, wenn es überhaupt einer war, wovon ich ganz und gar nicht mehr überzeugt war.

Ralf und Armin dagegen sicherten schwer konzentriert Beweismittel. Wobei es bei Ralf eher wirkte, als würde er versuchen, mögliche Beweisstücke ungelenk in den Boden zu stampfen. Während er innerhalb der Absperrung herumtorkelte, sah er aus wie eine bekiffte Gottesanbeterin in einem Boxring. Er stolperte über Zweige, Grasbüschel und Maulwurfshügel. Dabei fiel er mehrere Male fast hin.

»Wenn uns jemand erwischt, sind wir dran. Ich für meinen Teil hab keine Lust, mich noch mal mit diesem adipösen Schimanski aus Oppenau zu unterhalten. Lasst uns einen Abflug machen.«

Ralf rollte mit den Augen. Wieder ließ er sein trotteliges Grinsen sehen.

Junge, ist der Kerl besoffen, dachte ich.

Das war genug, wir mussten hier weg. Es war eine schwachsinnige Idee gewesen, noch einmal hierher zu kommen.

Ich sah mich nach Armin um.

Er kniete an der Stelle, an der die Leiche gelegen hatte. Mit der Taschenlampe inspizierte er den Boden. Ich bezweifelte zwar, dass er irgendetwas sah, doch er war scheinbar hoch konzentriert bei der Sache.

Da er sich eine Zeit lang gar nicht bewegt hatte, war ich

mir nicht mehr so sicher, ob er wirklich noch suchte. Vielmehr befürchtete ich nun, er wäre auf den Knien eingeschlafen. »Armin, nicht dass du mir da drüben einpennst. Und verschwinde von der abgesperrten Stelle«, rief ich.

Mit ernster Miene befahl er mir, zu ihm zu kommen. Widerwillig stand ich auf.

Er leuchtete mit der Taschenlampe auf einen dunklen Fleck.

»Schau mal, was ich gefunden habe!«, rief er aufgeregt.

»Oh, du hast Dreck gefunden! Ich bin begeistert!« Es wurde mir nun wirklich zu bunt. »Super, Armin, können wir jetzt hier abhauen?«

Ich ging zurück zu meiner Holzbank. »Leute, das ist doch lächerlich. Ralf torkelt besoffen in der Gegend rum, und du suchst nach Dreck.« Lustlos setzte ich mich wieder.

»Schnauze jetzt, komm her. Sag mir, was das ist!«, blaffte Armin.

Nicht aggressiv werden, dachte ich. Das ist das Letzte, was wir jetzt gebrauchen können.

Widerwillig gab ich seinem Drängen nach. »Ja, ist gut, ich komm rüber.« Ich stolperte abermals über das unebene Gelände.

»Du siehst aus, als wenn du gerade dem Tod begegnet wärst. Weswegen machst du denn so einen Wind?« Sofort, nachdem ich den Satz ausgesprochen hatte, dachte ich mir: Verdammt, du Idiot. An dieser Stelle ist ein Mann gestorben, und du Depp machst makabere Späße.

Ich kniete mich neben Armin. Als ich erkannte, was er gefunden hatte, schnürte es mir die Kehle zu.

# 10

In dem kleinen Zimmer sind die Rollläden heruntergelassen. Die Frühjahrssonne ist nur an schmalen Lichtflecken erkennbar, die sich auf dem Fußboden und den Wänden abzeichnen. Die Luft ist stickig. Die grau gestrichenen Wände sind karg, ohne Bilder. Es riecht nach Zigarettenrauch, Schweiß und Ozon. Außer den spärlichen Sonnenstrahlen sind die sechs Computermonitore die einzige Lichtquelle im Raum. Sie tauchen ihn in ein kaltes Blau.

Auf fünf der Bildschirme sind Kameraaufnahmen von Gebäudeeingängen, Parkplatzschranken und Tiefgarageneinfahrten zu erkennen. Auf dem sechsten Monitor ist ein Straßenzug sichtbar. Die verwendete Bildsoftware ist eine andere als die auf den restlichen Monitoren.

Er achtet nicht auf das, was sich eventuell auf den Bildschirmen abspielen könnte. Der Anblick der 22-jährigen Blondine aus dem Rechnungswesen reizt ihn viel mehr. Jedes Mal, wenn sie an seinem Wärterzimmerchen vorbeikommt, lässt er alles stehen und liegen. Dann schaut er sie sich genau an, ganz so, als ob er die Bilder, die er sieht, in seinem Hirn abspeichern und auf den Computer übertragen könnte.

Über die Kameras beobachtet er sie, wenn sie nach der Arbeit in ihren schicken Mini Cooper einsteigt. Manchmal kann er, wenn er mit der Tiefgaragenkamera ein wenig heranzoomt, einen Blick auf ihre langen Beine erhaschen. Einmal, als sie einen kurzen Rock getragen hat, glaubte er sogar, ihr Höschen gesehen zu haben, als sie sich in den Kofferraum beugte. Dieser Gedanke machte ihn schier rasend.

Damals war er aber nicht bereit. Damals war er ein Niemand.

Jetzt ist das anders. Jetzt wird sie ihn haben wollen. Und er will sie auch.

Er stellt sich vor, wie sie in der Tiefgarage übereinander herfallen, sich die Kleider vom Leib reißen und es hemmungslos miteinander treiben.

Sehr bald wird sie merken, was für ein großartiger Liebhaber er ist. Und sie wird nach mehr verlangen. Sie wird regelrecht darum betteln.

Für einen Moment überlegt er, ob er ihr mehr geben würde. Vielleicht wird er sie auch einfach stehen lassen, ganz cool weggehen und wie ein Schatten durch die Treppenhaustür verschwinden. Er ist das Phantom und sie Christine Daaé. Sie wunderschön; er grausam, schrecklich und dennoch durch sein Tun attraktiv.

In Zukunft wird sie sicher nicht mehr ohne ihn zu beachten an seiner Glasscheibe vorbeigehen. Sie wird daran denken, wie gut er war, und vor Lust zittrige Beine bekommen.

Ein kurzes ›Bing‹ reißt ihn aus seinen Gedanken. Er hat eine E-Mail erhalten. Die Betreffzeile lautet:

›Neuer Interessent‹

Ein zufriedenes Grinsen legt sich auf sein Gesicht.

Sofort wechselt er wieder in das Programm, mit dem die Straße zu sehen ist. Er beginnt fieberhaft, zu suchen. Alles muss passen. Es gilt, so viele Kleinigkeiten zu berücksichtigen. Er weiß genau, wonach er zu suchen hat, und was er im Vorfeld alles beachten muss.

Um seinen Plan in die Tat umzusetzen, hatte es einer monatelangen Entwicklungsphase bedurft. Vor wenigen Tagen nun war der Zeitpunkt gekommen, an dem alles perfekt war. Jetzt ist er an der Reihe.

Mit flinken Fingern überprüft er alles. Er geht seine Checkliste durch.

Die letzten Male hat die Suche relativ lang gedauert.

Doch dieses Mal hat er Glück.

Auf Anhieb findet er das, was er benötigt. Perfekt!

Jetzt schnell in den Vollbildmodus wechseln und das Bild in das Grafikprogramm einfügen, einen roten Kreis an die richtige Stelle und hochladen. Fertig.

Er richtet die Übertragung des Virus ein. Zufrieden steht er auf, hebt seine Arme, als ob er zu einem Flamenco ansetzen wollte. Leichtfüßig tanzt er durch den Raum und schnippt mit den Fingern.

»Ich bin der Größte.«

# 11

»Was ist das denn für ein schlechter Scherz!«, fuhr Marcel seinen Bildschirm an.

Der Absender der E-Mail nannte sich ›Gamemaster‹.

Marcel kam ins Grübeln. War das etwa eine Mail von dem Portal, bei dem er sich gerade angemeldet hatte? Nein, ganz sicher nicht. Dann wäre doch irgendwo ein Hinweis auf die Seite, dachte er. Die Mail hingegen enthielt lediglich den einen Satz:

›Das Spiel beginnt.‹

Darunter war ein Link auf eine Internetseite, der nur

aus einer Zahlenfolge bestand. In Marcel blitzte eine Erinnerung auf.

Er hatte sich einmal wegen einer ähnlichen Mail einen Virus ›eingefangen‹. Er musste damals seinen kompletten Rechner formatieren und alle Programme neu installieren. Alle Spielstände waren weg, eine ganze Menge an Daten war nicht mehr zu retten gewesen. Das wollte er kein zweites Mal erleben. Also löschte er die Nachricht.

Marcel war ziemlich niedergeschlagen, da die Internetseite, die ihm sein Kumpel in der Schule genannt hatte, doch nicht so toll war, wie er angekündigt hatte. Keiner der Links zum Download funktionierte. Immer wenn er etwas anklickte, kam der Hinweis, die Seite könne nicht geladen werden. Ganz so, als ob gar keine Dateien hinterlegt wären.

So ein Mist, dachte Marcel. Woran das wohl liegen könnte?

Er hatte sogar versucht, über einen anderen Browser Zugang zu den Dateien zu bekommen, was aber genauso wenig Erfolg gehabt hatte.

Wütend suchte er auf seinem chaotischen Schreibtisch nach seinem Handy. Als er das Telefon nicht gleich fand, schob er die Stapel mit Papier und Abfällen von der Arbeitsplatte. Halb zerknüllte Zettel stoben auf dem Boden auseinander und gesellten sich zu anderen Haufen, die auch den Weg in den Papierkorb nicht gefunden hatten.

Der Zustand des Zimmers erinnerte an Einbruchsszenen aus einem Krimi.

Unter einem leeren Burgerkarton fand er endlich sein Handy. Er löste die Tastensperre und begann, eine Textnachricht an den Freund zu schreiben, der ihm den Tipp mit der Internetseite gegeben hatte.

Gerade als er die SMS abschicken wollte, erschien am rechten unteren Bildschirmrand wieder der Hinweis:

›Sie haben eine neue Nachricht.‹

»Heute bin ich ja gefragt«, freute er sich. Er legte das Handy beiseite und öffnete die Mail.

›Nicht löschen! Lesen!‹ war zu sehen. Und wieder stand darunter dieser ominöse Link.

Marcel spürte, wie ihm das Blut in den Kopf stieg. Schweiß stand ihm auf der Stirn. War das etwa ein Trick von der Polizei, die ihm auf die Schliche gekommen war? Aber woher sollte die denn wissen, dass er die vorige Mail gelöscht hatte?

Er dachte nach. Dabei stützte er sich mit den Ellenbogen auf dem Tisch ab und legte den Kopf in seine Hände.

Dann fiel es ihm plötzlich ein.

Klar, über eine Lesebestätigung.

Schnell öffnete Marcel die Registerkarte ›Optionen‹ im Outlook.

Das Feld ›Lesebestätigung schicken‹ war nicht angeklickt. Wie hatte dieser seltsame Gamemaster es dann geschafft, nachzuvollziehen, dass er die Mail gelöscht hatte?

Ein Virus, klar.

Eilig öffnete er sein Virenprogramm und ließ einen Scan laufen. Ohne Resultat.

Hatte sich etwa jemand in seinen Computer gehackt? Aber wer? Etwa doch die Bullen? Verdammter Mist.

Ein Schulkamerad von Marcel war einmal von der Polizei observiert worden. Irgendwann standen sie vor seiner Tür und beschlagnahmten alles, was nach Computer aussah. Sie durchsuchten Schubladen, Schränke und CD-Regale nach Raubkopien. Und sie wurden reichlich fündig. Er hatte das aktuellste Windows-Betriebssystem und Office-Paket heruntergeladen, um sie an Schulfreunde zu verkaufen. Außerdem hatte er sich auf einer Festplatte eine beachtliche Sammlung von MP3s angelegt. Insgesamt fanden sie 150 GB Musikdateien. Auch davon hatte er Kopien erstellt, um sie an Bekannte zu verkaufen.

Die schockierten Eltern sahen fassungslos mit an, wie ihr gesamtes Haus auf den Kopf gestellt wurde. Laut ihrer Aussage wussten sie nichts von den Machenschaften ihres Sohnes. Sie hatten keine Erklärung dafür, weshalb ihr Kind es nötig hatte, sich mit dem Verkauf von gestohlener Software sein Taschengeld aufzubessern – bis die Polizisten ein Tütchen mit Marihuana hinter Schulordnern fanden.

Als das Verfahren abgeschlossen war, wurde eine empfindliche Geldstrafe fällig. Die Eltern weigerten sich, sie für ihren Sohn zu entrichten. Somit war er gezwungen, sich einen Nebenjob zu suchen, um die Strafe abzahlen zu können, was noch sehr lange dauern würde. Die einzige Alternative wäre gewesen, eine Zeit lang ins Gefängnis zu gehen.

Das alles war für den Jungen damals nicht einmal das Schlimmste. Weitaus schlimmer war, dass die Polizei auf seinem Rechner auch massenhaft pornografische Bilder und Videos gefunden hatte.

Von Männern.

Bei der Gerichtsverhandlung wurden sämtliche Inhalte des beschlagnahmten Materials aufgeführt; auch die Bilder.

Die Ermittlungsergebnisse sickerten zu den Mitschülern schneller durch als Wasser durch eine undichte Leitung. Von da an hatte der Junge kein schönes Leben mehr. Die Mädchen ekelten sich vor ihm, und die Jungs machten derbe Witze über seine sexuelle Neigung. Hin und wieder banden sie ihn im Umkleideraum nach dem Sportunterricht nackt an den Kleiderständer und präsentierten ihn so den nachfolgenden Schulklassen vor deren Sportunterricht.

Letztendlich war die Familie gezwungen, in eine andere Stadt zu ziehen, da die Eltern keine andere Möglichkeit sahen, die Quälereien zu beenden.

Klar, dachte Marcel, er hatte keine Bilder von nackten Jungs oder so etwas auf seinem Rechner, dennoch genügend anderes, was ihm richtig Ärger bereiten könnte. Wenn er nur an die Videos vom letzten Schullandheim dachte.

Damals hatte er eine Minikamera für Modellflugzeuge hinter einer Holzvertäfelung im Frauenwaschraum angebracht und die Mädchen seiner Klasse beim Duschen gefilmt.

Wenn das rauskäme, würde er möglicherweise von der Schule verwiesen. Mal ganz abgesehen von den Problemen, die er mit seinen Schulkameradinnen und deren Eltern bekäme. Denn selbstverständlich hatte er die Videos nicht nur selbst angesehen, sondern sie ins Internet gestellt. Die interessantesten Aufnahmen davon wurden zwischenzeitlich weltweit im Web gehandelt, was die betroffenen Schülerinnen und ihre Eltern tief bestürzte. In der Schule hatte diese Geschichte für große Aufregung gesorgt. Laufend war die Polizei im Haus und befragte die Schüler, die bei dem Ausflug dabei gewesen waren – auch Marcel.

Sein Herz schlug so wild in seiner Brust, dass er Angst hatte, der Polizist, der ihn vernahm, könnte es hören. Es gelang ihm jedoch, vorzugaukeln, er wäre genauso erschüttert wie die Mädchen und hätte Angst, von ihm könnten ebenfalls Videos, in der Dusche aufgenommen, auftauchen. Auf die Frage, wer das getan haben könnte, meinte Marcel, der Hausmeister der Jugendherberge hätte den Mädchen hinterhergegafft.

Als Marcel die Vernehmung überstanden hatte, kam die Angst, einer seiner Klassenkameraden könnte etwas ausplaudern, was zum Glück nicht geschah. Wie auch, niemand vermutete Marcel hinter den Videos.

Marcel starrte gebannt auf die Nachricht. Er fragte sich, ob er vielleicht doch mal nachsehen sollte, was sich hinter dem Link verbarg. Seine Hand ging langsam zur Maus. Mit dem Mauszeiger fuhr er in Richtung der Verknüpfung. Er spürte, wie sein Puls sich beschleunigte. Was würde geschehen, wenn er den Link anklickte?

Seine Hand verharrte auf der Maus, der Zeigefinger schwebte über der Taste.

»Ach, was soll's!« Er atmete scharf ein. Mit dem Finger schlug er regelrecht auf die Taste und klickte somit auf das schwarze X links oben im Fenster des Posteingangs. Die E-Mail war gelöscht.

Marcel lehnte sich in seinem Stuhl zurück und beugte den Kopf nach hinten. Mit den Händen massierte er sich die Augen.

Ein kurzes ›Bing‹ ließ ihn erschrocken nach vorn kippen.

›Sie haben eine neue Nachricht‹ stand auf dem Bildschirm.

»Verdammt, was ist denn los?«, entfuhr es ihm. Er spürte einen Stich im Herzen. Sein Magen krampfte sich zusammen. Am liebsten wäre er einfach aus dem Zimmer gelaufen.

Ängstlich las er die neue Nachricht.

Absender: ›Gamemaster‹.

»Was willst du Arschloch von mir? Lass mich in Ruhe!«, schrie er seinen Bildschirm an. Seine Nerven waren bis aufs Äußerste gespannt. Er begann, sich nervös am Hals zu kratzen. Überreizt sprang er von seinem Stuhl auf, setzte sich jedoch gleich darauf wieder hin.

Nervös trommelten seine Füße einen schnellen Takt auf dem Boden. Seine Hände waren schweißnass. Hektisch zündete er sich eine Zigarette an. Er sog den Rauch gierig ein. Zwischen den kurzen Zügen betrachtete er ängstlich den Monitor.

Was soll das?, fragte er sich. Das war sicherlich ein dummer Scherz von irgendeinem seiner Freunde.

Nicht von irgendeinem, dachte Marcel. Hinter so einem Mist konnte nur Andi stecken. Der war immer mal wieder für so einen bescheuerten Scherz gut.

»Dem Idioten werd ich's zeigen«, zischte er. Sein Gesicht war wutverzerrt. Er griff sich sein Handy und wählte Andis Nummer. Es dauerte lange, bis abgenommen wurde.

»Hey, Alter, was geht?«, meldete sich eine hohe Stimme. Andi war trotz seiner 15 Jahre noch nicht in den Stimmbruch gekommen.

»Geht soweit«, sagte Marcel gereizt. »Hey, Alter, kann es sein, dass du mich zuspamst? Lass den Scheiß lieber, sonst polier ich dir morgen in der Schule die Fresse.«

»Von was sprichst du, Mann? Ich bin mit meinem alten Herrn unterwegs. Ich kann dir gar keine Mails schicken.«

Marcel überlegte; wenn es nicht Andi war, wer denn dann?

»Alles klar, Mann. Bis morgen«, sagte er hastig. Andi wollte gerade fragen, was denn los sei, doch Marcel hatte bereits aufgelegt. Krachend landete das Handy auf dem Schreibtisch. Marcel starrte wieder auf den Bildschirm.

›Sie haben eine neue Nachricht.‹

Der Satz schrie ihm regelrecht entgegen.

Marcel sprang auf und brüllte: »Das ist nicht witzig!«

Dabei drohte er dem Monitor mit der Hand, in der er die Zigarette hielt.

Adrenalin brachte sein Blut zum Kochen. Er verspürte den übermächtigen Drang, seinen Zorn an irgendetwas auszulassen.

Unruhig ging er in seinem Zimmer auf und ab. Dabei drehte er die Zigarette zwischen seinen Fingern. Er vermochte vor Wut und Angst kaum mehr, einen klaren Gedanken zu fassen.

Für einen Moment blieb er stehen. Asche rieselte von seiner Zigarette zu Boden. Plötzlich sprang er zurück zu seinem Computer und öffnete die E-Mail.

›Nicht löschen! Lesen!‹

Darunter stand erneut dieser merkwürdige Link.

Dieses Mal klickte er darauf.

Es war ganz sicher nicht die Polizei. Warum sollten die so einen Psychoterror betreiben?

In seinem Internetbrowser öffnete sich ein neues Fenster. Zuerst war nur ein weißer Hintergrund zu sehen. Langsam baute sich ein Bild auf, auf dem eine Person zu erkennen war. Ihr Kopf war mit einem roten Kreis markiert. Im Hintergrund sah man ein altes Fachwerkhaus. In den Fenstern des Erdgeschosses waren Blumenkästen mit roten Geranien. Vor dem Haus war ein winziger Garten, durch den ein Weg führte. Das Grundstück war mit einem dunkel gestrichenen Lattenzaun von der Straße getrennt. Die Straße selbst war mit Kopfstein gepflastert.

Im oberen linken Rand des Bildes stand eine Adresse. Wahrscheinlich die Adresse, wo das Bild aufgenommen worden war, mutmaßte Marcel.

»Shit«, entfuhr es ihm. Er schlug mit der flachen Hand

auf die Tischplatte. »Und deswegen mach ich mir fast ins Hemd.« Mit beiden Händen fuchtelte er vor dem Bildschirm herum.

Er setzte sich wieder und lehnte sich zurück.

Ich hab mich wie eine Pussy angestellt, dachte er.

Seine Anspannung löste sich, und er ließ die angestaute Luft langsam entweichen. Seine Zigarette war vollends heruntergebrannt. Also tastete er seinen Schreibtisch mit einer Hand ab, auf der Suche nach seinem Aschenbecher. Als er ihn gefunden hatte, drückte er die verbliebene Glut aus.

Marcel fühlte sich plötzlich sehr erschöpft, als ob er eine schwierige Prüfung hinter sich hätte.

Nun hatte er Lust, sich mit seinen Kumpels zu treffen. Ein Bier könnte er jetzt gut gebrauchen.

Mal sehen, wer auf SchülerVZ war.

Er wandte sich wieder dem Computerbildschirm zu. Was er dort sah, ließ sein Herz für einen Schlag aussetzen.

›Sie haben eine neue Nachricht.‹

»Mann, Alter, was soll das? Wegen einem Scheißbild so einen Aufstand machen. Geht dir da einer ab oder was?« Seine Stimme hatte eine Oktave übersprungen und klang nun schrill wie eine Kreissäge.

Eilig öffnete er die E-Mail. Ein neues Fenster ging auf und zeigte einen langen Text, der mit ›Spielanleitung‹ überschrieben war.

# 12

Silke starrte Patrick ungläubig an. Sie schien das alles genauso wenig fassen zu können wie die anderen. Es war einfach zu schrecklich. Hannah wäre am liebsten davongelaufen, um nicht mehr hören zu müssen, was Patrick sagte. Allein die Vorstellung dessen war für sie beinahe unerträglich.

Um sich abzulenken, schweifte ihr Blick von Patrick zu Mario. Ungewöhnlicherweise hörte der gespannt zu. Im Normalfall interessierte er sich nicht für das Schicksal anderer. Hannah vermutete, dass er nur deshalb den Bericht verfolgte, um damit prahlen zu können. Sicherlich würde er in späteren Erzählungen die Ereignisse des Abends an der einen oder anderen Stelle gekonnt ausschmücken. Sie konnte sich auch gut vorstellen, dass er dann die Rolle von Patrick und Patrick seine Rolle einnehmen würde.

Hannahs Blick ging weiter zu Winnie, der neben Mario auf der Holzbank an der Feuerstelle saß. Das Feuer war nun vollends heruntergebrannt, und die orangefarbene Glut war zu grauer Asche geworden. Auf dem Grillrost lag ein einsames Stück verkohltes Fleisch, das Patrick wenige Minuten vor dem Unfall darauf gelegt hatte.

Winnie hatte das junge Mädchen an dem Holzstapel zurückgelassen, was Hannah ein wenig überrascht hatte. Eigentlich war sie davon ausgegangen, er würde sie mitbringen. Anscheinend hatte er sie nicht dazu bewegen können. Hannah wollte ihn fragen, wer die Kleine war, hatte dazu nur noch keine Gelegenheit gefunden. Zu sehr war Winnie daran interessiert, was es mit den Strichen im Gras auf sich hatte. Am liebsten wäre er zu der Unfallstelle gelaufen und hätte die Abdrücke selbst untersucht – was jetzt jedoch nicht mehr ging.

Die Polizei war zwischenzeitlich mit mehreren Fahrzeugen eingetroffen. Das Morgengrau sickerte langsam in das Tal, wurde jedoch von den blinkenden Blaulichtern zerrissen. Uniformierte Beamte hatten die Sprungschanze abgesichert. Keiner der Anwesenden durfte die Unfallstelle verlassen. Wenig später rauschte ein Zivilfahrzeug der Polizei an, aus dem eine ältere Dame stieg und sich einen weißen Overall überzog. Hannah vermutete in ihr die Gerichtsmedizinerin.

Die Frau lief zielstrebig zu dem toten Körper, der unverändert vor der Schanze lag. Neben der Leiche ging die Frau in die Knie. Dabei raschelte der Overall wie eine leere Einkaufstüte. Hannah sah, wie sie das Auge des Jungen mit einer Hand schloss. Anschließend nahm sie einige Untersuchungen an der Leiche vor. Hannah konnte nicht erkennen, um was genau es sich dabei handelte. Zuletzt veranlasste die Frau zwei Polizisten, den Toten in einem Leichensack zu verstauen. Die Männer legten den Toten in einen großen schwarzen Sack aus Kunststoffgewebe, hoben das Bündel an den Ecken hoch und trugen es zum Leichenwagen, der kurz zuvor eingetroffen war.

Hannah beobachtete den überlangen Mercedes Kombi, wie er die unebene Straße entlangrollte. Aus der anderen Richtung sah sie einen silbernen VW Passat den Waldweg hinaufrasen. Nachdem er schlitternd zum Stehen gekommen war, stieg ein Mann in Zivil aus und kam auf die Gruppe zu.

»Schaut mal, der möchte, glaube ich, zu uns«, flüsterte Hannah.

Das Aussehen des Mannes passte so gar nicht in die

gesamte Szenerie. Er trug eine dunkelgraue Stoffhose und ein weißes T-Shirt mit V-Ausschnitt. Sein Gang war leichtfüßig, dennoch entschlossen.

»Guten Tag, mein Name ist Roser von der Kriminalpolizei Göppingen. Gehören Sie zu den Partygästen?« Er sprach mit leicht arrogantem Unterton.

Hannah erhob sich und ging einen Schritt auf Roser zu, um ihm zur Begrüßung die Hand zu reichen. »Guten Tag, ich bin Hannah Fischer.«

»Gehören Sie zu denen?« Roser zeigte mit einem Stift vage über seine Schulter in Richtung der Partyzelte.

Hannah schüttelte den Kopf. »Meine Freunde und ich gehören nicht zu der Gruppe, die dort drüben eine Party veranstaltet hat. Wir haben hier unser eigenes Feuer gemacht.«

»Kennen Sie die Leute?« Er war ziemlich kurz angebunden.

»Nein«, gab sie ebenso knapp zurück.

»Haben Sie den Vorfall beobachtet?«

»Wir wurden darauf aufmerksam, als ein Mädchen wie wild zu schreien begonnen hat. Dann war plötzlich die Musik aus. Wie es passiert ist, haben wir nicht gesehen.«

Roser ging an Hannah vorbei auf den Rest der kleinen Tauchgruppe zu. Hannah folgte ihm.

Der Polizist stand breitbeinig da. Sein Blick wanderte ganz ruhig zu jedem Einzelnen der Gruppe. »Hat jemand von Ihnen daran gedacht, Erste Hilfe zu leisten?«

»Ja, ich«, sagte Patrick. »Aber es war zu spät.«

»Und Sie sind …?«

»Patrick Neuhäuser.«

Roser notierte sich den Namen in ein kleines Notizbuch, das er schon die ganze Zeit in der Hand hielt. »Meine Damen und Herren, ich muss Sie bitten, den Platz nicht zu verlassen. Wir müssen die Aussage jedes Einzelnen aufnehmen. Falls jemand von Ihnen über seine Erlebnisse sprechen möchte, haben wir einen Seelsorger mitgebracht. Herr … äh …«, er sah in seine Notizen, »… Neuhäuser, würden Sie mich bitte zu meinem Fahrzeug begleiten? Vielen Dank.« Roser wartete keine Antwort ab, sondern ging in Richtung seines Wagens. Patrick drückte kurz Hannahs Schulter und folgte ihm wie ein Hund seinem Herrchen. Nach einigen Metern drehte er sich um und warf seinen Freunden einen besorgten Blick zu.

Nachdem Patrick mit dem Polizisten in dessen Auto verschwunden war, herrschte eine Weile Stille in der Gruppe. Hannah kam es wie eine Ewigkeit vor, bis Winnie schließlich das Schweigen brach.

»Habt ihr gesehen, wie der uns alle angeschaut hat? Sehen wir etwa so aus wie die ganzen Freaks auf Ecstasy da drüben?« Er spuckte die letzten Worte geradezu aus. Offensichtlich war er stinksauer.

»Das muss er eben. Der macht doch nur seinen Job«, sagte Hannah besänftigend. »Was ist denn los mit dir? Das ist eben so, wenn ein Unfall passiert. Deswegen sind wir doch nicht gleich verdächtig oder so was.«

»Klar, du kennst dich da aus. Madame macht so was wahrscheinlich öfter mit, oder?«

»Das ist nicht fair. Ich wollte dich nur beruhigen. Was ist denn los mit dir?«

»Was mit mir los ist? Das fragst du noch?« Seine Stimme überschlug sich beinahe. »Ganz einfach: Ich hab eine Scheißnacht hinter mir, hab nicht geschlafen, da vorn liegt ein Toter mit gespaltenem Schädel. Dort hinten hockt ein junges Mädel, das total am Ende ist und kein Wort Deutsch spricht.« Tränen standen in seinen Augen. »Das ist los.« Winnie vergrub den Kopf in den Händen.

»Was hast du gesagt? Das Mädchen kann kein Wort Deutsch?«, fragte Silke erstaunt.

»Nein, sie spricht nur Französisch.« Er bebte, als würde er jeden Moment zusammenbrechen.

Schnell lief Hannah zu ihm und nahm ihn in den Arm. Er zitterte am ganzen Körper.

»Französisch?«, fragte Silke wieder. »Was macht denn eine Französin mitten auf der Schwäbischen Alb?«

Winnie schüttelte den Kopf.

Mario stand auf und griff sich eine Decke. »Ich frag sie mal, ob ich ihr irgendwie helfen kann.«

Das war klar, dachte Hannah. Wenn einer der französischen Sprache mächtig war, dann Mario. Sie wusste, dass er in der Schule mehrere Fremdsprachen gelernt hatte. Er durfte schon als Kind viele Sommerferien im Ausland verbringen. Sein Vater war Unternehmer, daher war Geld nie ein Problem gewesen. Hannah wunderte sich eher darüber, wie mitfühlend Mario plötzlich war.

Wenig später kam er zurück. Die Decke hatte er dem Mädchen gelassen.

»Bei dem Jungen handelt es sich um ihren neuen Freund. Sie sind französische Austauschschüler und haben hier zum Abschluss eine Party gefeiert. Heute Mittag sollte es eigentlich nach Hause gehen. Sie ist total fertig. Ich hab ihr gesagt, die Polizei hat Leute mitgebracht, die mit ihr über den Unfall reden können. Das wollte sie aber nicht. Ich hab sie dann in Ruhe gelassen. Mit Sicherheit wird sie noch genug Gespräche mit den Polizisten über sich ergehen lassen müssen – wenn jemand von denen Französisch kann, was ich bezweifle.«

Hannah war überrascht über Marios Feinfühligkeit. »Mario, das war sehr nett von dir«, sagte sie sanft. Dabei lächelte sie ihn müde an. »Können wir denn irgendetwas für das Mädchen tun? Sie kann dort doch nicht die ganze Zeit sitzen bleiben.«

»Scheinbar haben die Gasteltern sie schon angerufen, weil sie erfahren haben, was passiert ist. Die werden jeden Moment da sein.«

»Oh mein Gott, wie schlimm muss das sein, auf so eine Art seinen Freund zu verlieren?« Hannah empfand tiefstes Mitleid mit dem Mädchen. In so jungen Jahren den Partner zu verlieren, wenn man gerade erst Schmetterlinge im Bauch hatte, musste schrecklich sein.

Die verbliebenen vier Freunde saßen schweigend in der Runde und starrten auf das Häufchen Asche, das von ihrem Wochenendausflug übrig geblieben war. Die Morgensonne war bereits über den Hügeln zu sehen, drang aber noch nicht bis in die Niederungen des Tals vor. Die ersten Vögel begannen zwischen Motorengeräuschen, Stimmengewirr und Handygeklingel ihre fröhlichen Lieder zu singen.

Ganz so, als wäre nichts geschehen.

Hannah sah zum Himmel auf. Weit oben in der Stratosphäre entdeckte sie feine Wolkenschleier. Ansonsten war der Himmel wolkenfrei. Sie spürte, wie Winnie sich langsam ein wenig beruhigte. Sein Atem ging gleichmäßig. Die einzige Bewegung seines Körpers war das Heben und Senken der Schultern beim Atmen.

Unvermittelt hob er den Kopf.

»Was ist?«, fragte Silke. »An was denkst du gerade?«

Hannah schmunzelte unvermittelt. Typisch Frau.

Winnies Stimme war kaum mehr als ein Flüstern. »Was, wenn es kein Unfall war? Was, wenn jemand den Draht absichtlich gespannt hat, damit das passiert?«

Hannah konnte Winnie gedanklich nicht ganz folgen. Doch als sie den Mund öffnen wollte, um zu fragen, was er damit meinte, sagte Silke: »Das war mit Sicherheit ein Unfall. Der Typ hat sich vollgedröhnt und wurde übermütig. Vielleicht wurde er dazu angestachelt. Man hört doch immer wieder von so bescheuerten Aktionen irgendwelcher Kids.«

Winnie schüttelte nur den Kopf. »Patrick hat gesagt, die Stangen hätten vor kurzer Zeit noch im Gras gelegen.«

»Nein, das hat er nicht gesagt. Er hat nur gemeint, hinter den Stangen seien Abdrücke im Gras gewesen.« Silke unterbrach Winnie schroff. Sie schien das, was er andeutete, partout nicht glauben zu wollen.

»Die Abdrücke sehen genauso aus, als ob sie von den Stangen wären. Wer kommt denn auf die Idee, an einer Schanze ein Drahtseil zur Absperrung zu spannen und es nicht zu markieren?« Winnies Züge wirkten hart und entschlossen.

Silke nahm sein Kinn in die Hand und drehte sanft seinen Kopf zu sich. »Winnie, das ist wirklich dein Ernst, oder?« Sie spürte, wie Angst durch ihren Körper kroch. Was, wenn Winnies Vermutung tatsächlich richtig war? Dann wären sie nicht Zeugen eines Unfalls, sondern eines Mordes geworden.

Dieser Gedanke ließ sie unvermittelt frösteln. Zitternd fuhr sie fort: »Geh zu dem Polizisten und erzähl ihm, was du vermutest.«

# 13

*Spielanleitung:*

*Grundsätzliches: Falls du es bis jetzt noch nicht verstanden haben solltest, du hast dich bereit erklärt, an meinem Spiel teilzunehmen. Die Regeln sind ganz einfach. Wichtig ist, dass du genau tust, was ich dir sage.*

*Ziel des Spieles: Du hast den Link zu einem Bild geschickt bekommen, auf dem eine Person und eine Adresse zu sehen sind. Du musst die abgebildete Person innerhalb der nächsten vier Tage finden. Anschließend musst du ihr einen Zettel unterschmuggeln mit folgendem Inhalt:*

*Das Leben ist schön*
*http://www.facebook.de/2376.32.23/kisses*

*Regeln: gibt es nicht viele.*

*Alle Hilfsmittel zum Auffinden der Person sind erlaubt. Nicht erlaubt ist, mit der Person in persönlichen Kontakt zu treten. Ist das der Fall, hast du verloren.*

*Findest du die Person nicht bis zum Fristablauf, hast du verloren. Schaffst du es nicht, der Person vor Fristablauf den Zettel unterzuschieben, hast du verloren.*

*Ende des Spiels: Das Spiel ist vorbei, wenn du die Person gefunden und die Nachricht erfolgreich übergeben hast.*

# 14

Seit einigen Tagen bekam das Bundeskriminalamt außergewöhnliche Anfragen von verschiedenen polizeilichen Dienststellen in Baden-Württemberg.

Mehrere Menschen hatten sich beunruhigt an die Polizei gewandt, da sie E-Mails erhielten, nachdem sie sich auf einer Internetseite, die illegale Downloads anbot, registriert hatten. Laut den Schreiben hätten sie sich dadurch bereit erklärt, an einem Spiel teilzunehmen, bei dem eine auf einem Foto abgebildete Person gefunden werden sollte.

Die Dienststellen vor Ort leiteten die E-Mails mit den Spielanleitungen und Internetlinks an das BKA und dessen Spezialeinheit ZaRD weiter.

ZaRD ist die ›Zentralstelle für anlassunabhängige Recherche in Datennetzen‹ mit dem Auftrag, durch Internetrecherchen Cyberkriminellen auf die Schliche zu kommen – insbesondere im Internet aktiven Kinderpornografieringen und neonazistischen Vereinigungen. Hierfür sind etwa 60 Ermittler, Ingenieure und Wissenschaftler im Einsatz. Durchschnittlich werden jährlich 600 Fälle recherchiert und an die zuständigen Landeskriminalämter sowie ausländische Behörden weitergegeben.

Im aktuellen Fall berichteten zahlreiche Betroffene, ihnen sei gedroht worden, die abgebildete Person würde getötet, würde sie von ihnen nicht gefunden.

Nahezu das gesamte Ermittlerteam war rund um die Uhr damit beschäftigt, den Aufenthaltsort des E-Mail-Versenders herauszufinden.

Normalerweise kann über den E-Mail-Account festgestellt werden, von wo die E-Mails verschickt werden. Eine weitere Möglichkeit besteht darin, über den Provider der Internetseite die Adresse des Seiteninhabers herauszufinden. Kann keine Adresse ermittelt werden, wird über die IP-Adresse der Einwahlknoten festgestellt, wodurch die Suche auf wenige Häuser eingegrenzt werden kann.

In diesem Fall war der Gesuchte allerdings mit allen Wassern gewaschen. Der E-Mail-Account konnte nicht ermittelt werden. Die Suche nach der IP-Adresse verlief im Sand. Die Standorte wechselten im Minutentakt.

Somit blieb ZaRD nichts anderes übrig, als die bisher ermittelten Fakten gebündelt an alle Landeskriminalämter weiterzuleiten, damit diese bei Bedarf die ermittelnden Beamten in Kenntnis setzen konnten.

## 15

Kommissar Roser hatte zuerst Patrick, dann Hannah, Silke und Mario einzeln befragt. Es dauerte lange, bis Winnie endlich an der Reihe war.

Da seine Freunde bereits nach Hause gegangen waren, war er nunmehr ganz allein an der Feuerstelle und wartete, dass Roser ihn rief. Seine Freunde hatten zwar gefragt, ob sie bleiben sollten, er aber hatte abgelehnt. Insgeheim dachte er, ihm sei ein wenig Ruhe ganz recht nach der ganzen Aufregung. Er musste seine Gedanken ordnen. Und das konnte er nicht, wenn er von Silke andauernd mit Fragen gelöchert wurde.

Hannah hatte sich, bevor sie ging, versichert, ob wirklich alles in Ordnung mit ihm sei. Offensichtlich hatte sie seinem gespielt munteren Nicken geglaubt. Sie hatte ihm einen zärtlichen Kuss auf die Wange gegeben und war gegangen.

Als sie abfuhren und er ihnen hinterherwinkte, überkam ihn ein wenig Wehmut. Das Tauchwochenende, auf das sich alle so gefreut hatten, war gestorben.

»Herr …«, ertönte Rosers Stimme hinter Winnie.

»Schäfer.« Ein tolles Namensgedächtnis hat der nicht, dachte er, den Blick nach wie vor wie hypnotisiert in die Ferne gerichtet.

Roser ging um ihn herum und setzte sich ihm gegenüber auf eine Holzbank. »Herr Schäfer, erzählen Sie mir bitte im Einzelnen, was Sie von dem Unfall gesehen haben.« Er klang mitfühlend, aber ernst.

Winnie riss sich zusammen und antwortete: »Gesehen habe ich an und für sich das Gleiche wie meine Freunde.« Er überlegte einen Moment. »Ich möchte Ihnen gern etwas zeigen.«

»Was denn?«

»Können wir gemeinsam zu der Stelle gehen, an der das Seil gespannt ist?«

»Klar. Die Spurensicherung ist soweit fertig. Was möchten Sie mir denn zeigen?«

Winnie stand auf. Da er nicht wollte, dass Patrick im Nachhinein Ärger bekam, weil er der Polizei Informationen vorenthalten hatte, musste er Roser glauben machen, er sei selbst auf die Sache mit den Stangen gestoßen.

»Ich habe an den Befestigungen des Seils etwas Merkwürdiges entdeckt. Das sollten Sie sich mal anschauen.« Er ging los, ohne auf Roser zu warten.

»Moment mal. Warten Sie!«, rief ihm der Polizist hinterher. Kurz darauf schloss er zu Winnie auf, der auf die Sprungschanze zuhielt. Winnie war extrem unwohl bei dem Gedanken, dorthin gehen zu müssen, wo ein Mensch gestorben war. Schon von Weitem sah er das viele Blut auf dem Kunstrasen. Eilig wandte er den Blick ab und ging zu der Stelle, an der die Stangen im Boden befestigt waren. »Schauen Sie sich die Abdrücke hinter den Stangen an. Sehen Sie das platt gedrückte Gras?« Winnie zeigte darauf.

Roser beugte sich hinunter, um die Spuren genau zu betrachten. »Hm, sieht so aus, als wenn die Stangen vor Kurzem noch im Gras gelegen hätten. Warten Sie einen Moment.« Er blätterte in seinen Notizen. »Die Spurensicherung meinte, die Abdrücke könnten eventuell durch den Aufprall entstanden sein. Als die Stangen zurückfederten, nachdem die Seilspannung wieder nachgelassen hatte.«

»Nein, das glaube ich nicht. Schauen Sie sich doch mal die Stangen an. Bevor die sich gebogen hätten, wäre wohl das Seil gerissen.« Winnie tippte auf das Ende einer Stange.

»Stimmt. Da haben Sie wohl recht.« Roser schlug sein Notizbuch zu. »Verdammt, das hätten die Geigen von der SpuSi eigentlich selber bemerken müssen.«

»Herr Roser, ganz ehrlich, ich kann mir nicht vorstellen, dass die Sprungschanze generell mit einem so schwer sichtbaren Seil abgesperrt wird. Das hielte ich für viel zu gefährlich. Hier spielen doch auch oft Kinder. Und im Winter sind eine Menge Leute mit ihren Schlitten unterwegs. Ich finde, es wäre grob fahrlässig, so ein Seil zur Absperrung zu spannen.«

Roser sah Winnie einen Moment an. Winnie konnte regelrecht sehen, wie dessen Gehirn ratterte. Dann nahm der Polizist das Funkgerät aus der Jackentasche. »Antonia? Kommen.« Roser hob das Funkgerät ans Ohr.

Nach einigen Sekunden krächzte die Stimme einer Frau aus dem Lautsprecher: »Antonia hört.«

Das Gerät war so laut eingestellt, dass Roser zusammenfuhr und es schnell von sich weghielt. Genervt drehte er es leiser. »Sag mal, ist von der Skizunft schon jemand da?«

Winnie sah sich um, ob er noch jemanden mit einem Funkgerät entdecken konnte. Am Waldrand stand eine Polizistin mit feuerroten Haaren, die in ein Funkgerät sprach.

»Ja, soll ich ihn rüberschicken?«, fragte die trotz der Verzerrung freundlich klingende Stimme.

»Ja bitte. Ende.« Roser steckte das Funkgerät wieder an den Gürtel, während Winnie die Polizistin weiter beobachtete. Ihre Haare leuchteten förmlich vor dem grünen Hintergrund des Tannenwaldes. Sie hatte lange Beine und war, soweit es von ihm aus zu sehen war, ziemlich groß. Mit ausgreifenden Schritten ging sie auf einen jungen Mann in Trainingskleidung zu und sprach mit ihm. Sie zeigte in Winnies Richtung, woraufhin der Mann sich lässig in Bewegung setzte.

Für Winnie sah der Kerl wie ein typischer Skilehrer aus. Braun gebrannt, muskulös, kurze schwarze Haare und einen Gesichtsausdruck, als gehöre ihm die ganze Welt. »Servus. Die Braut hat gemeint, ich soll hierher kommen«, meinte er derb.

»Sie sind Herr …?«

Es schien eine Angewohnheit von Roser zu sein, so nach dem Namen zu fragen, dachte Winnie.

»Nennen Sie mich einfach Feini.«

»Alles klar, Feini. Zuerst mal ist das keine *Braut,* sondern meine Kollegin Antonia Ronda. Genau so sollten Sie sie auch nennen. Klar?« Rosers Blick ruhte eiskalt auf Feini, der nach dem Rüffel einiges an Größe eingebüßt hatte. »Ist es Standard, dass ein Drahtseil quer über die Schanze gespannt wird?«

»He, Mann, easy.« Feini machte einen Schritt zurück und hob die Hände schützend vor den Körper. »Wollte nur die Stimmung auflockern.« Seine Arroganz war bereits zurückgekehrt. »Wir sperren die Schanze nicht ab. Nachher vergisst einer von den Rookies, das Teil zu entfernen, und fährt sich die Hachsen ab.«

Einfach ein toller Typ, dachte Winnie. Steht am Schauplatz eines tragischen Todesfalls und spielt sich auf.

»Bedeutet das, diese Stangen und das Seil gehören nicht dem Skiclub?«, fragte Roser.

»Das bedeutet es.«

»Danke. Sie können gehen.« Roser wandte sich von Feini ab, woraufhin dieser, ein wenig verwundert über Rosers Fragen, ebenso lässig, wie er gekommen war, davonstolzierte.

»Was für ein aufgeblasener Angeber«, rutschte es Winnie heraus.

»Allerdings. Zumindest wissen wir jetzt, dass es sich wohl nicht um einen Unfall handelt.«

# 16

Ich war langsam wirklich sauer. Es war drei Uhr nachts. Mir war kalt, ich hatte einen Horrornachmittag hinter mir und war hundemüde. Meine Freunde jedoch hatten nichts Besseres zu tun, als im Dreck zu wühlen – noch dazu sturzbetrunken.

Das so bedeutsame Fundstück von Armin hatte sich lediglich als getrockneter Hundekot herausgestellt. Alle Aufregung war umsonst gewesen. Dennoch wollten meine Freunde einfach nicht aufgeben, sondern ihren Fall – wie sie es inzwischen nannten – lösen.

Ich hingegen war nur noch genervt. Ich saß wieder auf der Holzbank und döste vor mich hin. Ein Stück entfernt hörte ich Ralf und Armin durch die Büsche pirschen. Äste knackten, Blätter raschelten; und ab und an fluchten sie leise, wenn sie sich an etwas stießen.

»Jungs, es reicht jetzt wirklich.« Ich stand auf und sah mich suchend um. Zwischen Baumstämmen blitzten Taschenlampen auf. »Ihr werdet nichts finden. Weil es nichts zu finden gibt. Lasst uns verschwinden!«, rief ich – keine Reaktion.

Verärgert setzte ich mich wieder und betrachtete die Hügellandschaft am Fuß des Schwarzwaldes.

In der Ferne funkelten die Lichter Straßburgs vor dem tiefschwarzen Nachthimmel. Die Hügel der umliegenden Landschaft waren schwach vom Mondschein beleuchtet. Knapp oberhalb der Talsohle erhellten die Scheinwerfer eines Autos, das sich die Oppenauer Steige hoch quälte, die Umgebung. Das Lichtspiel zwischen den Tannen hatte etwas Mystisches. Streifen weißen Lichtes, wie mit einem scharfen Messer geschnitten, bewegten sich durch die Nacht. Immer wenn ein Lichtstrahl auf den Nebel in den Tälern traf, flammte das gesamte Tal in einem milchigen Schein auf. In einer romantischen Nacht am Lagerfeuer hätte man dieses Schauspiel stundenlang genießen können. Mich hingegen ödete die Aussicht nach dem langen Warten an. Ich spürte, wie meine Augenlider schwer wurden. In meinem Kopf surrte es vor Müdigkeit. Lass die machen, was sie wollen, dachte ich mir. Ich leg mich jetzt schlafen.

Also streckte ich mich auf der Bank der Länge nach aus und gab dem Drang nach, meine Augen zu schließen. Sofort schwammen meine Gedanken im Strom des Nichts davon.

Es war kalt, eiskalt. Um meine Ohren pfiff der Wind. Auf meinem Gesicht spürte ich die schneidende Luft. Vor mir, neben mir und über mir nichts als das tiefe Blau des unendlichen Himmels. Es gab keine Hindernisse, keine Grenzen und niemanden, auf den ich achtgeben musste.

Ich fühlte mich vollkommen frei.

Leicht wie eine Feder war ich imstande, dort hinzufliegen, wo der Wind mich hintrug – und meinen Gleitschirm.

Mein Höhenmesser zeigte mir an, dass ich 3.224 Meter über dem Meer war. Vor mir lag der Chiemsee. Im Licht der Sonne glitzerte seine Oberfläche in intensivem Türkis. Auf einer kleinen Insel inmitten des Wassers lag das Schloss Herrenchiemsee herrschaftlich und ruhig da. Segelboote trieben friedlich über den glatten Spiegel des Sees.

In meinem Rücken ragte der Hochfelln in die Höhe. Sein Gipfel war noch mit Schnee bedeckt. An den sonnenbeschienenen Südhängen aber hatte der Frühling bereits Einzug gehalten. Das Gras war saftig grün, und die Bäume trugen ihr erstes zartes Laub.

Heute ging es unglaublich gut nach oben. Die Thermik war am Start zwar etwas eng und dadurch schwer auszufliegen, umso höher ich stieg, umso breiter und schneller wurde sie jedoch. Außer mir war niemand so weit oben. Ich sah andere Piloten unter mir fliegen, zwischen uns lagen mindestens 600 Meter Höhendifferenz.

Ich ließ die Bremsgriffe meiner Steuerleinen los und streckte die Arme wie Flügel aus. Die Luft strich sanft daran vorbei. Ich spielte mit den Handflächen im Wind.

Mein Ziel war es, Herrenchiemsee zu erreichen. Wenn möglich, wollte ich direkt vor dem Schloss neben dem riesigen Springbrunnen einlanden. Dank meiner Höhe sollte dieses Vorhaben funktionieren, trotz des Gegenwindes, der ab dem Frühjahr hier stets herrschte. Um schneller voranzukommen, trat ich in meinen Beschleuniger. Mithilfe dieses Seils zog ich die Vorderkante des Gleitschirms herunter, wodurch sich sein Abstellwinkel veränderte: Ich gewann an Geschwindigkeit. Ganz so, als senkte ein Flugzeug die Rumpfspitze ein wenig.

»Armin, kommen«, funkte ich. Er sollte mich am Chiemsee abholen. Seine Antwort kam prompt.

»Komm mal her«, dröhnte es aus den Lautsprechern.

Was sollte das denn jetzt?

»Beweg dich, Mann.« Er schien es eilig zu haben.

Verstand er denn nicht, dass ich nicht einfach landen konnte?

»Komm rüber, ich hab was gefunden.«

Ich öffnete die Augen.

Das war nicht der Chiemgau. Ich befand mich nicht in 3.200 Metern Höhe. Stattdessen lag ich auf dieser blöden

Holzbank, und meine Freunde spielten immer noch Sherlock Holmes und Doktor Watson.

Verschlafen rieb ich mir die Augen, um langsam wieder zu mir zu kommen. Ich hatte das Gefühl, Tausende Fliegen schwirrten in meinem Kopf umher. Erneut schloss ich die Augen und wartete, bis das Schwindelgefühl nachließ. Dann setzte ich mich schlaftrunken auf.

Mein Hals war trocken, als ich zu sprechen begann: »Lass mich raten. Dieses Mal hast du Erde gefunden, die, wenn man sie um Punkt 12 Uhr mittags an einem Freitag, dem 13. in einem Winkel von 38,2 Grad in die Sonne hält, die Adresse und Telefonnummer des berühmten Schwarzwald Yetis zeigt«, sagte ich tonlos. Dabei fuhr ich mir mit der Hand über das Gesicht. Mein Magen rebellierte ein wenig, vermutlich vom Alkohol.

»Nein, ich muss dich leider enttäuschen«, antwortete Armin schnippisch. Seine Stimme war plötzlich ganz nahe. Als ich die Augen öffnete, stand er direkt vor mir. Dahinter war Ralf; in Zigarettenrauch eingehüllt. Armin hielt etwas Langes, Schmales in der Hand. Angeleuchtet vom kalten Schein einer der Taschenlampen, wirkte es wie eine Waffe aus einer anderen Welt.

Ein Messer.

Ich fuhr zusammen. Von der plötzlichen Aufregung wurde mir schwarz vor Augen. Ich atmete tief durch.

»Jetzt bisch platt, hä«, triumphierte Ralf.

»Wo habt ihr das her? Verdammt, was klebt da dran?« Neugierig geworden stand ich auf.

»Blut«, gab Armin kurz und bündig zur Antwort. Beide hatten die Brust stolz vorgereckt.

»Verdammt, Armin, du hast das Teil angefasst. Bist du eigentlich bescheuert?« Erst jetzt sah ich die Hülle einer Taschentuchpackung, die um das Messer gewickelt war.

»Wir sind doch keine Anfänger. Na, was sagst du jetzt? Das hättest du nicht erwartet, oder?«

Nicht erwartet war leicht untertrieben. Ich war total platt. Wenn unsere Theorie vom letzten Abend wirklich stimmte, hatten die Spinner gerade die Mordwaffe gefunden.

Bei dem Gedanken daran schnürte sich mir der Hals zu. Die Luft um mich herum wurde dünn, das Atmen fiel mir schwer.

Als ich wieder zu sprechen begann, erschien es mir, als klängen meine Worte extrem gepresst. »Wir müssen damit zur Polizei gehen.«

Das war allerdings leichter gesagt als getan. Unsere Lage hatte sich, seit wir in Oppenau losgefahren waren, nicht wirklich verbessert. Wir waren zwar ein wenig klarer im Kopf, aber das änderte nichts an der Tatsache, dass wir mitten im Nirgendwo standen, wo es nicht einmal Handyempfang gab, um ein Taxi zu rufen. Auch per Anhalter zu fahren, war keine Option. Selbst wenn um diese Uhrzeit ein Auto vorbeikäme, würde der Fahrer wohl kaum drei dreckbesudelte, nach Alkohol stinkende Typen mitnehmen.

Da Ralf überzeugt war, dass der Polizist Spechtle aus Oppenau nicht der Richtige für die Aufklärung des Falles war, blieben uns zwei Möglichkeiten: Entweder wir gingen den langen Weg hinunter ins Tal, schliefen unseren Rausch aus und fuhren am Morgen frisch geduscht zur Polizei nach Freudenstadt, oder wir schliefen unseren Rausch hier aus und nahmen morgens den ersten Bus nach Freudenstadt, der etwa anderthalb Kilometer von hier entfernt abfuhr.

Ralf und Armin waren sich sofort einig, so schnell es nur ging zur Polizei zu gehen, um ihren Fund zu melden. Folglich verbrachte ich den Rest der Nacht auf der mir bereits vertrauten Holzbank.

Meine Laune hatte ihren Tiefpunkt erreicht. Ich machte kein Auge mehr zu. Zu viele und zu wilde Gedanken gingen mir durch den Kopf.

Was, wenn der Killer noch hier war? Was, wenn er, während wir schliefen, über uns herfiel und einem nach dem anderen die Kehle aufschlitzte?

Mein Gott, wir würden morgens aufwachen und wären alle tot.

So ein Quatsch!

Schließlich spürte ich doch, wie meine Glieder schwer wurden und ich langsam in einen unruhigen Schlaf glitt.

Als ich aufwachte, war mir eiskalt. Kein Wunder, wenn man ohne Schlafsack Anfang Mai im Freien schlief.

Die Sonne war bereits über den Baumkronen im Osten zu erkennen, und die Vögel zwitscherten ihr Morgenlied.

Ich sah mich nach meinen Freunden um.

Ralf schlief. Armin stand breitbeinig direkt an der Kante des Startplatzes und blickte ins Tal. Sicherlich bewunderte er den tollen Morgen, dachte ich. – Weit gefehlt. Ein dünner Strahl kam zwischen seinen Beinen zum Vorschein.

Prost Mahlzeit.

»Guten Morgen, Armin. Hast du gut geschlafen?«, krächzte ich und rieb mir den Schlaf aus den Augen.

Armin drehte sich um, bevor er den Reißverschluss seiner Hose vollständig geschlossen hatte.

»Auch schon wach? Hast du beim Pinkeln schon mal so eine Aussicht gehabt?«

Meine Zeit, dachte ich, der Kerl hatte wirklich nur Quatsch im Kopf.

»Morgentoilette fällt wohl aus, oder hast du neben den Taschenlampen auch an Wasser, Zahnbürsten und Seife gedacht?«

»Sorry, da muss ich dich enttäuschen. Ich hatte mich nicht für eine Übernachtung im Freien gerüstet.«

»Jochen, du wirsch alt«, dröhnte Ralfs heisere Stimme durch den Frühlingsmorgen. Er lag zwei Bänke weiter auf dem Rücken und zündete sich eine Zigarette an.

»Auch dir einen guten Morgen«, antwortete ich freundlich.

Ich benötigte einen Moment, um richtig wach zu werden. Dann stand ich auf und verschwand hinter ein paar Büschen. Als ich zurückkam, warteten Armin und Ralf bereits abmarschbereit auf mich.

»Bäh.« Ich schnalzte mit der Zunge. »Ich hab nen grauenhaften Geschmack im Mund, sag ich euch.«

Armin kramte in seiner Jackentasche und zog einen verbogenen Kaugummi hervor. »Hier. Ist zwar nicht wie Zähneputzen, aber es hilft ein wenig.«

»Danke.«

Anschließend trotteten wir die Straße entlang zur Bushaltestelle. Es herrschte kein Verkehr. Wir mussten nur kurz auf den Bus warten, der uns nach Freudenstadt brachte. Der Busfahrer wunderte sich offensichtlich, als wir einstiegen. Da wir aber brav unsere Fahrkarten lösten und auch sonst keinen Lärm veranstalteten, sagte er nichts.

In Freudenstadt machten wir uns auf die Suche nach der Polizei. Wir versuchten, Passanten anzusprechen, was sich allerdings als nicht einfach erwies. Scheinbar machten wir einen seltsamen Eindruck auf die sonntäglichen Frühaufsteher. Die meisten wechselten die Straßenseite, wenn sie uns sahen, oder gingen schnell weiter, ohne uns die gewünschte Auskunft zu geben.

Irgendwann fanden wir einen Mann, der wohl ebenfalls ein feuchtfröhliches Abendprogramm hinter sich hatte. Nachdem er uns ungefragt einen Abriss seiner letzten

Nacht gegeben hatte, beschrieb er ausführlich den Weg. »Wenn ihr zu den Bullen müsst, weil euch ne Tussi angeschwärzt hat, bestreitet immer, davon gewusst zu haben, dass sie erst 16 Jahre alt war.« Er fand seinen Spruch extrem witzig. Bei uns hielt sich die Belustigung in Grenzen.

Schweigend gingen wir den Weg, den er uns erklärt hatte. Dieser führte an geschlossenen Geschäften vorbei auf den Marktplatz zu. Zur Linken sahen wir das Fachwerkgebäude einer Hausbrauerei, vor uns erstreckte sich eine weitläufige gepflasterte Fläche, die von meist dreistöckigen mit Arkaden versehenen Häusern eingefasst war. Das Polizeigebäude selbst befand sich an der nordwestlichen Ecke des riesigen Platzes. Direkt vor dem Gebäude lag eine Rasenfläche, die den halben Marktplatz einnahm. Darauf standen Massen von aneinandergeketteten Bistrostühlen und -tischen. Hier würden sicherlich, falls das Wetter weiterhin so schön bliebe, neben sonnenhungrigen Ausflüglern bald auch Horden von Familien und Rentnern einfallen, um zu frühstücken.

Bei der Polizeidirektion handelte es sich um einen mehrgeschossigen Fachwerkbau, der die Form eines L hatte. Die Räume des Erdgeschosses waren etwas kleiner als die der Obergeschosse. Gehalten wurde die Konstruktion von sich aneinanderreihenden Rundbögen, unter denen man an dem Gebäude entlanggehen konnte.

Am Eingang zur Wache befand sich ein kleiner Raum. Um in die eigentliche Dienststelle zu kommen, trug man sein Anliegen in dieser Schleuse über eine Gegensprechanlage dem diensthabenden Polizisten vor. Durch eine Tür gelangte man dann in einen Wartebereich, wo man vom zuständigen Polizeibeamten abgeholt wurde. So der normale Vorgang.

Bei uns lief es folgendermaßen ab: Ralf blieb vor dem

Gebäude stehen, da er noch rauchte. Ich öffnete die Tür und ließ Armin den Vortritt. Er ging schwungvoll hindurch, sagte laut: »Guten Morgen«, und zog aus seiner Jackentasche das gefundene Messer hervor.

In diesem Moment begriff ich, wie diese Aktion auf den Polizisten hinter der Glasscheibe wirken musste.

Hinter uns klickte es leise. Die Eingangstür war verschlossen. Wir waren in der Schleuse gefangen.

Ich schluckte schwer, als ein Alarm ertönte und der Befehl aus dem Lautsprecher dröhnte: »Lassen Sie die Waffe fallen. Sie kommen hier nicht mehr raus.«

Toll gemacht, Armin, dachte ich.

Wir sahen uns ungläubig an. Ich schüttelte den Kopf, Armin hingegen zuckte nur mit den Achseln.

»Lass das Messer los«, zischte ich.

Wie in Zeitlupe legte er das Messer auf den kleinen Tresen vor der Glasscheibe.

Wieder ertönte die Stimme: »Gut! Heben Sie die Hände hinter den Kopf und drehen Sie sich mit dem Gesicht zur Wand.«

Armin schien immer noch nicht verstanden zu haben, in was für einer Lage wir uns befanden. »Leute, ganz locker, wir …«

Ich schnitt ihm das Wort ab. »Sei ruhig und tu, was die sagen, Blödmann.«

Ich selbst nahm die Hände hinter den Kopf und drehte mich wie gefordert zur Wand. Dabei sah ich, wie Ralf ungläubig zur Tür hereinstarrte. Armin blickte mich fragend an. Ich nickte ihm zu, und endlich hob auch er die Hände.

Zwei Beamte mit gezückter Waffe standen im Warteraum. Ein weiterer Beamter öffnete langsam die Tür zu dem Räumchen, in dem wir standen.

Mir schlug das Herz bis zum Hals.

Der Blick des Polizisten fiel auf das blutverkrustete Messer. Augenblicklich umfasste er seine Waffe noch fester.

»Wir haben das Messer an der Zuflucht gefunden. Dort, wo gestern eine Leiche entdeckt wurde. Das können Sie uns glauben. Wir sind keine Verbrecher«, sagte ich nervös.

Ein anderer Polizist flüsterte: »Riechen tun sie aber so.« Dabei sah er seinen Kollegen belustigt an.

»Wir waren vor Ort, als der Tote gefunden wurde. Um das Erlebte zu verdauen, sind wir nachts noch mal hoch zum Startplatz und haben die Gegend nach Spuren abgesucht. Ich weiß, es hört sich sehr nach einem TKKG-Hörspiel an, aber es ist die Wahrheit.«

Der Polizist meldete sich wieder, dieses Mal lauter: »Und wer von euch ist Klößchen?«

Sehr witzig.

»Der steht draußen und raucht. Sein neues Laster, seit er gegen Schokolade allergisch ist«, warf Armin ein.

Alle lachten herzhaft.

Da wir wohl doch keine Gefahr darstellten, ließen die Polizisten ihre Waffen sinken, und wir durften unsere Arme wieder herunternehmen. Die Tür hinter uns wurde geöffnet, Ralf trat herein.

Alle drei wurden wir in ein Büro geführt, das nicht viel größer war als das in Oppenau, bei Weitem jedoch nicht so stickig.

Ein smarter Beamter setzte sich uns gegenüber. Er war fast 1,90 Meter groß und schlank, trug dunkle Jeans, ein weißes Hemd und ein schwarzes, sportliches Sakko. Er stellte sich uns als Kommissar Bürkle vor.

Wir erzählten ihm unsere gesamte Geschichte. Von Anfang bis Ende. Ralfs Absturz, das Verhör durch Herrn Spechtle, die Suche mitten in der Nacht. Und schließlich berichtete Armin stolz von seinem Fund.

Herr Bürkle hörte sich alles in Ruhe an. Ab und zu stellte er ein paar Verständnisfragen, überließ es aber ansonsten uns, unsere Geschichte wiederzugeben. Notizen machte er sich keine. Unsere gesamten Schilderungen wurden von einem Diktiergerät aufgenommen.

Als Armin zum Schluss kam, stand Bürkle auf, ging an ein Fenster, durch das man auf den Innenhof der Wache sah, und begann leise zu erzählen: »Meine Herren, ich muss Ihnen wohl nicht erzählen, dass Sie mit Ihrem Alleingang großen Mist gebaut haben. Für was, glauben Sie, sperrt die Polizei einen Tatort ab?« Er wandte sich zu uns, um jeden einzeln zu mustern. »Sicherlich nicht, um Hobbydetektiven die Suche zu erleichtern. Verdammt noch mal.« Seine Faust landete auf dem Schreibtisch. »Ich sollte Sie alle wegen Dummheit einsperren lassen.

Mir ging langsam ein Licht auf, was wir mit unserer nächtlichen Aktion angerichtet hatten.

Bürkle holte tief Luft, wie um sich zu beruhigen. »Offensichtlich haben sie jedoch etwas gefunden, was unsere Spurensicherung übersehen hat. Aufgrund der Tatsache, dass wir bisher keinerlei Informationen an die Presse weitergegeben haben, kann ich einen Nachahmungstäter ausschließen. Da sich jedoch seit dem gestrigen Fund die Dinge ein wenig geändert haben, werden wir wohl oder übel einige Informationen nicht mehr zurückhalten können.«

Er machte eine kurze Pause, in der er uns nacheinander musterte. »Daher kann ich Sie in groben Zügen über den derzeitigen Stand der Ermittlungen in Kenntnis setzen.«

Wieder blickte er in die Runde. »Natürlich nur, wenn Sie möchten.«

Wir nickten alle drei.

Ein echter Mord? Krass, und wir mitten drin. Erzähl weiter, dachte ich.

Bürkle setzte sich wieder auf seinen Stuhl. »Mit dem Opfer, das Sie gefunden haben, haben wir bislang sechs Tote. Wir vermuten, dass sie alle demselben Täter zum Opfer gefallen sind: dem ›Gamemaster‹. Diesen Namen hat er sich selbst gegeben. Unter den Toten ist die Leiche, auf die Ihr Freund gestoßen ist, und eine junge Frau aus Oberstenfeld bei Heilbronn, die vor dem Eingang einer Wirtschaft gefunden wurde. Außerdem eine Frau aus Sigmaringen, ein älterer alleinstehender Herr aus dem Allgäu und ein Junge aus Stuttgart. Das sechste Opfer ist eine Frau, die wir in Ulm gefunden haben. Angefangen hat alles damit, dass das BKA von verschiedenen Seiten Hinweise erhalten hat: Mehrere Personen, meist Jugendliche, haben nach der Anmeldung bei einer Plattform für illegale Downloads eine E-Mail mit dem Link zu einer Internetseite erhalten. Die meisten haben das für Spam-Mails gehalten und sie gelöscht. Was sie nicht wussten, war, dass sie mit der E-Mail einen Virus aufgespielt bekamen, der dem Absender der Mail, ähnlich wie bei einem Keylogger, sämtliche Eingaben am PC des Opfers übermittelte. Sofort erhielten sie eine neue Mail mit dem Inhalt ›Nicht löschen. Lesen.‹ So geht das Spiel weiter, bis der Empfänger irgendwann genervt auf den Link klickt. Er gelangt zu einem Bild von Google Street View, auf dem eine Person zu erkennen ist. Google Street View ist ein Programm, das dem Nutzer erlaubt, nicht nur Landschaften – so wie bei Google Earth – zu betrachten, sondern direkt in unzählige Straßen überall auf der Welt Einblick zu bekommen. Google fährt dafür mit speziell ausgerüsteten Fotowagen Straßenzüge ab und fotografiert sie hochauflösend. Normalerweise werden alle Gesichter auf den Bildern unkenntlich gemacht, was durch die immer größer werdende Bildermenge sehr vernachlässigt wird. Diese Aufnahmen, auf denen Personen deutlich erkennbar sind, sucht sich der Gamemaster aus, markiert sie und stellt das Bild online. Wenn der Link geöffnet wird, bekommt man eine weitere E-Mail. Darin werden dem Empfänger Spielregeln mitgeteilt.« Bürkle warf den Ausdruck einer solchen Mail vor uns auf den Tisch. Armin zog das Papier sofort neugierig zu sich.

»Kurz gesagt geht es darum, die Person auf dem Foto innerhalb eines vorgegebenen Zeitraums zu finden. Der einzige Hinweis ist die Adresse, wo das Bild aufgenommen wurde.«

»Was ist, wenn man die Person nicht findet? Woher weiß der Gamemaster, ob man jemanden findet?«, fragte Armin.

Bürkle sah ihn argwöhnisch an. »Stellen Sie immer mehrere Fragen auf einmal? – Der E-Mail-Empfänger muss dem Gesuchten einen Zettel mit der Aufschrift ›Das Leben ist schön‹ zuschieben. Am besten so, dass er ihn gleich findet. Ich persönlich kann mir vorstellen, der Gamemaster setzt Detektive auf das Opfer an, die es Tag und Nacht beschatten. Die Detektive stehen in ständiger Verbindung mit dem Gamemaster, um ihn sofort zu informieren.«

Armin atmete laut aus. »Glauben Sie nicht, Detektive würden zur Polizei gehen, wenn sie mitbekommen, um was es bei der Observation geht?«

»Das ist eine Möglichkeit, die wir verfolgen. Wir dürfen keine noch so abwegigen Theorien außer Acht lassen.«

Etwas an Bürkles Tonfall irritierte mich. Bis eben hatte er die Wörter sehr deutlich und hart ausgesprochen. Bei dem letzten Satz schien jedoch ein wenig Unsicherheit mitzuschwingen.

Armin nickte anerkennend.

»Wie auch immer. Auf jeden Fall ist sicher: Wird die Person nicht gefunden oder gelingt es nicht, ihr die Nachricht zukommen zu lassen, stirbt der oder die Gesuchte.«

Ich war wie vom Donner gerührt.

Ralf schien einen dicken Kloß im Hals zu haben. Mit belegter Stimme fragte er: »Und wie …?«

»Dazu kann ich Ihnen nichts sagen, da wir noch mitten in den Ermittlungen stecken.«

In meinem Gehirn schwirrten Hunderte Gedanken umher. Einen davon sprach ich aus. »Dann kann es also jeden treffen.«

»Seien Sie versichert, die Polizei tut alles, was in ihrer Macht steht, um den Täter zu finden. Sie brauchen sich keine Sorgen zu machen.« Bürkles Worte klangen hohl.

»Keine Sorgen? Für mich klingt das, als könnte es jeden treffen. Ehrlich gesagt mache ich mir da schon Sorgen.« Armin funkelte Bürkle an.

»Ich verstehe voll und ganz, dass Sie besorgt sind. Ich bitte Sie dennoch, nicht übertrieben zu reagieren.«

»Übertrieben reagieren?«, giftete Armin. »Was wäre Ihrer Meinung nach denn angemessen?«

»Armin«, zischte ich. Manchmal konnte er unglaublich aufbrausend sein. »Was der Kommissar damit sagen will, ist, wir sollen jetzt nicht in Panik verfallen. Komm wieder runter.«

Bürkle stand auf. »Meine Herren, ich habe Sie, denke ich, detailliert genug über den Stand der Ermittlungen aufgeklärt. Das Gespräch ist hiermit beendet.« Seine Worte dröhnten im Raum. »Ich begleite Sie hinaus.«

Bürkle ging zur Tür.

Ich stand als Erster auf. »Los, Jungs, gehen wir«, sagte ich immer noch schockiert von dem, was uns der Polizist erzählt hatte. Ich wollte so schnell wie möglich raus aus diesem Raum. Raus aus dem Gebäude, an die frische Luft. Das Gehörte nahm mir die Luft zum Atmen. Ich hatte das Gefühl, zu ersticken. Eigentlich hatte ich mich auf ein gemütliches Wochenende mit Fliegen und viel Bier eingestellt. Doch es hatte sich immer mehr in einen Albtraum verwandelt, der unaufhörlich schlimmer wurde.

Ralf folgte mir. Er ging an Bürkle vorbei und verabschiedete sich mit einem kurzen Brummen. Das war seine Standardverabschiedung bei Leuten, die er nicht leiden konnte.

Armin lungerte in seinem Stuhl. Auch er versuchte offenbar, seine Gedanken zu ordnen.

»Armin, komm schon«, sagte ich.

Langsam erhob er sich. Er ging auf Bürkle zu und hob die Hand, den Zeigefinger wie einen Dolch auf ihn gerichtet. »Ich sag Ihnen eins: Wenn ich auf so einem Bild drauf sein sollte und der Typ Jagd auf mich macht, brennt hier die Hütte.«

Bürkle blieb vollkommen ruhig. »Soll das eine Drohung sein?«

»Blödmann, halt den Mund.« Ich nahm Armin am Arm und zerrte ihn aus dem Zimmer. Bürkle ging in gut zwei Metern Entfernung hinter uns her zum Ausgang.

»Was machet mr jetzt?«, fragte Ralf, als wir draußen angekommen waren.

Mein Kater machte sich langsam aber sicher bemerkbar. Ich benötigte dringend einen Kaffee. Am besten dazu eine Zahnbürste und eine Dusche. Daran war momentan jedoch nicht zu denken, da wir dafür erst zurück nach Oppenau kommen mussten. Deshalb schlug ich vor, eine Bäckerei zu suchen, um zu frühstücken.

Armins Angst war mit einem Schlag verschwunden. Hoch motiviert meinte er: »Gute Idee. Danach schauen wir, dass wir irgendwie nach Oppenau zu unserem Auto kommen. Das Wetter sieht ja gut aus. Vielleicht können wir noch fliegen?«

»Armin, ich hab einen mordsmäßigen Kater. Ich sollte heute wohl eher am Boden bleiben.« Fliegen war das Letzte, woran ich in diesem Moment dachte.

»Ach, komm schon. Leg dich doch ins Auto und schlaf 'ne Runde. So lang können Ralf und ich fliegen. Und du holst uns am Landeplatz ab. Hm?«

»He, Buba, könna mr des vielleicht au beima Kaffee bereda?« Ralf hatte mal wieder ein Machtwort gesprochen.

# 17

»Was haben Sie?«, dröhnte es grob aus dem Hörer.

Bürkles Dezernatsleiter beim LKA in Stuttgart und Kopf der Sonderkommission im Fall des Gamemasters wollte von ihm einen Tagesbericht zu den Fortschritten bei den Ermittlungen. Über das, was Bürkle ihm erzählte, war Morlock absolut nicht erfreut.

»Der Tote in Oppenau hat für viel Aufregung unter der Bevölkerung gesorgt. Als er gefunden wurde, waren mehr als 50 Personen anwesend. Wir können die Geschichte nicht mehr geheim halten.«

»Und da mussten Sie gleich alles erzählen?«

»Na, ganz so war es ja nicht.«

Eine weiche Frauenstimme mischte sich in die Unterhaltung ein. Es war Eva Görlitzer, Profilerin beim LKA

Stuttgart. »André, können Sie etwas zur Vorgehensweise im letzten Fall sagen?« Offensichtlich wollte sie durch ihren Themenwechsel den Schlagabtausch zwischen den Kollegen beenden.

»Es war die gleiche wie immer. Einzelne Person, mittleres Alter. Wurde durch Gewalteinwirkung mit einem handelsüblichen Messer getötet.«

»Einstichtiefe, Richtung, Anzahl?«, hakte Görlitzer nach.

»Nach jetzigem Stand wurde mehrmals auf das Opfer eingestochen. Die Stiche wurden, nach dem, was wir sehen konnten, nicht gezielt platziert. Mehr kann ich sagen, wenn die Leiche obduziert wurde.« Bürkle stockte kurz. »Der Tote hat wohl schon eine ganze Weile dort gelegen. Kein schöner Anblick.«

»Was bedeutet ›nicht gezielt platziert‹?«, fragte Morlock.

»So wie es derzeit aussieht, hat er wie ein Wilder auf sein Opfer eingestochen. Planlos.«

»Wann ist die Autopsie fertig?«, fragte Morlock.

»Morgen.«

»Geht das nicht schneller?«

»Nein.« Bürkle wartete auf die nächste Frage Morlocks. Als er jedoch nichts als atmosphärisches Rauschen in der Leitung hörte, fragte er: »Haben Sie etwas bezüglich FIDA herausbekommen?«

»Haben Sie den Kerlen davon auch erzählt?«, bellte Morlock.

»Sie können sicher sein: Das Geheimnis um die Sicherheitslücke in unserer Firewall ist weiterhin gut gehütet. Ich habe nichts gesagt.«

»Dann ist es ja gut.« Morlock schien sich ein wenig beruhigt zu haben.

Eine weitere Person meldete sich zu Wort: »Das BKA hat zwischenzeitlich die Sicherheitslücke ausfindig machen können.« Es war Rentschler, der Softwarespezialist des LKA. Er war beauftragt, gemeinsam mit dem BKA im Internet nach dem Gamemaster zu suchen. Außerdem war es seine Aufgabe, die gecrackte Firewall der Polizei wieder angriffsicher zu machen. Rentschler war es auch, der in der Sonderkommission unter dem größten Druck stand. Er musste nicht nur einen Mörder fassen, sondern auch seinen Job retten.

Obwohl er aus Bürkles Sicht am wenigsten für die Sicherheitslücke konnte, die der Gamemaster für seine Zwecke nutzte, war er es, dem die gesamte Schuld zugeschoben wurde. Käme die Wahrheit heraus, würden Köpfe auf höherer Ebene rollen; bis hinein in Regierungskreise. Dort war nämlich entschieden worden, sämtliche derzeit vorliegenden biometrischen Passbilder aus Baden-Württemberg in FIDA einzuspielen, um Performancetests durchzuführen. Dabei sollte geprüft werden, ob die eingesetzten Server die Datenmengen im System verarbeiten können, ob die Leitungen zu den einzelnen Polizeidienststellen ausreichend schnell und die Rechenleistung der angeschlossenen Systeme dem Datenvolumen gewachsen sind. Selbstverständlich unterlag die gesamte Testreihe strengsten Datenschutzauflagen, damit die Bilder und die dazugehörigen Daten unbescholtener Bürger nicht abgerufen und zu dubiosen Zwecken genutzt werden konnten. Sie waren somit lediglich als Datenballast im Netzwerk unterwegs. Andernfalls hätte es sich bei der Einspielung der Bilder um einen Schritt hin zur Vorratsdatenspeicherung gehandelt und hätte die hitzigen Diskussionen von Gegnern und Befürwortern noch weiter angeheizt. Dass sich nun Kriminelle Zugang zu FIDA verschafft hatten, war ein riesiger Skandal und durfte unter keinen Umständen an die Öffentlichkeit gelangen.

»Und wie hat er das angestellt?«, fragte Bürkle.

»Bevor das Programm an uns ausgeliefert wurde, hat er direkt in der Software eine Routine eingebaut, durch die er als Administrator von außen her Zugriff bekam. Die Firewall hat ihn gar nicht als Angreifer erkannt«, sagte Rentschler.

»Deshalb gehen wir von einem Mitarbeiter der Firma, die das Programm für uns geschrieben hat, als Täter aus.« Morlock wurde von einem trockenen Raucherhusten geschüttelt. »Entschuldigung. Das BKA hat herausgefunden ...«

»Ich habe das herausgefunden«, fiel ihm Rentschler ins Wort.

»Halten Sie den Mund«, fuhr ihn Morlock an. »Das BKA hat herausgefunden, dass nur jemand, der sich mit dem Programm bestens auskennt, diese Routine einbauen konnte.«

»Daher ein Mitarbeiter«, sinnierte Bürkle.

»Der Täter muss auf jeden Fall hohen technischen Sachverstand haben«, dozierte Görlitzer.

Ach ne, dachte Bürkle.

»Er nutzt sein Wissen, um die Taten auszuüben. Er befindet sich sozusagen auf für ihn sicherem Terrain. Lediglich für den Akt des Mordens verlässt er dieses Gebiet, was auch die vergleichsweise stümperhafte Vorgehensweise begründet.«

»Im Vergleich zu was?«, fragte Bürkle.

»Na zu seinem sonstigen Vorgehen. Er verschafft sich unglaublich raffiniert Zugang zu einem hochsicheren Programm, lässt über eine selbst programmierte Internetseite Unschuldige in seine Falle tappen, wählt über Google Street View seine Opfer aus und verfolgt sie.«

»Und wie verfolgt er sie? Haben Sie dafür schon eine Erklärung, Bürkle?« Wieder hustete Morlock.

»Wir haben von einer deutschen Austauschstudentin aus London erfahren, die auf der Opferliste des Gamemasters gestanden hat. Sie hat von einem deutschen Touristen einen Zettel zugesteckt bekommen, auf dem ›Das Leben ist schön‹ und eine Internetadresse standen. Die Studentin hat kurz darauf auf Twitter einen Tweet …«

»Einen was?«, fragte Morlock.

»Einen Tweet.« Bürkle empfand ein wenig Stolz darüber, jemandem einen Internetfachbegriff erklären zu dürfen. War er doch bisher der Meinung, der Einzige zu sein, der den aktuellen Entwicklungen nicht mehr hinterherkam. »Das sind Beiträge von Nutzern in einer Art sozialem Netzwerk im Internet. Es gab eine Diskussion unter Nutzern der Communityplattform. Dabei ging es um das Gerücht, ein neues Spiel wäre im Umlauf, bei dem Menschen gejagt werden. Findet man den Gesuchten, erhält er einen Zettel mit der Aufschrift ›Das Leben ist schön‹. Daraufhin hat sich die junge Frau an die Polizei gewandt.«

»Aha, und wie hilft uns das weiter?«, fragte Morlock.

»Die Studentin sagte aus, kurz nach dem Zwischenfall merkwürdige Männer in einer U-Bahn gesehen zu haben. Zuerst habe sie sie gar nicht beachtet. Als sie aber den Tweet gelesen hat, erinnerte sie sich jedoch daran.«

»Und?« Ungeduld schwang in Morlocks Stimme mit.

»Daraufhin haben die Kollegen die anderen Personen befragt, die der Gamemaster als Opfer ausgewählt hatte. Auch sie geben an, den Eindruck gehabt zu haben, beobachtet zu werden. Daher gehe ich davon aus, dass der Gamemaster Helfer hat, die die Überwachung der Opfer für ihn übernehmen. Sie sagen ihm, wo sein Opfer gerade ist, wohin es will, ob es gerade im Urlaub ist oder auf Geschäftsreise.

So kann er schnell zuschlagen, sobald die Zeit abläuft und das Opfer sterben soll.«

»Und wer sollen die Helfer sein?« Morlocks Neugier war wieder geweckt.

»Das passt nicht ins Bild«, meldete sich die Profilerin zu Wort. »Nach meinem Täterprofil handelt es sich um einen Einzelgänger, der mit jeder weiteren Tat selbstsicherer wird. Vielleicht sogar größenwahnsinniger.«

»Bürkle, wer soll dem Gamemaster helfen?«, wiederholte Morlock, ohne auf die Aussage der Profilerin einzugehen.

»Ich glaube, nach all dem, was ich an Aussagen zusammengetragen habe, nutzt der Gamemaster Detektive für die Verfolgung seiner Opfer.«

»Detektive?« Morlock pfiff leise durch die Zähne.

»Ja, klar«, mischte sich Rentschler ein. »Das würde aus meiner Sicht ins Bild passen. Keine Profis, sondern ganz gewöhnliche Internetnutzer, die meinen, sie würden an einem Spiel teilnehmen. So wie diese modernen Schnitzeljagden per GPS.«

»Aber weshalb sollte das denn jemand tun? Wo ist der Anreiz?«, fragte die Profilerin.

»Da gibt es ganz unterschiedliche. Es hängt auch immer ein wenig davon ab, von wem aus diese Schnitzeljagden organisiert werden. Oft stecken Firmen dahinter, die diese Jagden als virales Marketing benutzen. Die Teilnehmer können Kaffeemaschinen, Küchengeräte, Elektronikgeräte oder so was gewinnen. Es wurden aber auch schon Konzerte irgendwelcher Bands im eigenen Wohnzimmer verlost«, sagte Rentschler aufgeregt.

»Und was soll in unserem Fall der Anreiz sein?«, fragte Morlock.

»Ich weiß es nicht«, gab Rentschler kleinlaut zurück.

»Ins Bild könnte es aber passen«, sagte Görlitzer. »Als Teil seines Spiels.«

Bürkle erinnerte sich an die Frage des Gleitschirmfliegers bezüglich der Detektive. »Das erklärt auch, warum sich die ›Detektive‹ nicht an uns wenden. Sie glauben, es sei ein Spiel.«

»Haben wir denn Anhaltspunkte, die für unsere Überlegung sprechen?«, fragte Morlock.

»Na ja, die Sache ist die: Wir bekommen ihn einfach nicht richtig zu fassen. Daher kann ich auch nicht sagen, welchen Umfang sein *Spiel* im Internet hat. Offensichtlich haben wir es hier mit einem Profi zu tun. Wir checken laufend die E-Mail-Adresse und über den Provider die Signatur der Seite, auf der er seine Bilder einstellt. Leider bisher ohne Ergebnis. Es ist, als ob er von Land zu Land und von Kontinent zu Kontinent springt. Wir können nicht mal auf die Seite mit dem jeweiligen Bild schauen, wer derzeit gejagt wird. Die Seiten werden jedes Mal, sobald ein neuer Spielteilnehmer den Link angeklickt hat, gelöscht. Daher kann ich auch nicht sagen, ob noch mehr dahintersteckt. Derzeit ist wohl nur so viel klar: Der Gamemaster sucht sich sowohl die Opfer wie auch die Spielteilnehmer gezielt aus. Es melden sich viel mehr Leute auf der Seite an, als später Spieleinladungen bekommen.«

»Okay, aber eine Möglichkeit ist, dass wir es mit einer Schnitzeljagd zu tun haben. Wenn auch eine sehr unwahrscheinliche. Gehen Sie dieser Möglichkeit nach, Rentschler.« Morlock räusperte sich. »Und Sie, Bürkle …«

»Ich statte der Softwarefirma einen Besuch ab«, unterbrach ihn Bürkle.

»Aber ganz vorsichtig. Fragen Sie höflich nach. Wir müssen mit Fingerspitzengefühl vorgehen. Verstanden?«

»Ja, klar. Also dann.« Für Bürkle war das Gespräch beendet. Er konnte Telefonkonferenzen ohnehin nicht leiden. Er empfand die moderne Entwicklung der Teambesprechung unvorteilhaft. Vielmehr war er der Meinung, man konnte ein produktives Gespräch, gerade mit mehreren Anwesenden, nur dann führen, wenn man sich dabei ansah. Solange er aber in Freudenstadt in seiner Außenstelle bleiben wollte, musste er wohl oder übel in diesen sauren Apfel beißen. Das war die Bedingung, die Morlock stellte. Entweder er führte regelmäßig Telefonkonferenzen oder er zog nach Stuttgart um. Bürkle hielt den Telefonhörer vor sich. Gerade als er den roten Knopf zum Auflegen drücken wollte, drang Morlocks raue Stimme aus dem Hörer. »Bürkle, noch was.«

Zu spät. Bürkle hatte aufgelegt.

Sorry.

## 18

Was sollte er nur tun? So eine Scheiße, dachte er. Eine ganz tolle Idee war das von seinem Kumpel. Eine Internetseite ohne Inhalt als was ganz Besonderes verkaufen. Anstelle von Spielen und anderem Zeugs hatte man irgendeinen Psycho am Hals.

Marcel überlegte fieberhaft, was er tun sollte. Seinen Vater interessierte es ohnehin nicht, und seine Mutter würde sofort zur Polizei rennen. Und das konnte er gar nicht gebrauchen.

Er war ja nur deshalb in diese Situation geraten, weil er gecrackte Software herunterladen wollte. Wenn er der Polizei die Mails zeigte, würden sie sicher seinen Computer durchsuchen und das ganze illegale Zeug auf den Festplatten entdecken.

Nein, das ging gar nicht. Nicht die Polizei. Wie würde das denn kommen, wenn er mit den Worten auftauchte: ›Guten Tag, ich lade illegale Software aus dem Internet herunter und habe jetzt Ärger am Hals.‹ Sicher nicht gut. Aber er wollte den Typen auf dem Bild doch auch nicht suchen. Er wusste ja gar nicht, wo.

Das Bild war alles andere als scharf. Er erkannte darauf lediglich einen dünnen Mann, der hellbraune Haare hatte. Außerdem stand die Adresse, wo das Bild aufgenommen worden war, auf dem Foto.

›Mittlere Holdergasse

Marbach/N.

Germany‹

Nur wie sollte er den Kerl dort finden? Sollte er sich etwa in Marbach vor den Handelshof setzen und warten, bis er sich was zu essen kaufte? Darauf hatte er absolut keine Lust.

Marcel war stinksauer. Auf seinen Schulfreund, auf die Internetseite, die sich als Flop herausstellte, und auf diesen Spinner, der sich selbst Gamemaster nannte. Was für ein beknackter Name, dachte er.

Marcel entschied sich nach kurzer Überlegung, einfach nichts zu tun. Erstens kannte er den Kerl auf dem Bild ja gar nicht und zweitens wusste er nicht einmal, was passieren würde, wenn er ihn nicht fände. Mit Sicherheit handelte es sich bei der ganzen Geschichte um einen Spaß, den sich jemand auf Kosten anderer machte, und der Typ würde am Ende mit einem Farbeimer übergossen werden oder so. So wie es in manchen japanischen Spaßshows lief. Aber das war ja nicht sein Problem.

Er zündete sich eine neue Zigarette an, ging zu seinem Bett und hob die Matratze hoch. Darunter hatte er meistens ein paar Flaschen Bier oder Wodka versteckt. Zwischen benutzten Taschentüchern und getragenen Socken fand er eine halb volle Flasche Schnaps. Zufrieden ließ er die Matratze wieder fallen und ging zu seinem Schreibtisch zurück. Dort nahm er einen großen Schluck.

»Ah … das macht doch Lust auf mehr«, sagte er zu sich selbst.

Mit einem Klick öffnete er den Explorer, suchte in den Favoriten nach dem SchülerVZ-Link und wählte sich ein, um endlich mit seinen Freunden abzuklären, wer am Abend Zeit hatte.

## 19

Es war schon sehr seltsam. Bisher glich die Ermittlungsarbeit der Polizei dem Herumstochern im Nebel. Sie hatten zwar einige Vermutungen und vage Spuren; richtige Hinweise blieben jedoch aus. Der Gamemaster war über das Internet einfach nicht zu lokalisieren. Leider hatten sich bisher nur wenige der unfreiwilligen Spielteilnehmer gemeldet. Und das, obwohl die Polizei über die Medien dazu aufrief, sich an die nächste Dienststelle zu wenden, wenn man eine E-Mail des Gamemasters erhalten hatte. Görlitzer hatte selbst versucht, sich auf der Download-Seite anzumelden. Jedoch waren die ihr bekannten Internetadressen bereits wieder ungültig, als sie darauf zugreifen wollte. Sicherlich hatte der Kerl wegen der extrem kurzen Gültigkeit der Adressen eine Möglichkeit gefunden, die Links unmittelbar zu verteilen. Die ZaRD war zwischenzeitlich Tag und Nacht damit beschäftigt, das Internet auf mögliche Verteilwege zu durchforsten. Auch soziale Netzwerke wie Facebook, StudiVZ und SchülerVZ wurden durchleuchtet, da der Mörder möglicherweise auf diesem Weg seine Informationen streute. Ergebnisse lagen bisher keine vor, da die offiziellen Anfragen bei den Seitenbetreibern sehr schleppend vorangingen.

Bürkles Blick schweifte durch sein Büro. Durch das Fenster drang die helle Frühjahrssonne herein. Ein frischer Lufthauch mit einer winzigen Note von feuchtem Gras und Blütenstaub wehte zu ihm herein.

Er dachte plötzlich an die drei Männer, die zwei Tage zuvor in der Polizeidirektion aufgetaucht waren. Bei dem Gedanken an die Szene im Eingangsbereich der Wache zog sich ein Grinsen über sein Gesicht. Es war einfach zu witzig gewesen, wie sie erst bemerkten, was sie angestellt hatten, als seine Kollegen Pistolen auf sie richteten.

Sie sagten, sie wären Gleitschirmflieger. Bürkle überlegte, was es genau damit auf sich hatte. Stürzte man sich dabei aus einem Flugzeug, oder waren das die Leute, die in den Alpen von den Bergen sprangen? Das hatte er nämlich schon einmal gesehen, als er im letzten Sommer im Tannheimer Tal wandern war. Wie sie da mit ihren bunten Fallschirmen flogen, sah toll aus; Bürkle jedoch wurde regelrecht flau im Magen, als er sich vorstellte, wie es wäre, selbst an so einem Ding zu hängen.

Er erinnerte sich daran, was einer der Drei über die Detektive gesagt hatte. Es würde sich zu unwahrscheinlich anhören, hatte er gemeint. Je mehr er darüber nachdachte, um so mehr musste er dem jungen Mann recht geben. Nur wie war es dem Gamemaster sonst möglich, seine Opfer aufzuspüren und sie nicht wieder zu verlieren? Mit Sicherheit verfolgte er seine Opfer auf irgendeine Art. Und an mehreren Orten gleichzeitig zu sein, war nicht möglich. Die Worte von Rentschler bezüglich der Hobbydetektive, die glaubten, sie nähmen an einem Spiel teil, kamen ihm in den Sinn. War das eine Möglichkeit?

Bürkle rieb sich müde die Augen. Die letzten Tage hatte er schlecht geschlafen. Wilde Träume hatten ihn häufig aufschrecken lassen. Was genau er geträumt hatte, wusste er nicht mehr. Die Erinnerung daran war kaum mehr als ein Schatten, der immer mehr verschwamm.

Plötzlich klingelte das Telefon. Bürkle erschrak fürchterlich. Er musste für einen Moment eingenickt sein. Er betrachtete die Nummer auf dem Display. Verdammt, was wollen die Kollegen aus Stuttgart jetzt?, dachte er.

»LKA Freudenstadt, Bürkle am Apparat«, sagte er tonlos.

Am anderen Ende meldete sich eine freundliche Frauenstimme: »Guten Tag, Landeskriminalamt Stuttgart, Röcker. Herr Bürkle, Sie ermitteln seit Kurzem in dem Gamemaster-Fall?«

»Ja. Warum fragen Sie?«

»Wir haben Informationen, die für Ihre weiteren Ermittlungen von Interesse sein könnten.«

»Da bin ich jetzt gespannt. Dann legen Sie mal los.« Im Normalfall konnte man mit Infos von den Bürokraten aus Stuttgart nicht viel anfangen, aber vielleicht war ja etwas Brauchbares dabei.

»Am vergangenen Wochenende gab es in der Nacht von Freitag auf Samstag einen tödlichen Unfall bei einer Feier in der Nähe von Göppingen. Ein junger Mann kam bei dem Versuch, eine Sommerskisprungschanze auf einer Plastiktüte hinunterzurutschen, ums Leben«, sagte die Kollegin. Ihre Stimme klang nach einer Frau Anfang 40. Bürkle stellte sie sich klein vor, mit einer Brille auf der Nasenspitze.

»Was soll der Unfall eines übermütigen Jugendlichen mit meinem Fall zu tun haben?«

»Wir können einen Mord nicht ausschließen. Ein Seil war quer über die Schanze gespannt; in das ist der junge Mann hineingerast. Den Spuren nach zu urteilen, wurde es erst kurz vor dem Unfall dort angebracht.«

Bürkle wurde hellhörig. Er stand von seinem Schreibtisch auf. Noch ein Mordfall?

»Haben Sie einen Zettel mit einem Spruch drauf am Tatort gefunden?« Sein Puls schoss in die Höhe.

»Wir haben zwar ein Stück Papier in der Hemdtasche des Toten gefunden. Aber es war aufgrund des vielen Blutes nicht mehr lesbar. Ob der Gamemaster der Täter sein könnte, können wir derzeit nicht sagen.«

»Okay, danke. Sonst was?« Bürkles Interesse war genauso schnell erloschen, wie es aufgeflammt war. Da kein eindeutiger Hinweis am Unfallort gefunden worden war, war er nicht sicher, ob der Fall aus Göppingen mit seinem in Verbindung stand.

»Der junge Mann war Franzose.«

»Franzose?«

»Offensichtlich handelte es sich bei der Party um das Abschlussfest eines Schüleraustauschs.«

»Danke für die Information. War's das?«

»Ja, das war alles.«

»Vielen Dank für Ihren Anruf. Ach, noch was. Wer ist in Göppingen der ermittelnde Beamte?«

»Kommissarin Ronda und ihr Partner Kommissar Roser.«

»Auf Wiederhören.«

»Auf Wiederhören.«

Er legte auf.

Mit einem Kugelschreiber kreiste er das Wort ›Franzose‹ ein, das er sich auf seinen kleinen Notizblock geschrieben hatte.

Wie kommt der Gamemaster auf einen Franzosen?, überlegte er.

Angenommen, er sucht bei Google Street View nach einem neuen Opfer, wie geht er vor? Bürkle ging davon aus, er durchsuchte die Aufnahmen von deutschen Straßen nach Menschen, deren Gesichter nicht unkenntlich gemacht worden waren – vielleicht sogar jemand aus dem Umfeld des Spielteilnehmers. Diese Bilder glich er mit der Polizeidatenbank ab. Nur mal angenommen, er wäre aus Versehen so auf den französischen Austauschschüler gestoßen, der sich zufällig im Moment der Aufnahme in Deutschland befand. Dann hätte dessen Bild in der Polizeidatenbank sein müssen. Und das war nur möglich, wenn der Junge bereits einmal in Deutschland straffällig geworden war.

Bürkle hob erneut den Hörer ab und drückte die Kurzwahltaste für das LKA in Stuttgart. »LKA Freudenstadt, Bürkle. Ich hätte gerne Frau Röcker gesprochen.«

–

»Ich warte.«

–

»Hallo, Frau Röcker, wir haben eben telefoniert.«

–

»Ja, eine Frage noch. War der Franzose in Deutschland schon einmal wegen einer Straftat auffällig geworden?«

–

»Ja, ich warte.« Nervös trommelte er mit der rechten Hand auf den Tisch.

–

»Ja?«

–

»Nicht?«

–

»Danke. Wiederhören.« Er legte auf.

»Verdammt«, entfuhr es ihm. Der Junge durfte eigentlich gar nicht in der Datenbank sein. Aber wie hatte der Gamemaster ihn dann ausfindig machen können? Falls der Tod des Franzosen tatsächlich etwas mit dem Gamemaster zu tun hatte, wäre die Theorie mit der gehackten FIDA-Software gestorben. Und er stünde mit leeren Händen da. Er hätte gar nichts mehr, woran er sich bei seinen Ermittlungen entlanghangeln könnte.

Bürkle lehnte sich in seinem Stuhl zurück und atmete tief aus. Strukturiertes Vorgehen war jetzt gefragt – eins nach dem anderen. Er skizzierte einen Plan. Als Erstes würde er der Spur mit der Polizeisoftware nachgehen. Vielleicht war an seiner Idee doch was dran. Danach würde er mit Kollegin Ronda sprechen.

»Ronda«, brummelte er leise vor sich hin. Klang Spanisch. Vor seinem geistigen Auge malte er sich eine rassige Latina mit vollen Lippen und einem knackigen Hintern aus, die in einer etwas zu engen Uniform steckte.

So ein Blödsinn, dachte Bürkle. Das wäre das erste Mal bei der Polizei. Er riss sich von dem imaginären Jennifer-Lopez-Bild los. Schluss für heute.

Eilig schrieb er sich einen Einkaufszettel mit Dingen, die

er dringend benötigte. Ansonsten würde er ohne die nötigen Zutaten für sein Abendessen zu Hause sitzen.

Seitdem seine Frau ihn vor zwei Jahren verlassen hatte, bekam er sein Leben nicht mehr richtig auf die Reihe. Er trauerte ihr nach der langen Zeit immer noch nach. Die Wohnung war genau wie damals, als sie gegangen war. Er hatte seither nicht einmal ihre Seite des Bettes frisch bezogen. Oft träumte er davon, wie sie plötzlich wieder in der Wohnungstür stand und zu ihm zurückkam – was aber kaum geschehen würde.

Er hielt sich selbst für nicht unattraktiv und hatte seit der Trennung ein paar Beziehungen gehabt. Allerdings war keine von Dauer. Den meisten Frauen wurde es irgendwann zu viel, ständig mit der Exfrau verglichen zu werden. So war es auch bei seiner letzten Freundin, Maren. Sie schien wirklich verliebt in ihn zu sein. Sie hatte blonde lange Haare, ein freundliches, leicht verträumtes Gesicht. Sie akzeptierte sogar seine unterschiedlichen und oft extrem langen Arbeitszeiten. Es machte ihr nichts aus, wenn er mitten in der Nacht zu einem Tatort gerufen wurde. Anfangs schien es sie auch nicht zu stören, dass er ständig von seiner Exfrau erzählte. Sie meinte dazu lediglich, man müsse über das, was einen bewegt, reden, damit man etwas ändern könne.

Irgendwann gab auch sie auf; wie die anderen Freundinnen zuvor. Seitdem war er allein. Niemand, der auf ihn wartete, wenn er müde nach einem langen Arbeitstag nach Hause kam. Niemand, an dem er sich nachts wärmen durfte.

Wenige Minuten später parkte er seinen Wagen auf dem verwinkelten Parkplatz eines großen Supermarktes. Er hasste diesen Laden. Allerdings fand er hier alles, was er benötigte, zu guten Preisen. Daher zwang er sich regelmäßig, dort einzukaufen.

Am Eingang wurde man stets von dem Geruch nach altem Fett und Knoblauch empfangen, der von einem Gyrosstand verbreitet wurde. Außerdem konnte er Wetten darauf abschließen, irgendjemanden, den er schon mal in Handschellen auf dem Polizeirevier gesehen hatte, dort mit einer Bierdose in der Hand anzutreffen.

Nachdem er alles, was er für sein Abendessen brauchte, in seinen Einkaufswagen gelegt hatte, ging er in Richtung der Kassen. Auf dem Weg dorthin kam er an den gut sortierten Weinregalen vorbei. Eine Flasche französischer Rosé aus der Provence würde sicher sehr gut zu dem Pangasiusfilet passen, dachte er.

Nach kurzer Suche wurde er fündig. Côte de Provence. Genau das Richtige an einem so schönen Frühjahrsabend.

Sein Abendessen war komplett.

Er stellte sich an einer der vielen Kassen an und brauchte glücklicherweise nicht lange zu warten, da ihn ein älterer Herr vorließ.

»Jonger Mo, Sie henns sicher eiliger wie i«, meinte der Alte in breitestem Schwäbisch.

»Oh, des isch aber nett. Dank schee«, gab Bürkle zurück. Schnell legte er seine Waren auf das Band, zog eine Papiertüte aus dem Fach unter dem Laufband und wartete.

Als er an der Reihe war, begrüßte ihn die junge Kassiererin freundlich. Schnell begann sie, alles über den Scanner zu ziehen, sodass Bürkle Mühe hatte, die wenigen Sachen, die er gekauft hatte, in die Tüte zu räumen.

Zum Bezahlen streckte er ihr seine Bankkarte hin.

Die junge Frau zog sie durch das Lesegerät. »War alles

in Ordnung, Herr Bürkle?«, fragte sie, als sie ihm die Karte wiedergab.

»Ja, danke.« Er steckte die Plastikkarte in ihr Fach im Geldbeutel zurück. Dabei fiel sein Blick auf seine Kreditkarte.

»Kreditkarte«, sagte er leise.

Die Kassiererin sah ihn aus großen Augen an. »Bitte?«

»Natürlich – die Kreditkarten«, rief er. Er lief los. Die Tüte mit seinen Einkäufen ließ er liegen.

»Halt, bleiben Sie stehen«, forderte die Kassiererin. »Sie haben ja alles vergessen!«

Bürkle machte kehrt, griff sich die Papiertüte und rannte Richtung Ausgang.

»Warten Sie, Ihr Beleg«, rief das Mädchen wieder. Dieses Mal mit leichter Verzweiflung in der Stimme.

»Können Sie behalten«, rief Bürkle über die Schulter.

Die Kassiererin und der ältere Herr, der Bürkle vorbeigelassen hatte, schüttelten verständnislos die Köpfe.

## 20

Das hat der Gamemaster erwartet. Der Rotzlöffel denkt wohl, das sei ein dummer Scherz, bei dem es um nichts geht.

Falsch gedacht, mein Freundchen.

Das wird er dem kleinen Bengel aber noch klarmachen.

Man kann nicht einfach die Softwareindustrie beklauen, wie man will. Man muss auch mit den Konsequenzen leben.

Bisher kann er nicht feststellen, dass der kleine Dieb sich bemüht, an dem Spiel teilzunehmen. Ganz im Gegenteil.

Er trifft sich mit Kumpels, raucht, säuft und geht ansonsten ganz normal zur Schule.

Er wird den Unterschied zu den Spielen, die er sonst spielt, schon noch feststellen.

Der Gamemaster bereitet sich vor. Wie immer perfekt strukturiert. Dieses Mal will er etwas ganz Besonderes kreieren. Es soll ein großes Schauspiel geben. Die besondere Würze in seinem Gericht ist, dass er nicht beeinflussen kann, wo der Höhepunkt seiner Komposition stattfinden wird.

## 21

Ronda war ins Grübeln gekommen, als die Spurensicherung in der Kleidung des toten Franzosen einen einzelnen Zettel fand. Die Kleidung war so sehr mit Blut getränkt, dass auch das Papier vollgesogen war. Im Labor wurden verschiedene chemische Verfahren angewendet, um ihm sein Geheimnis zu entlocken. Keines davon brachte allerdings den gewünschten Erfolg. Die Mitarbeiter des kriminaltechnischen Labors gingen aufgrund des Materials von

Papier aus einem Faxgerät oder einer Kassenquittung aus. Tinte haftet nur kurze Zeit auf derartig glattem Papier, und es waren keinerlei Rückstände mehr feststellbar.

Vom LKA hatte Ronda einige Tage zuvor ein Rundschreiben bekommen, in dem mitgeteilt wurde, es sei bei mutmaßlichen Opfern eines Serienmörders namens ›Gamemaster‹ Papier in derselben Größe gefunden worden. Bei Hinweisen oder ähnlich gelagerten Fällen sollte unbedingt umgehend eine Rückmeldung an das LKA erfolgen.

Irgendwie wurde Ronda das Gefühl nicht los, bei dem Zettel in ihrer Hand könnte mehr dahinter stecken als nur eine Einkaufsquittung, oder so etwas.

Unruhig ging sie in ihrem Büro auf und ab. Hätte man Ronda beobachtet, wäre sie demjenigen wie eine Löwin in einem Käfig erschienen.

Sie überlegte angestrengt, was sie tun sollte. War es in dem Fall, den sie und Roser übernommen hatten, ein tragischer Unfall gewesen, oder war der arme Junge heimtückisch ermordet worden? Zu Beginn war sie überzeugt gewesen, es handle sich um ein Unglück. Nun war sie sich nicht mehr so sicher.

Roser hatte ihr von den Beobachtungen eines Augenzeugen erzählt. Er hatte ihr Bilder gezeigt von platt gedrücktem Gras hinter den Stangen, an denen das verhängnisvolle Drahtseil gespannt gewesen war. Die Spurensicherung hatte aufgrund dieser Bilder ihren Bericht überarbeitet und war nun der Meinung, die Stangen hatten kurz zuvor noch im Gras gelegen. Länge und Breite der Abdrücke passten genau zu der Größe der Metallstäbe. Hinzu kam die Aussage eines Mitglieds vom Skiverein. Der Mann behauptete steif und fest, die Sprungschanze würde niemals abgesperrt. Zwischenzeitlich war ein offizielles Schreiben des Vereinsvorstandes bei der Polizei eingegangen. Darin wurde klargestellt, dass weder der Schanzentisch noch andere Teile der Anlage auf irgendeine Art und Weise abgesperrt wurden. Das Stahlseil war also von Dritten angebracht worden.

Nur zu welchem Zweck?, überlegte Ronda.

Gemeinsam mit den Bildern der übel zugerichteten Leiche lagen die Aufnahmen jetzt vor ihr auf dem Schreibtisch. Wie ein Raubtier, das seine Beute umkreist, ging sie um den Tisch herum, ihren Blick starr auf die Fotos gerichtet. In ihrem Kopf spukten die verschiedensten Gedanken. An Mord jedoch wollte sie einfach nicht glauben.

Während sie in ihrem Büro umherging, zupfte sie an ihren Haaren herum.

Seit ihrer Kindheit hatte sie, wenn sie nachdachte, immer ihre Haare in den Mund genommen, um darauf herumzukauen. Wegen dieser Angewohnheit wurde sie laufend von ihren Kollegen aufgezogen. Da sie irgendwann die Sprüche nicht mehr hören wollte, hatte sie sich eines Tages ihre Haare kurzerhand auf Nackenlänge selbst abgeschnitten. Mit dem Ergebnis, dass sie von da an nicht mehr zu bändigen waren. Die Frotzeleien hatten dennoch nicht aufgehört. Sie erhielt von ihren Kollegen den Spitznamen ›Miss 100.000 Volt‹. Zum einen wegen ihrer feuerroten Haare, die wirr in alle Richtungen standen, zum anderen wegen ihres Temperaments. Sie war leicht zu reizen und fuhr schnell aus der Haut. Was ihr ab und zu ziemlichen Ärger mit ihrem Chef einbrachte, wenn sie wieder einmal überreagierte.

In den zwölf Jahren, die sie bereits bei der Polizei arbeitete, wurde sie immer sensibler, was Sticheleien und kleine Seitenhiebe von ihren männlichen Kollegen anging. Manche zeigten sogar ganz deutlich ihre Überzeugung, gerade der Beruf des Kommissars sei nichts für Frauen. Genau das war aber ihr Traumberuf. Sie liebte ihre Arbeit, wie sie war. Stressig, lange Arbeitszeiten, Nachtarbeit. Es blieb keine

Zeit für eine Beziehung, weshalb sich unter ihren Kollegen das Gerücht verbreitet hatte, sie sei lesbisch. Was sie nicht war. Sie hätte gerne einen Partner gehabt, wusste aber, sie müsste dafür in ihrem Job einen Gang zurückschalten, um mehr Freizeit zu haben. Die Arbeit als Polizistin war ihr Leben, und sie wollte dieses Leben nicht aufgeben, nur um einen Mann zu haben; zumindest noch nicht.

Antonia Ronda war eine gut aussehende Frau – auf ihre eigene Art. Sie war schlank, hatte lange Beine, ein schmales, scharf geschnittenes Gesicht, Sommersprossen und dünne, freche Lippen. Außerdem hatte sie tiefgrüne Augen, die im krassen Gegensatz zu ihren feuerroten Haaren standen.

Sie strich ihren kurzen Rock glatt und setzte sich auf ihren Schreibtischstuhl. Dann fuhr sie mit dem Stuhl unter den Tisch und schlug ihre ausgestreckten Beine übereinander.

Sie ließ ihren Kopf in die Hände fallen.

Was sollte sie nur tun?

Wenn sie den vorliegenden Fall ans LKA weiterleitete und damit falschen Alarm schlug, dürfte sie sich das nächste halbe Jahr die Witze ihrer Kollegen anhören. Wenn sie den Fall nicht weitergab und der Unfall sich im Nachhinein als Mord herausstellte, bedeutete das mit Sicherheit einen Knick in ihrer Karriere. Auf der anderen Seite hatte sie womöglich Beweisstücke, mit dem ein gesuchter Verbrecher dingfest gemacht werden konnte.

Sie wog ab, was schlimmer war.

Schließlich entschied sie sich, den Fall weiterzuleiten. Sie würde aber klar darauf hinweisen, kein eindeutiges Indiz gefunden zu haben, das die Fälle zueinander in Verbindung brachte.

# 22

Bürkle hatte die ganze Nacht kein Auge zugemacht.

Nachdem er am Abend den Supermarkt verlassen hatte, war er ins Büro zurückgefahren, um seiner Assistentin eine Nachricht zu hinterlassen. Sie sollte gleich am nächsten Tag einen Termin bei Kaisha vereinbaren. Das war die Softwarefirma in Stuttgart, die das Biometrik-Programm für die Polizei entwickelt hatte.

Sein Plan war es, den Mitarbeitern vor Ort ein wenig auf den Zahn zu fühlen. Vielleicht würde er durch Zufall auf ein paar Ungereimtheiten stoßen, wodurch er imstande war, weiter zu ermitteln. Im Anschluss daran wollte er Ronda, die Kollegin bei der Kriminalpolizei Göppingen, besuchen, um mit ihr den Fall von Wiesensteig durchzugehen.

Zu Hause angekommen hatte er die Einkäufe auf seinem Küchentresen ausgebreitet, sich schnell umgezogen und die Hände gewaschen. Zurück in der Küche öffnete er den Rosé und goss sich ein Glas davon ein. In Ruhe begann er, die Zutaten für sein Abendessen zu waschen. Den Fisch wollte er in einem Meerrettich-Dijon-Senf-Mantel braten. Dazu gab es frischen Spargel aus der Ortenau. Die Flasche Wein passte perfekt zu dem leichten Gericht. Leider war das meiste bereits getrunken, als er den Fisch gerade in die Pfanne gelegt hatte.

In seinem Weinregal fand er eine weitere Flasche Rosé. Diesen hatte er von seiner letzten Frankreichreise mitgebracht. Nach dem Öffnen stellte er allerdings fest, was man sich so oft nach einem Urlaub eingestehen muss: Der Wein hatte ihm vor Ort viel besser geschmeckt als zu Hause.

Nach dem Essen setzte er sich mit seinem Weinglas auf das Sofa und wollte eigentlich den Rest des Buches lesen, das er schon vor einiger Zeit angefangen hatte. Er konnte sich aber partout nicht darauf konzentrieren. Tausend Gedanken schwirrten durch seinen Kopf.

Wie kam der Gamemaster an die Polizeidaten? Wie verschaffte sich der Schweinehund Zugriff auf das Biometrik-Programm zur Gesichtserkennung? Beim Einkauf am Abend war ihm ein neuer Gedanke gekommen. Als er seine Kreditkarte im Geldbeutel sah, hatte er sich gefragt, ob es dem Gamemaster gelungen war, sich Zugang zu Datenbanken von Kreditkartenunternehmen zu verschaffen. So wäre er imstande, Bewegungen seiner Opfer anhand von Kreditkartenbelastungen nachzuvollziehen. Das wäre für Bürkle eine logische Erklärung, wie der Mörder seine Opfer verfolgte. Zumindest realistischer als die Detektivtheorie. Gerade, wenn er an den jungen Franzosen dachte. Hier dürfte es ohne solche Informationen eigentlich unmöglich gewesen sein, ihn aufzuspüren. Nur mal angenommen, der Junge hatte von seinem Vater eine Kreditkarte mitbekommen, um alles, was er in Deutschland benötigte, bezahlen zu können, wäre der Gamemaster möglicherweise imstande, über die Kreditkartenabrechnungen laufend festzustellen, wo der Junge war.

Bürkle beschloss, den spärlichen Hinweisen am nächsten Tag nachzugehen. Vielleicht würde er ja an der einen oder anderen Stelle auf weitere Anhaltspunkte stoßen.

Mit diesem Gedanken ging er zu Bett.

Um 7.15 Uhr saß er bereits im Büro und tippte mit zwei Fingern auf seiner Computertastatur herum. Als seine Assistentin kam, streckte sie den Kopf zur Tür herein und starrte ihn entgeistert an.

»Guten Morgen, Herr Bürkle. Sind Sie aus dem Bett gefallen?«

»Eher gar nicht hineingesprungen«, antwortete er mürrisch. »Ich habe Ihnen eine Nachricht auf den Tisch gelegt. Wegen eines Termins bei Kaisha. Die können Sie zerreißen. Ich fahr ohne Termin hin.«

»Ist das nicht die Softwarefirma, von der wir das eine Programm haben?«

»FIDA. Genau die sind das.«

»Sind Sie jetzt ins EDV-Geschäft eingestiegen oder was wollen Sie von denen?«

»Frau Tagbauer, ist Ihnen bekannt, was in Italien mit Leuten passiert, die zu viel wissen?«

»War ich wieder zu neugierig? Entschuldigung.« Peinlich berührt zog sie ihren Kopf aus dem Türspalt.

Er hörte, wie sich ihre Schritte auf dem Laminat entfernten. Kurz überlegte er, ob er zu heftig reagiert hatte, verwarf jedoch den Gedanken wieder.

Eilig schrieb er die E-Mail an Kollegin Ronda weiter. Sie solle ihn bitte wegen eines Termins auf seinem Diensthandy anrufen.

Danach druckte er sich die Strecke zu Kaisha in Stuttgart und den Weg zur Dienststelle in Göppingen aus, die er zuvor über einen Online-Routenplaner ermittelt hatte. Er steckte alles in seine Jackentasche und verließ sein Büro.

»Kommen Sie heute noch mal rein?«, fragte die Assistentin.

»Wenn ich irgendwann aus Stuttgart wieder ’raus finde, ja.«

»Einen schönen Tag.«

Außer seiner Assistentin und ihm war um diese Uhrzeit niemand in diesem Teil des Gebäudes. So leer kannte er das Revier gar nicht. Da er normalerweise viel später zu arbeiten begann, war er es gewohnt, viele Kollegen auf dem Flur zu treffen. Nicht so an diesem Tag. Seine Schritte hallten einsam durch die Gänge, als er zum Parkplatz ging. Selbst der Innenhof war verwaist. Lediglich die Dienstwagen standen da sowie zwei Privatfahrzeuge der Nachtschicht.

Er stieg in seinen Dienstwagen, einen silbernen C 220 Mercedes, und fuhr vom Hof.

Die Softwarefirma befand sich im nördlichen Teil von Stuttgart. Was bedeutete, er musste durch die komplette Stadt fahren. Und er hasste Stuttgart. Er empfand es als laut, schmutzig, verkommen. Angeblich sollte Stuttgart mit seinen Bars, Clubs und Cafés die angesagteste In-Szene von Deutschland haben. Er jedoch mochte die Stadt einfach nicht.

Vor Jahren war ihm eine Stelle als Ermittler in der Stuttgarter Hauptstelle des LKA angeboten worden. Wenn er sich da bewiesen hätte, wäre das ein riesiger Sprung vorwärts in seiner Karriere gewesen. Er hatte zur großen Verwunderung seiner Vorgesetzten abgelehnt. Er hatte zwar nie in einer größeren Stadt gewohnt, mochte es jedoch auch nicht ausprobieren. Man hatte einfach nie seine Ruhe. Er stellte sich vor, wie überall Penner, Nutten, Alkoholiker und Drogensüchtige herumlungerten. Im Sommer herrschte bis tief in die Nacht Lärm von den Massen an Besoffenen, die regelmäßig über die Städte herfielen, und im Winter war es unmöglich, sobald eine Schneeflocke den Boden berührte, irgendwo mit dem Auto hinzukommen. Stadtmenschen waren seiner Ansicht nach ohnehin nicht in der Lage, Auto zu fahren. Bei Schnee wurde das Ganze zum Desaster. Am meisten hasste er an Stuttgart die Staus. Morgens, mittags, abends. Egal, wann man nach Stuttgart fuhr oder versuchte, Stuttgart den Rücken zu kehren, stand man im Stau.

An diesem Tag saß er auf der A 81 kurz vor Böblingen/Sindelfingen fest. Es waren zwar gerade mal rund 90 Kilometer von Freudenstadt bis zu Kaisha. Er war allerdings bereits seit fast zwei Stunden unterwegs – ohne Hoffnung auf eine baldige Ankunft. Rechts neben ihm war das leere Gelände des Flugfelds von Sindelfingen. Auf der linken Seite der Autobahn sah Bürkle das größte Werk der Daimler AG. Ein gigantischer Parkplatz rings um das Gebäude war mit nagelneuen Autos vollgestellt, deren Dächer in der Morgensonne glitzerten. Vor ihm schob sich die Blechlawine über die Autobahn.

Ein hoch motivierter Sprecher pries im Radio geradezu einen Verkehrsunfall auf dem Teiler A 81/A 8 an, als wäre es etwas außergewöhnlich Tolles.

»Verdammt, genau meine Route«, fluchte Bürkle.

Schließlich hatte er sich doch durch den Stau und den Stadtverkehr von Stuttgart gekämpft. Völlig genervt kam er an dem hohen, runden Gebäude an, in dem das Softwareunternehmen seinen Sitz hatte. Der Bürokomplex war ungefähr 20 Stockwerke hoch. Er war ringsherum mit blau schimmerndem Glas verkleidet. Auf dem flachen Dach stand eine Art Segel, das sich je nach Windrichtung ausrichtete.

Die drei jungen Männer, die am Vortag bei ihm auf der Wache gewesen waren, hätten sicherlich auf Anhieb die Windrichtung bestimmen können, dachte er. Bürkle konnte sich nicht einmal eine der Eselsbrücken merken, die man Kindern beibrachte, damit sie sich die Himmelsrichtungen einprägten.

Wie war das noch mal?, dachte er.

Nur Ochsen saufen … und weiter? Na ja, egal, tut jetzt nichts zur Sache.

Er parkte seinen Wagen seitlich des Gebäudes. Durch einen tonnenförmigen silbernen Eingang kam er in den Empfangsbereich, der vollkommen aus Marmor und Chrom bestand. Die Halle sollte auf Besucher wohl imposant wirken. Auf Bürkle machte sie einen schäbigen Eindruck. Der Boden war stumpf und nicht gereinigt, nirgendwo stand eine Pflanze, in den Ecken lag Staub. Löcher in den Wänden deuteten auf abmontierte Firmenschilder hin.

An der breiten, halbrunden Information in der Mitte des Raumes saß eine ältere Dame in einer dunkelblauen Uniform. Sie war mit dem Bildschirm beschäftigt, der direkt vor ihr stand.

Sie sah nicht auf, als Bürkle zu ihr an den Tresen trat.

»Guten Tag. Mein Name ist André Bürkle. Ich bin vom LKA. Ich hätte gern die Geschäftsleitung gesprochen«, sagte er in geschäftsmäßigem Tonfall.

»Welche?« Sie wirkte abwesend und gleichgültig.

»Die Geschäftsleitung von Kaisha.«

»Keiner da.« Sie sah weiter auf den Bildschirm.

»Wann kommen die Herrschaften?«

»Gar nicht.« Das, worauf sie starrte, musste sehr interessant sein.

Bürkle riss der Geduldsfaden: »Hören Sie, ich möchte mit einem der Verantwortlichen bei Kaisha sprechen. Und zwar jetzt.« Seine Worte dröhnten durch die Halle. Der letzte Satz war ihm eine Spur zu hart herausgerutscht. Zumindest brachte er so die Frau dazu, aufzusehen.

»Junger Mann, Sie können schreien, soviel Sie wollen. Es ist niemand da. Kaisha gibt es hier nicht mehr. Das Gebäude ist praktisch leer. Versuchen Sie es bei der Privatadresse des Geschäftsinhabers.«

»Wie, die gibt es hier nicht mehr.« Bürkle fragte sich, weshalb er davon nichts wusste.

»Ich bin nicht befugt …«

»Ja, ja, ist ja gut.« Er schnitt ihr das Wort ab. »Und wie lautet die Adresse des Geschäftsinhabers?«

»Hier.« Sie hielt ihm eine Visitenkarte hin. Darauf stand:

*Kaisha*
*Dr. Rolf Hohnhausen*
*Geschäftsführung*
*Bruckmannweg 2*
*70191 Stuttgart*

»Auf Wiedersehen«, sagte die Dame schnippisch.

Er steckte die Karte in seine Hemdtasche. Während er hinausging, hörte er die Frau hinter sich meckern: »Bitte, gern geschehen.«

Wofür sollte er sich denn bedanken? Freundlich war sie ja nicht gerade gewesen.

Zurück im Wagen entfuhr ihm ein Fluch. Er ärgerte sich nicht über die unfreundliche Empfangsdame, sondern viel mehr über sich selbst. Er war ohne Vorbereitung oder irgendeine Art von Recherche losgefahren.

Toll gemacht.

Eine Softwarefirma hatte ein Programm für die Polizei entwickelt, und die Polizei wusste nicht, dass es die Firma nicht mehr gab. Wäre er nicht Hals über Kopf aufgebrochen, hätte ihn sicher einer seiner Kollegen über dieses winzige Detail aufklären können – oder Morlock vielleicht, den er weggedrückt hatte. Da er aber jetzt schon mal in Stuttgart war, konnte ein Besuch bei Herrn Dr. Hohnhausen sicher nicht schaden.

Bürkle fuhr zwar einen Mercedes als Dienstwagen, doch für ein Navigationsgerät verschwendete der Staat keine Steuergelder. Also blieb ihm nur übrig, an der nächstbesten Tankstelle nach dem Weg zu fragen. Die junge Dame an der Kasse erklärte ihn freundlich. Um kein Risiko einzugehen, kaufte er sich dennoch einen Stadtplan. Sicher war sicher.

Er fuhr zurück über den Pragsattel, bog nach einer Brücke über Bahngleise rechts in einen schmalen Weg ab, um sofort darauf links in ein Wohngebiet zu fahren. Dort ging es einige Zeit den Berg hinauf. Zu beiden Seiten der Straße standen typische alte Stadthäuser mit hohen Fenstern. Zwischen den Häusern hindurch erhaschte er ab und an einen Blick auf die Stadt.

An seinem Ziel angekommen staunte er nicht schlecht. Er war wohl in eine Freiluftausstellung für Architektur geraten. Ein Haus war abenteuerlicher als das andere.

Zu seiner Rechten sah er etwas, das ein Reihenhaus darstellen sollte. Das Gebäude war komplett quadratisch. Die einzelnen Abteile waren ebenso quadratisch wie die Fenster, die Balkone, sogar die Vorgärten. Jedes einzelne Reihenhaus hatte auf dem Flachdach eine Dachterrasse, die teilweise von einem Flugdach überspannt war.

Zu seiner Linken war eine große Wiese. In einiger Entfernung die Straße hinauf standen weitere Häuser in ähnlichem Stil. Hierbei handelte es sich wohl um Ein- oder Zweifamilien-Häuser, da sie viel kleiner waren als das, an dem er zuvor vorbeigefahren war.

Die Adresse, die er suchte, war am Ende der Siedlung auf der linken Seite. Ein viergeschossiger Bau mit langen Fensterreihen. Auf der nördlichen Seite des Gebäudes waren die Fenster nur Schlitze, die aussahen wie Schießscharten einer mittelalterlichen Burg. Auch dieses Haus hatte ein Flachdach mit einer Dachterrasse. Der Eingangsbereich war rot gestrichen. Darüber hing ein winziger, quadratischer Balkon. Bürkle erinnerte er an die offene Schublade eines Aktenschrankes.

Wo war er hier denn gelandet?

Für Kunst hatte Bürkle noch nie viel übrig gehabt. Seine Exfrau hingegen mochte Kunst. Daher wollte sie ihn oft zu Ausstellungen, Autorenlesungen oder Vernissagen mitnehmen. Für ihn stellte diese Art von Abendgestaltung die reinste Qual dar. Gerade Lesungen stellte er sich grauenhaft langweilig vor. Mit verstaubten Bücherwürmern und Batikshirts tragenden Literaturstudentinnen in einen engen Raum eingepfercht zu sein, um einem Schriftsteller zuzuhören, wie er aus seinem Buch vortrug, wäre für ihn die Höchststrafe. Dachte er.

Bürkle verbrachte seine Freizeit lieber mit Musik. Er selbst war Gitarrist in einer Amateurrockband. Nicht die Art von Beatles- oder Rolling-Stones-Coverbands. Nein, in seiner Band waren Metallica, Guns N'Roses oder Iron Maiden angesagt. Auf der Bühne wechselte er von seinem Beamtendasein in die Welt der Rockstars. Er liebte es, wenn die Menschen bei seinen Konzerten mit ihm gemeinsam sangen, schrien und tanzten. Andere mit seiner Musik zu unterhalten, war sein Leben.

Völlig in Gedanken ging er zur Haustür und klingelte bei Dr. Hohnhausen. Eine Art Glockenspiel war aus dem Inneren des Hauses zu hören. Eine attraktive junge Frau öffnete.

»Ja bitte?«

Bürkle war aufgrund ihres Aussehens etwas verunsichert. Er hatte eher einen alten Mann mit Tweedjacke erwartet. »Äh …«, stotterte er. »Guten Tag, mein Name ist André Bürkle. Ich bin vom LKA und hätte gerne Herrn Dr. Hohnhausen gesprochen.«

»Einen Moment, ich hole meinen Mann.«

Ihren Mann?, fragte sich Bürkle.

Die Frau war sicher keine 30 Jahre alt, hatte langes schwarzes Haar und eine Modelfigur. Sie war mit einem leichten Etwas bekleidet, das lediglich das Nötigste verdeckte.

Ein älterer Herr erschien. Graue, schüttere Haare von einem Ohr zum anderen gekämmt, um die kahle Platte auf dem Kopf zu verdecken. Da war er also, der Herr Doktor. Genau so, wie ihn Bürkle sich vorgestellt hatte. Was will so eine tolle Frau nur mit einem solchen Kerl?, fragte er sich verwundert.

»Was kann ich für Sie tun?« Der Doktor sprach reines Hochdeutsch. Er klang abweisend.

»Guten Tag, Herr Dr. Hohnhausen, mein Name ist André Bürkle, LKA. Ich habe ein paar Fragen an Sie.«

»Benötige ich meinen Anwalt?«, fragte er argwöhnisch.

»Nein. Es geht um einen Fall, den wir derzeit aufklären. Wir haben den Verdacht, jemand hat sich Zugang zu FIDA verschafft. Vielleicht können Sie uns helfen, den Hacker ausfindig zu machen.«

Die leichte Spannung, die sich in Hohnhausens Körper aufgebaut hatte, entwich. »Kommen Sie herein.« Hohnhausen schlurfte in seinen Hausschuhen voran.

»Danke.« Bürkle trat ein.

So extravagant das Haus nach außen wirkte, so war es auch innen. Das Erdgeschoss bestand mehr oder weniger nur aus einem Raum. Auf der rechten Seite war eine Trennwand eingezogen, die das Esszimmer von dem Wohnraum abteilte. In die Wand waren Regale eingelassen. Dahinter war ein ausladendes Sofa zu erkennen. Gegenüber befand sich eine Wand, die komplett mit einem offenen Einbauschrank versehen war. Geradeaus war der Garten des Hauses zu sehen. Diese Seite des Gebäudes bestand komplett aus einer Glasfront, sodass man von der Haustür aus auf der gegenüberliegenden Seite wieder ins Freie sehen konnte.

Als Bürkle in den Wohnbereich trat, bemerkte er, dass der Raum rechts neben dem Sofa weiterging. Eine weitere Trennwand war eingezogen und mit einem Fenster versehen, durch das man von dem einen Raum in den anderen sah.

»Sie haben ein sehr außergewöhnliches Haus.« Bürkle versuchte, ein wenig Small Talk zu betreiben.

»Vielen Dank. Das Haus stammt aus dem Jahr 1927. Wie alle Häuser in der Weißenhofsiedlung.« Offensichtlich hatte Bürkle Dr. Hohnhausens Lieblingsthema erwischt. Hohnhausens Augen begannen zu leuchten.

»Unter der künstlerischen Leitung von Ludwig Mies van der Rohe haben 17 Architekten aus Deutschland, Holland, Österreich und der Schweiz ein neuartiges Wohnprogramm für den damals modernen Großstadtmenschen geschaffen. Ziel war es, so viel Wohn- und Freiraum wie möglich in diesen Gebäuden zu kombinieren. Das alles haben die Architekten in einer Bauzeit von gerade mal 21 Wochen realisiert. 21 wundervolle Gebäude wurden in dieser unglaublich kurzen Zeit erbaut. Da während des Zweiten Weltkrieges eine Fliegerabwehrstaffel auf dem Gelände der Weißenhofsiedlung installiert war, wurden im Jahr 1944 durch Sprengbomben leider einige dieser einmaligen Gebäude zerstört. Das Haus, in dem Sie sich aufhalten, ist das Werk des schweizerisch-französischen Architekten Le Corbusier. Es befindet sich weitgehend im Originalzustand. Selbst die Möbel sind Originale.«

Hätte ich nur nichts gesagt, ärgerte sich Bürkle. Aber wer hätte auch erwarten können, einen Vortrag über Architekturgeschichte zu bekommen.

Ohne darauf zu achten, ob Bürkle das Thema gefiel, fuhr

Hohnhausen mit seinen Ausführungen fort: »Die Architekten damals entledigten sich des verspielten, verschnörkelten Charakters des Jugendstils und reduzierten sowohl die Gebäude als auch die Innenausstattung auf stereometrische Grundfiguren.«

Bürkle verstand kein Wort.

»Mit flexiblen Grundrissen versuchten die Architekten, eine von Licht und Luft erfüllte Atmosphäre der Gesundheit zu schaffen. Ein Minimum an Form sollte ein Maximum an Freiheit gewährleisten.«

»Rolf, der Kommissar interessiert sich sicher nicht nur für unser Haus«, ging Hohnhausens Frau dazwischen.

Bürkle wäre ihr am liebsten aus Dankbarkeit um den Hals gefallen.

»Oh ja, entschuldigen Sie bitte. Für mich ist es ein Privileg, in diesem Haus wohnen zu dürfen. Daher schweife ich oft ein wenig ab.« Er machte eine Pause. »Was kann ich für Sie tun, Herr Bürkle?«

Bürkle stand noch immer mitten im Wohnbereich.

»Ach bitte, setzen Sie sich doch.« Hohnhausen zeigte auf das Sofa mit Blick zum Garten.

Bürkle nahm Platz. »Herr Dr. Hohnhausen, Sie sind Vorstandsvorsitzender bei Kaisha. Ich habe einige Fragen zu FIDA, das Biometrik-Programm, das seit Ende 2006 beim LKA Baden-Württemberg im Einsatz ist«, sagte Bürkle in offiziellem Ton.

Hohnhausen, der sich bis eben noch bequem auf dem Sofa zurückgelehnt hatte, saß jetzt aufrecht da. »Äh … das ist nicht ganz richtig. Kaisha gibt es leider nicht mehr. Die Rechte für die Software wurden an Securasoft in Frankfurt verkauft. Leider hat unser Unternehmen stark unter der Konkurrenz aus Indien gelitten. So waren wir letztendlich gezwungen, uns geschlagen zu geben.«

Das war abermals neu für Bürkle. Nicht nur, dass es Kaisha in dem Gebäude nicht mehr gab. Es gab die Firma gar nicht mehr. »Hätte ein solcher Wechsel der Polizei als Kunde nicht angezeigt werden sollen?«

»Als Namen gibt es Kaisha weiterhin. Das Logo wurde in dem neuen Unternehmen beibehalten. Dieser Weg wurde aus marketingtechnischen Gründen gewählt. Es sollte beim Kunden nicht der Eindruck entstehen, mit einem maroden Softwarehaus zusammenzuarbeiten.«

»Was aber der Wahrheit entsprochen hätte.« Das hatte gesessen.

Hohnhausens Freundlichkeit war verflogen. »Hören Sie, ich habe mit den Geschäften nichts mehr zu tun. Was und warum Securasoft wie handelt, geht mich nichts an. Ich fürchte, ich kann Ihnen daher wenig behilflich sein.«

»Lassen Sie das meine Entscheidung sein.« Plötzlich kam Bürkle eine Idee. »Was ist mit den Mitarbeitern passiert, als die Firma aufgelöst wurde?«

»Unterschiedlich. Manche sind von Securasoft übernommen worden. Andere haben sich neue Jobs gesucht. Warum fragen Sie?«

»Ich brauche eine vollständige Liste aller Mitarbeiter zum Zeitpunkt der Auflösung.«

»Ich denke, dafür benötigen Sie einen richterlichen Beschluss.« Ein winziges Lächeln umspielte Hohnhausens Lippen. »Haben Sie denn einen?« Er stand auf und ging in Richtung Haustür.

»Hiermit ist unser Gespräch beendet.« Hohnhausen zeigte auf den Eingang.

Habe ich ihn getroffen?, fragte sich Bürkle.

»Herr Hohnhausen«, Bürkle vergaß absichtlich den Doktortitel. Er wusste, wie empfindlich die meisten darauf reagierten. »Haben Sie die Adresse von Securasoft für mich?«

»www.securasoft.de, guten Tag.«

»Auf Wiedersehen.« Bürkle schlüpfte durch die Haustür, ohne die Chance gehabt zu haben, einen letzten Blick auf Frau Hohnhausen zu werfen. Die Tür fiel schwer ins Schloss.

Bürkle stand mit einem zufriedenen Grinsen vor dem Haus. Er zog den kleinen Notizblock, den er immer bei sich hatte, aus der Jackentasche und notierte sich seine Eindrücke von Hohnhausen.

## 23

An diesem Morgen entdeckte Antonia Ronda in ihrem Postfach die E-Mail eines LKA-Kollegen aus Freudenstadt. Er bat um einen schnellen Rückruf bezüglich des toten Franzosen.

Den ganzen Morgen hatte sie versucht, ihn zu erreichen, war aber erst nach dem zehnten Versuch durchgekommen. Bürkle, so hieß der Kollege, hatte gesagt, er sei in 40 Minuten bei ihr. Zwischenzeitlich war allerdings bereits mehr als eine Stunde vergangen.

Ronda ärgerte sich über die Unpünktlichkeit, weil sie, solange sie wartete, nichts anderes erledigen konnte. Sie war gezwungen, auf dem Revier zu bleiben.

Der Blick vom Fenster ihres Büros ging direkt auf die Besucherparkplätze der Polizeistation. Ronda jonglierte ihren Kugelschreiber zwischen den Fingern.

»Oh Mann, wo bleibt der nur? Immer das Gleiche mit den Heinis«, sagte sie leise. Auf ihrem Tisch stapelten sich mehrere Akten, die sie eigentlich bearbeiten wollte. Dafür müsste sie ins kriminaltechnische Labor fahren.

Aus dem Augenwinkel sah sie etwas auf dem Parkplatz aufblitzen. Sie drehte den Kopf und entdeckte einen silberfarbenen Mercedes C-Klasse mit Stuttgarter Kennzeichen. Der Wagen parkte direkt vor ihrem Fenster.

Aus dem Auto schlängelte sich ein elegant gekleideter Mann mittleren Alters. Er trug einen grau gestreiften Anzug mit weißem T-Shirt darunter. Er war schlank, groß und hatte ein kantiges Gesicht mit sportlichem Dreitagebart. Seine hellbraunen Haare waren kurz und zu einem leichten Scheitel gekämmt. Irgendwie sexy, dachte Ronda. Besonders seine Haare, die von einigen grauen Strähnen durchzogen waren, wirkten anziehend auf sie. Er ging zielstrebig auf den Eingang der Wache zu.

Einfach unfair, dachte sie. Alles, woran man bei Männern das Alter bemerkt, macht sie interessanter. Bei Frauen heißt es gleich: ›Oh, da solltest du was dagegen tun.‹

Sollte das etwa der Kollege vom LKA sein? Augenblicklich war ihr Ärger über die Verspätung verflogen. Dann verlor sie ihn aus dem Blickfeld, als er hinter einer Hausecke verschwand.

Sie spürte, wie ihr Puls in die Höhe schoss. Sie hoffte inständig, nicht rot anzulaufen, wenn der Mann gleich bei ihr im Büro stehen würde.

Es klopfte.

»Herein«, versuchte sie so geschäftig wie nur möglich zu sagen. Dabei senkte sie den Blick auf eine der Akten, die sie eilig vom Stapel genommen und aufgeschlagen hatte.

»Guten Tag, mein Name ist André Bürkle. LKA. Ich suche Antonia Ronda.« Er klang beinahe schüchtern.

Sie stand auf und ging zügig auf ihn zu. »Sie haben sie gefunden. Hallo.« Sie hielt ihm die Hand zum Gruß hin.

Er nahm sie und drückte zu.

Es gab Männer, bei denen man meinte, einen toten Fisch in der Hand zu halten, wenn man ihnen die Hand schüttelte. Für Antonia gehörte so ein Mann in die Kategorie Waschlappen. Es gab hingegen auch diejenigen, die einem die Hand beinahe zerquetschten. Diese Kerle waren meist oberflächlich und selbstverliebt. Nicht so André Bürkle. Seine Hand war leicht rau und warm. Er hatte einen kräftigen Händedruck, der Selbstbewusstsein ausstrahlte.

»Hallo. Schön, Sie kennenzulernen.« So viel Freundlichkeit war sie von ihren Kollegen nicht gewohnt. Offensichtlich fühlte er sich durch die Tatsache, einer weiblichen Kollegin gegenüberzustehen, in seiner Männerehre nicht verletzt.

»Nehmen Sie doch Platz. Sie sind spät dran«, sagte sie und zeigte auf den Stuhl vor ihrem Tisch.

Beide setzten sich.

»Ich war vorher in Stuttgart unterwegs. Ich sag nur so viel: Hölle. Aber das ist, glaube ich, in allen Städten das Gleiche.« Er sah sichtlich verärgert aus.

Nett, wie er Small Talk betrieb und dabei ein wenig über sich selbst preisgab, fand Antonia. »Wem sagen Sie das. Ich habe früher in Stuttgart gewohnt. Ich sage immer, man benötigt in Stuttgart eigentlich keine Autohäuser. Man hat auf den Straßen genug Zeit, um sich ein Bild über den aktuellen Markt zu machen.«

Er lachte. Dabei kamen seine gepflegten Zähne zum Vorschein. Um seine Augen bildeten sich feine Lachfalten.

Antonia Ronda bemühte sich, ernst zu bleiben. »Herr Bürkle, was kann ich für Sie tun? Sie haben in Ihrer Mail geschrieben, es geht um Jean-Michelle Le Tissiere.«

»Um wen?«

»Um den toten französischen Jungen von Wiesensteig.«

»Ah ja, genau. Die Kollegen aus Stuttgart haben mich angerufen, Sie hätten den Fall weitergeleitet. Das LKA sagt, Sie vermuten, der Todesfall könnte etwas mit dem Gamemaster zu tun haben. Ich ermittle in dieser Sache. Leider habe ich bisher so gut wie keine Hinweise auf den Täter. Da dachte ich, Sie könnten mir vielleicht weiterhelfen.«

»Ich fürchte, ich muss Sie enttäuschen. Ich habe lediglich die Leiche und die Tatwaffe, wenn man davon überhaupt sprechen kann. Außerdem haben wir ein Stück Papier in der Hemdtasche des Jungen gefunden. Das war auch der Grund, warum ich den Fall weitergeleitet habe.«

Bürkle rutschte auf seinem Stuhl bis an die Kante vor. »Was steht auf dem Zettel?«

»Wir können leider nichts entziffern, durch das viele Blut ist alles verwischt. Die KTU hat zwar versucht, es sichtbar zu machen, allerdings ohne Erfolg.«

Bürkle ließ sich gegen die Lehne fallen. Er sah auf einmal ziemlich frustriert aus. »Das ist zum Wahnsinnigwerden. Alle Spuren verlaufen im Sand. Haben denn die Anwesenden irgendetwas gesehen?«

»Die meisten waren ziemlich zugedröhnt oder standen unter Schock. Ein junger Mann, der zufällig mit seinen Freunden dort den Abend verbrachte, machte uns auf Abdrücke im Gras aufmerksam, die die SpuSi übersehen hatte.« Ronda erzählte Bürkle, um was es dabei ging. Sie sagte ihm auch, dass der Kerl von der Skizunft beteuerte, die Schanze würde nie durch ein Seil abgesperrt.

Bürkle legte die Stirn in Falten. »Erzählen Sie mir von der Gruppe, die nicht zu den Partygästen gehörte.«

Ronda legte den Kopf schief. »Da gibt es nicht viel zu sagen. Die wollten wohl an dem Wochenende zusammen tauchen gehen und haben als Auftakt einen Grillabend in Wiesensteig veranstaltet.«

»Ich an deren Stelle hätte mich gestört gefühlt und wäre gegangen. Zu bleiben finde ich ein wenig seltsam.«

Ronda fragte sich, was in Bürkles Kopf vorging. Dachte er etwa, die Taucher könnten etwas mit dem Fall zu tun haben? »Herr Kollege Bürkle, ich glaube, wir sind bei den Tauchern auf der falschen Fährte. Sie hätten die Leute mal sehen sollen. Die waren total geschockt.« Eine leichte Wut stieg in ihr auf. Sie ballte eine Hand zur Faust. Wollte er etwa ihre Arbeit kritisieren? Nur weil sie eine Frau war?

Offensichtlich war er imstande, Gedanken zu lesen, und sagte: »Entschuldigen Sie, ich wollte Ihre Ermittlungen nicht infrage stellen. Ich muss jede noch so kleine Spur verfolgen. Mehr habe ich doch nicht.«

Antonia, dachte sie, da hast du mal wieder total überreagiert. Sie spürte, wie ihr vor Scham das Blut ins Gesicht schoss.

Oh nein, nicht rot werden, dachte sie. »Schon okay. Ich würde vorschlagen, wir gehen einen Kaffee trinken und schauen uns den Fall genauer an.« Hatte sie das wirklich gesagt? Hatte sie ihn gerade zum Kaffee eingeladen? Sie hatte das Gefühl, noch röter anzulaufen.

»Gute Idee. Ich hab heute noch nicht mal gefrühstückt«, antwortete er locker.

Gemeinsam verließen sie die Wache und gingen die Einkaufspassage hinunter.

Bürkle überragte die Kollegin um beinahe einen Kopf. Das kam nicht allzu oft vor. Sie selbst war relativ groß gewachsen, was ihre Auswahl an Männern stark einschränkte. ›Ein Mann, der kleiner ist als die Frau, geht gar nicht‹, sagte sie immer.

In dem Café angekommen, setzten sie sich in eine ungestörte Ecke. Inständig hoffte sie, von keinem ihrer Kollegen gesehen zu werden. Die Szene könnte gut als ein romantisches Date während der Arbeitszeit missverstanden werden.

Die Kellnerin kam, und sie bestellten beide einen Cappuccino. Bürkle erzählte von seiner Vermutung hinsichtlich der Kreditkartendaten, und er mutmaßte, ob vielleicht ein gekündigter Mitarbeiter versuchte, Kaisha zu schädigen.

Ronda hörte Bürkle gespannt zu. Sie war fasziniert von der Art, wie er sich durch die Fälle wühlte und mögliche Verbindungen herstellte.

Aber am meisten faszinierte er selbst sie. Er hatte eine tiefe, sonore Stimme. Die war ihr schon in ihrem Büro aufgefallen.

Ihr gefielen seine großen Hände und seine wunderschönen, intelligenten blauen Augen. Sie fragte sich, ob er verheiratet war. Er trug keinen Ring am Finger, aber was hieß das schon? Viele Kriminalbeamte trugen keine Eheringe. Aus Angst, ein Spinner könnte Jagd auf ihre Familie machen. Sie selbst sortierte solche Bedenken eher in die Rubrik ›Zu viel Fernsehen‹ ein.

Das Klingeln ihres Handys ließ Bürkle schlagartig verstummen.

»Ja?«, meldete sie sich unwirsch.

»Hallo, Antonia, wo bist du denn? Hier ist jemand auf der Wache. Das solltest du dir anhören. Es geht um den Franzosen.« Es war Roser. Das war es dann wohl mit dem gemütlichen Zusammensein, dachte Ronda. Andererseits ging es bei Rosers Anruf um den Fall von Jean-Michelle Le Tissiere, und da wollte sie so schnell es nur ging Fortschritte erzielen.

»Ich komme.« Sie verstaute das Handy in ihrer Hosentasche und rief die Kellnerin zum Bezahlen an den Tisch.

Nachdem Bürkle die Rechnung übernommen hatte, gingen sie zurück zur Polizeistation. Dort wartete Roser bereits. Als sie zusammen sein Büro betraten, war Roser zuerst ein wenig überrascht. Ein Grinsen umspielte seine Lippen. »Ah, Madame hat Herrenbesuch.«

Bürkle hatte wohl das Gefühl, für Ronda in den Ring steigen zu müssen. Er hielt dem Beamten die Hand hin und sagte: »Guten Tag, mein Name ist Bürkle. Ich bin vom LKA und für den Gamemaster-Fall zuständig. Ich habe mit Frau Ronda den Fall Le Tissiere besprochen.«

Oh mein Gott, was ist das denn für eine peinliche Aktion?, dachte Antonia.

»Hey, Toni, da hat dein Ritter in goldener Rüstung den ganzen Weg hierher umsonst gemacht.« Roser zeigte auf einen pickligen Jungen. Ronda schätzte ihn auf maximal 16 Jahre. Er saß auf dem Stuhl vor Rosers Schreibtisch und wirkte ziemlich niedergeschlagen. »Das ist Matthias Deiss. Matthias hat gestanden, für den Tod von Jean-Michelle Le Tissiere verantwortlich zu sein.«

Ronda starrte Roser fassungslos an, Bürkle ebenfalls.

»So wie ihr schaut, wollt ihr jetzt sicher wissen, was los war.« Er machte eine kurze Pause, in der er seinen Triumph voll auskostete. »Jean-Michelle hat ihm während des Schüleraustauschs die Freundin ausgespannt. Das hat der Junge nicht verkraftet. Daher wollte er Jean-Michelle aus dem Weg räumen. Da der bei Partys bereits mehrfach mit den seltsamsten Gefährten die Schanze runtergerutscht war, dachte sich Matthias, ihm könnte dabei auch mal was passieren und heckte den Plan mit dem Draht aus.« Roser platzte fast vor Stolz.

Der Junge öffnete langsam den Mund. Er sprach ganz leise: »Ich wollte ihn nicht umbringen. Ich wollte nur, dass er sich ein bisschen wehtut. So wie er mir wehgetan hat.«

Ronda dachte plötzlich an ihren ersten Freund. Sie war so verliebt in ihn gewesen. Er hatte ihre Zuneigung leider nicht ehrlich erwidert, sondern sie nur benutzt, um sich die Hörner abzustoßen. Einmal, auf einem Sportfest musste sie mit ansehen, wie er mit der größten Schlampe der Schule im Gebüsch verschwand. Sie hatte sich damals gefühlt, als hätte ihr jemand das Herz aus der Brust gerissen. Solch perfide Rachepläne hatte sie hingegen nicht geschmiedet. Ihr hatte es genügt, sein heiß geliebtes Auto zu zerkratzen.

Roser fuhr freudig fort: »Und jetzt hat ihn das schlechte Gewissen geplagt. Da kam er zu uns. Ist das nicht nett?«

Oh du gefühlskalter Hornochse, dachte Ronda.

Bürkle stand stocksteif neben ihr und wirkte benommen.

»Ganz toll gemacht. Dann kannst du ja den Fall abschließen.« Ronda drehte sich zu Bürkle. »Kommen Sie, gehen wir.« Sie nahm ihn am Arm und führte ihn aus dem Zimmer.

Vor der Tür sagte sie: »Herr Bürkle, es tut mir leid, Ihnen nicht helfen zu können. Es hat mich trotzdem sehr gefreut, Sie kennenzulernen.«

Er sah sie aus traurigen Augen an. Es zerriss ihr fast das Herz.

»Ja, jetzt steh ich wieder mit leeren Händen da. Und ich dachte wirklich, ich hätte endlich einen Anhaltspunkt.« Einen Moment schwieg er. »Frau Ronda, ich danke Ihnen für Ihre Zeit. Es hat mich auch gefreut, Sie kennenzulernen. Auf Wiedersehen.«

»Bis bald.« Dann verließ er die Polizeistation und damit auch Rondas emotionale Träumerei.

# 24

Die Woche zog sich unendlich lang hin. Morgens kam ich kaum aus dem Bett. Und das, obwohl ich eigentlich früher mit der Arbeit beginnen wollte, um ein paar Überstunden anzusammeln. Nicht, um meinem Chef zu imponieren, sondern um einen Zeitpuffer zu haben, wenn das Wetter unter der Woche gute Flugbedingungen versprach. Bei der Arbeit selbst war ich gedanklich oft abwesend. Das letzte Wochenende hing mir noch lange nach. Nicht nur, dass wir kaum Schlaf gefunden und reichlich getrunken hatten, auch die Geschichte mit dem Toten hatten wir alle drei noch nicht verdaut.

Am schlimmsten hatte es Ralf erwischt. Nach außen hin gab er sich zwar vollkommen unbeeindruckt, doch im Inneren war er total aufgewühlt. Am Telefon erzählte er mir von schlimmen Albträumen, mit denen er zu kämpfen hatte, und starken Kopfschmerzen. Anfang der Woche hatte er versucht, sich durch Arbeit abzulenken. Dabei war er so unkonzentriert und machte so viele Fehler, dass ihn sein Chef letzten Endes nach Hause schickte. Er sollte sich ein paar Tage ausruhen und auf andere Gedanken kommen. Armin und ich standen ihm in dieser schweren Zeit selbstverständlich zur Seite, wie es wahre Freunde nun mal tun. Wir brauchten nicht lange zu überlegen, um herauszufinden, womit wir ihn am besten ablenken konnten – mit Gleitschirmfliegen. Also machten wir kurzerhand am Freitag früher Feierabend. Mein Chef war davon zwar überhaupt nicht begeistert, musste jedoch einsehen, dass ich psychisch nach dem Schock des letzten Wochenendes noch nicht vollkommen genesen war. Armin und ich trafen uns in Stuttgart und fuhren gemeinsam zu Ralf. Wenig später schossen wir die Autobahn Richtung Salzburg entlang.

Es ging in die Nähe von Rosenheim auf den Unternberg.

Ein wunderschöner Fleck zum Gleitschirmfliegen. Der Sessellift nahm einen direkt vom Landeplatz aus mit nach oben. So stand man nach der Landung innerhalb weniger Minuten bereits wieder auf dem Gipfel. Um von der winzigen Bergstation an den Startplatz zu kommen, brauchte man nur um die hölzerne Gipfelhütte herumzugehen. Schon stand man an einem grasbewachsenen Hang, der steil ins Tal abfiel. Zur Rechten sah man nach einem tiefen Einschnitt im Gebirgskamm den großen Bruder des Unternbergs, den Rauschberg. Wandte man sich nach links in Richtung Westen, blickte man auf den gut 300 Meter höheren Berg Hochfelln. In Richtung Norden, vorbei am Hochfelln, sah man die spiegelnde Oberfläche des Chiemsees in der Sonne funkeln. Dahinter begann das bayrische Flachland. Mit einem Blick über die Schulter wurde man von den im Süden aufragenden schneebedeckten Gipfeln der Nordalpen geblendet.

Bereits von der Autobahn aus sahen wir mehrere große Trauben an Piloten über den Bergen des Chiemgaus kreisen. Unsere Nervosität stieg mit jedem Kilometer, den wir unserem Ziel näherkamen. Als wir die Abfahrt in Richtung Ruhpolding nahmen, waren unsere Blicke starr auf die vor uns liegende Gebirgskette gerichtet. Ab und an sah ich nach der Wolkenbildung, da es gerade im Frühjahr hier schnell zu Gewittern kommen kann. Der Himmel war aber tiefblau und wolkenfrei.

Armin schlitterte mit seinem geräumigen Wagen um die engen Kurven. Diesem Fahrstil hatten wir es letztendlich zu verdanken, dass wir bereits um halb vier nachmittags am Landeplatz des Unternbergs ankamen. Ralf wollte zuerst in der Gaststätte der Talstation eine Pause einlegen, doch es gelang uns, ihn zu überreden, das Bier am Startplatz zu trinken. Also ging es hintereinander mit dem Sessellift nach oben, auf dem rechten Sitz der Gleitschirm-Rucksack, auf dem linken der Pilot. Mit jedem Höhenmeter wurde es kälter. Ich zog mir noch im Lift eine zusätzliche Jacke an, so kühl wurde es.

Beim ersten Mal, als ich mich mit diesen Liften noch nicht auskannte, war ich nach dem Ausstieg zu langsam aus der Trasse gegangen. Der Lift hatte mir von hinten einen Stoß gegeben, ich hatte das Gleichgewicht verloren und war der Länge nach vor den Füßen des Liftwärters gelandet. Diese Peinlichkeit wollte ich mir heute ersparen. Deshalb packte ich meinen Gleitschirmrucksack und verließ so schnell wie möglich den Ausstiegsbereich. Ich umrundete die kleine Hütte, die den Blick auf den Startplatz versperrte. Als ich sah, wie viele Piloten sich bereits eingefunden hatten, staunte ich nicht schlecht. Außer uns waren ungefähr 20 andere Gleitschirmpiloten da. Hinzu kamen unzählige Drachen des lokalen Drachenclubs.

»Ganz schön was los hier oben«, meinte Armin, als er zu mir aufschloss. Unbeeindruckt ging er an mir vorbei, warf seinen Rucksack auf eine freie Fläche und begann sofort, seinen Schirm auszupacken – typisch Armin. Wenn jemand anderes die Bedingungen als fliegbar beurteilte, war er nicht mehr zu bremsen. Ohne die tatsächlichen Verhältnisse vor Ort zu prüfen, stürzte er sich in die Luft. Ich ließ mich wie immer davon anstecken und folgte seinem Beispiel. Eilig packte ich meine Sachen aus. Ich schnallte mir das Gurtzeug um, setzte den Helm auf und rollte den Gleitschirm aus. Immer wieder checkte ich die Windfahne und beobachtete die Piloten, die bereits in der Luft waren. Die Verhältnisse sahen absolut ruhig aus.

Perfekt.

Wenige Minuten später waren wir beide klar zum Start. Ralf saß im Gras. Seinen Gleitschirm-Rucksack hatte er kurzerhand zu einer Rückenlehne umfunktioniert.

»Erscht mol oine raucha«, hatte er gemeint, als wir ihm mit rudernden Handbewegungen bedeuteten, in die Gänge zu kommen.

Ich hörte ein Rascheln hinter mir. Armin öffnete seinen Schirm. Der blaue lichtdurchlässige Stoff der Schirmkappe glänzte majestätisch in der Sonne, als sie sich zu voller Größe ausbreitete. Armin stand mit dem Gesicht zum Fluggerät und zog an den Tragegurten. Als der Gleitschirm direkt über ihm stand, betätigte er vorsichtig die Bremsen, drehte sich in Flugrichtung um und lief los. Zwei Schritte später war er in der Luft.

Ich rief ihm hinterher: »Viel Spaß! Ich komme gleich.«

Ein leises Rauschen war zu hören, als er in einer Kurve nahe dem Startplatz vorbeiflog.

Ich hielt mich nicht lange damit auf, ihm hinterherzusehen, sondern drehte mich zu meinem Schirm um. Wie immer kurz vor dem Start schlug mir das Herz wild gegen den Brustkorb. Ich atmete tief durch, prüfte den Wind und zog das goldgelbe Segel auf.

Der Zug des Gleitschirmes war wegen des Windes sehr stark. So musste ich ihm einige Schritte entgegengehen, um nicht ungewollt in die Höhe gerissen zu werden. Ich spürte, wie mich die Tragegurte meines Gurtzeugs nach oben zogen. Schnell kontrollierte ich die Leinen und drehte mich um. Mit einem Satz hatte auch ich die Welt unter meinen Füßen zurückgelassen und flog frei wie ein Vogel davon. Der Aufwind am Hang trug mich sanft immer höher. Die Anzahl an Piloten in der Luft hielt sich derzeit in Grenzen, sodass ich ungestört meine ruhigen Bahnen ziehen konnte.

Es machte riesigen Spaß. Die Luft war nicht turbulent. Genau richtig für uns. Armin und ich tobten uns bereits seit 40 Minuten aus, da entdeckten wir Ralfs nagelneuen rot-weißen Schirm.

»Willkommen in der Luft, Ralf«, rief Armin durch das Funkgerät.

»Hallo, Buba. Ond goht's?« Ralf wollte sich scheinbar erkundigen, ob der Aufwind stark genug war, um auch ihn tragen zu können.

Ich reagierte sofort: »Es ist super heute. Das wird dir Spaß machen.«

Armin und ich hatten uns in der vergangenen Woche über unsere Bedenken unterhalten, dass Ralfs Erlebnis Auswirkungen auf seine nach wie vor bestehende Flugangst haben könnte. In der Ausbildung war er einmal aufgrund thermischer Turbulenzen so durchgeschüttelt worden, dass er seitdem immer ein wenig Angst hatte, wenn es unruhig zuging. Dazu kamen jetzt die Baumlandung der vorigen Woche und der grauenhafte Fund. Heute hatte es hingegen den Anschein, als fühlte Ralf sich absolut wohl. Er war sogar richtiggehend euphorisch, was man sonst gar nicht von ihm kannte.

»Des isch ja subber heut. Des macht ja richtig Schbass«, rief er uns über Funk zu. Die Freude war deutlich zu hören.

Ralf hatte seinen Gleitschirm nach der Baumlandung an den Hersteller geschickt. Einen Tag später wurde ihm mitgeteilt, der Schirm sei nicht mehr zu retten. Noch während des Telefonats entschied er sich, ungesehen einen neuen zu kaufen. Als ihm der glückliche Verkäufer anbot, ihm den

Schirm per Boten zukommen zu lassen, war Ralfs Wochenende gerettet.

»Wie ist dein neuer Schirm?«, fragte ich.

»Der isch klasse. Blitzsauber hochkomma beim Start. I kann den ganz eufach lenga, da brauchsch gar net viel dofür do.«

»Super. Das freut mich. Dann lassen wir dich jetzt in Ruhe. Genieß deinen Flug. Landebier geht auf uns heute.«

»He, das war nicht ausgemacht«, protestierte Armin. »Du weißt doch, Ralf belässt es nicht bei einem.«

»Klappe, Armin. Trinkst du eben eins weniger.«

»Du spinnst wohl«, kam Armins nicht ganz ernst gemeinte Antwort.

Die Zeit in der Luft war super. Wir flogen immer wieder aneinander vorbei. Manchmal näher, manchmal weiter entfernt. Stets darauf bedacht, so hoch wie möglich zu fliegen, beobachtete jeder von uns die Piloten um sich herum, um sofort zu erkennen, wo es vielleicht noch besser trug.

Es war herrlich. Die Luft war frisch und sauber. Unter uns sahen wir hohe Tannen und grüne Wiesen, die mit blühendem Löwenzahn überzogen waren. Ganz so, als wäre die Landschaft mit gelbem Puder bestäubt.

Ich fühlte mich unendlich frei.

Das ist es, was den Gleitschirm von allen anderen Fluggeräten unterscheidet. Man schwebt lautlos dahin, benötigt kein Benzin, braucht kaum Zeit zum Auf- und Abbauen.

Ich lehnte mich in mein Gurtzeug zurück, ließ die Bremsleinen los und verschränkte die Arme hinter dem Kopf. Der Wind trug mich, ohne dass ich dafür etwas zu tun brauchte.

Ich fühlte mich schwerelos.

Die Welt von oben zu sehen, war ein Privileg, und ich durfte dieses Privileg genießen.

Ich dachte an die ersten Menschen, die Vögel am Himmel beobachtet hatten. Sicherlich träumten auch sie schon vom Fliegen. Wenn ich aber an die teilweise abenteuerlichen Konstruktionen dachte, mit denen in den folgenden Jahrhunderten immer wieder versucht wurde, den Flug der Vögel nachzuahmen, sträubten sich mir die Nackenhaare.

Ich sah mich nach meinen Freunden um. Bei Armin hatte es den Anschein, als sei er zu weit vom Hang weggeflogen. Er war tief unter mir und bereits in Richtung Landeplatz unterwegs. Ralf hingegen war ein ganzes Stück über mir. Ich fragte ihn: »Ralf, wie bist du da hochgekommen?«

»Da vorna links an dem Grat geht's nach oba«, dröhnte es fröhlich durch meinen Helm.

Vom Startplatz aus gesehen links vorn lief der Bergrücken spitz zu und ging in eine weitere Hügelkette über. Wenn die Sonne auf diese Seite des Hanges schien, gab es eine Thermik. War man im Aufwind des Bergrückens hoch genug, konnte man diesen Aufwind erreichen.

Ralf will es heute wissen, dachte ich mir. Um so schnell wie möglich zu ihm aufzuschließen, betätigte ich den Beschleuniger und steuerte die Stelle an, die er mir beschrieben hatte.

Plötzlich meldete sich Armin über Funk: »Jochen, was ist da oben los?« Er klang extrem nervös.

Ich sah in Richtung Landeplatz und entdeckte seinen Schirm, der am Boden lag. Armin stand einige Meter entfernt davon.

»Was soll sein?«, fragte ich verwundert.

»Schau mal zu Ralf hoch, der hat doch ein Problem.«

»Ne, ich hab ein Problem. Ralf ist höher als ich. Das kann doch nicht sein.«

»Quatsch nicht. Schau hoch.«

Als ich erkannte, was Armin gemeint hatte, brach mir kalter Schweiß aus.

Ralf befand sich in einer schnellen Steilspirale. Die linke Seite seines Schirmes hing nach hinten weg und flatterte wild im Wind. Die andere Seite des Gleitschirms war mit den Eintrittskanten in Richtung Boden gestellt. Es sah so aus, als würde sich der Gleitschirm um die eigene Achse drehen und zöge Ralf in weitem Bogen hinterher.

Er näherte sich sehr schnell dem Boden. Und der Spiralsturz wurde immer schneller.

»Ralf, zieh den Rettungsschirm! Bitte!«, rief ich durch mein Funkgerät. »Das kriegst du anders nicht mehr in den Griff.«

Es dauerte eine gefühlte Ewigkeit, bis ich endlich den zusammengefalteten Rettungsschirm sah. Das Bündel entrollte sich, und der Schirm blähte sich im Wind auf.

»Was ist da los?«, schrie Armin hysterisch ins Funkgerät.

Der Rettungsschirm hatte sich zwar geöffnet, am Ende der Leine hing jedoch kein Ralf. Der Schirm segelte leicht in der sanften Brise davon – allein.

»Verdammt!«, brüllte ich.

Ralf blieb nun nur mehr eine einzige Chance. Er musste seinen Gleitschirm wieder unter Kontrolle bekommen. Ansonsten würde er unweigerlich abstürzen.

Immer tiefer rauschte Ralf mit seinem Gleitschirm. Er war nur noch wenige Meter vom Boden entfernt. Wie der Samen eines Ahornbaumes wirbelte das Fluggerät in Richtung Berg. Dann war er verschwunden.

Plötzlich schien alles stillzustehen.

Die Piloten, der Sessellift, der Wind, alles. Eine vibrierende Stille hing in der Luft. Es schien, als hielten selbst die Vögel mitten im Flug inne.

Ich hörte mein Herz in meinen Ohren trommeln.

Unendlich langsam begann mein Verstand wieder zu arbeiten. Panisch blickte ich mich nach Ralf um. Er war nirgends zu sehen.

»Wo ist er?«, kreischte Armin ins Funkgerät.

Ich wollte antworten, bemerkte aber, dass ich die Luft angehalten hatte. Keuchend sagte ich: »Ich seh ihn nicht. Ralf, melde dich! Geht es dir gut?«

Keine Antwort.

»Er muss doch da sein«, rief Armin.

»Ralf«, versuchte ich es noch einmal, »bitte melde dich. Wir haben gesehen, wie du deinen Rettungsschirm geworfen hast.«

Wieder blieb Ralf uns die Antwort schuldig.

Lediglich Armin war zu hören. »Hängt er hier irgendwo in den Bäumen?«

»Nein. Ich glaube, er ist hinter den Berg geflogen.« Mein gesamtes Sein schien sich nur auf diesen einen Punkt zu konzentrieren. Es war, als sähe ich durch eine Röhre und könnte lediglich diesen einen Punkt fixieren – die Stelle, an der Ralf aus meinem Blickfeld verschwunden war.

Langsam nahm ich auch meine restliche Umgebung wieder wahr. Die Geräusche kehrten zurück. Es gab nur einen möglichen Entschluss.

Ich drückte den Beschleuniger durch, nahm die Arme hoch, damit ich den Gleitschirm nicht anbremste, und raste in Richtung Startplatz.

Ohne meinen Kurs zu ändern, hielt ich frontal auf den Berg zu. Käme ich zu tief an, würde mein Flug in den Bäumen enden. Wäre ich zu hoch, würde ich über den Berg hinweg fliegen und mich in einem Gebiet ohne Notlandeplatz wiederfinden.

Daran dachte ich jedoch in diesem Moment nicht. Ich wollte nur eines: wissen, was mit meinem Freund geschehen war.

Als ich dem Hang näherkam, entdeckte ich Ralfs Ausrüstung. Sein Schirm hing locker über einigen niedrigen Büschen.

Wo war Ralf, verdammt? Ich war total außer mir.

Ich hatte keine Zeit mehr, nachzusehen. Zu nah war ich bereits am Hang. Mit angezogenen Beinen überflog ich eine Reihe Tannen, die am unteren Ende des Startplatzes standen. Ich ließ den Beschleuniger hochschnellen und drückte beide Bremsleinen an meinen Hüften entlang nach unten. Dadurch bremste ich den Gleitschirm so gut wie möglich ab. Dann schlug ich mit immer noch angezogenen Beinen in den Hang ein. Der Airbag-Rückenprotektor meines Gurtzeuges explodierte unter der Wucht des Aufpralls, und ich schlug hart auf dem Boden auf. Für einen Moment wurde mir schwarz vor Augen. So schnell wie möglich schnallte ich mich ab, riss mir den Helm vom Kopf und rannte in Richtung von Ralfs Gleitschirm.

Als ich näher kam, sah ich ihn daliegen – noch immer in sein Gurtzeug geschnallt. Wie ein Schildkrötenpanzer stand der Rückenprotektor von ihm ab. Ralf lag ausgestreckt auf dem Bauch. Sein Kopf ruhte auf der linken Wange im Gras. Sein rechter Oberschenkel kreuzte den linken. Der Unterschenkel stand verdreht ab. Offensichtlich war sein Bein gebrochen – ein blutiger Knochen ragte weit aus dem Overall.

Fassungslos starrte ich auf Ralfs Oberkörper. Er musste seine Arme schützend vor sich gehalten haben, denn auch sie schienen gebrochen. Drei Finger seiner linken Hand waren samt Handschuh abgerissen. Bei diesem schrecklichen Anblick begann sich alles um mich zu drehen. Tiefe Schwärze umgab mich. Ich musste mich unendlich beherrschen, mich nicht zu übergeben.

Nur langsam bekam ich mich wieder in den Griff.

Ich kniete mich zu Ralf und nahm ihm vorsichtig den Helm ab. Ein Rinnsal von Blut rann aus seinem Ohr, und auch aus dem Mund lief Blut.

Ralfs Gesicht war aschfahl. Ich sah, wie sich seine Nasenflügel langsam rhythmisch bewegten.

Er atmet! Tränen schossen in meine Augen. Er lebt! Sofort flammte neue Hoffnung in mir auf.

Schnell setzte ich mich ins Gras, legte seinen Kopf in meinen Schoß und beugte mich zu ihm hinunter.

»Ralf, es kommt gleich Hilfe. Halte durch!«, flüsterte ich ihm leise zu. Mein Hals war wie zugeschnürt.

Ich hörte seinen Atem rasseln. Unendlich langsam öffnete er die Augen. In diesem Moment überkam mich ein unglaubliches Glückgefühl. Ich wusste, alles wird wieder gut.

Ralf öffnete den Mund. Wieder quoll Blut hervor.

»Sag nichts, Ralf. Es kommt gleich jemand. Alles wird wieder gut.« Ich spürte, wie mir heiße Tränen die Wangen hinunterliefen.

Hinter einem Vorhang aus Tränen sah ich um mich.

»Holt schon jemand Hilfe?!«, rief ich einem jungen Mann zu, der in meiner Nähe stand.

Er nickte eifrig. Mein Blick fiel auf Ralfs geschundenen Körper. Er sah schrecklich aus: überall Blut.

Die Erkenntnis, dass er in diesem Moment um sein Leben rang, traf mich wie ein Fausthieb. Und ich konnte nichts für ihn tun, außer bei ihm zu sein. Seine Lider schlossen sich langsam wieder.

»Ralf, bleib hier!«, rief ich. »Es ist gleich jemand da. Dann kommt alles wieder in Ordnung.«

Er riss die Lider weit auf, sodass seine Augen beinahe hervorquollen. Mit geöffnetem Mund starrte er mich an. Mühevoll versuchte er, etwas zu sagen. Es hörte sich gequält und gurgelnd an.

»Was hast du gesagt? Ich kann dich nicht verstehen.« Mein Körper fühlte sich durch die Angst um meinen Freund an, als würden Millionen Ameisen über meine Haut krabbeln.

Seine Augen schlossen sich wieder, sein Körper wurde schwer. Ralfs Kopf glitt von meinem Schenkel.

Schlagartig entwich die Anspannung der letzten Minuten mit einem lauten Schrei aus meinem Körper.

Mein Freund war tot.

Fürsorglich hob ich seinen Kopf wieder auf meinen Schoß und strich über sein schweißnasses Gesicht.

»Ralf«, rief ich. Dann noch einmal lauter: »Ralf!«

Er reagierte nicht.

Schluchzend brach ich über ihm zusammen. Die Welt versank in einem dunklen Meer aus Tränen und Schmerz. Ich tauchte tief ein und ließ mich davontreiben. Wichtigkeiten wurden nichtig, Pflichten belanglos, und einstige Freude wurde erstickt durch unsäglichen Schmerz. Ölige Wogen spülten mich immer weiter fort. Mein Geist kämpfte nicht dagegen an, er wollte weiter in dem alles umgebenden Ozean aus Trauer und Selbstmitleid treiben. Zwischen dem gedämpften Plätschern hörte ich plötzlich eine Stimme. Sie zog an mir, hievte mich ans Ufer.

»Komm. Komm mit mir. Lass die Leute ihre Arbeit machen.« Eine Hand berührte mich sanft an der Schulter.

Ich drehte langsam den Kopf. Hinter mir stand ein älterer Herr mit sonnengebräuntem Gesicht. Er schaute mich mitfühlend an. Auch ihm standen Tränen in den Augen.

»Komm, setz dich da rüber«, sagte er leise.

Er half mir vorsichtig auf die Beine. Dann stützte er mich unter dem rechten Arm und brachte mich zu einer Holzbank etwa zehn Meter von Ralf entfernt.

Zwischenzeitlich war die Bergrettung mit einem Hubschrauber eingetroffen. Sie konnten jedoch nur noch Ralfs Tod feststellen und flogen unverrichteter Dinge wieder davon.

Ralf war nun die Aufgabe für einen Bestatter; die Bergrettung kümmert sich um die Lebenden.

Ich sah, wie sich eine junge Frau daran machte, meinen Gleitschirm zu holen. Er hatte sich durch den Wind des Hubschraubers in den Tannen unterhalb der Unfallstelle verfangen.

Der ältere Herr fragte mich, ob ich jemanden hätte, den er für mich anrufen könnte. Wie in Zeitlupe kramte ich in meiner Jackentasche und holte mein Handy heraus.

»Armin«, brachte ich hervor. Dabei schaute er hilflos zu, wie Ralfs Gesicht hinter einem weißen Tuch, welches die Hubschrauberbesatzung dagelassen hatte, verschwand.

Er nahm mir das Telefon aus der Hand und ging ein wenig zur Seite. In diesem Moment kam Armin bereits um die Ecke der Berghütte geschossen. Er hatte sich sofort in den Sessellift gesetzt, als ich mich nicht mehr gemeldet hatte. Das klingelnde Telefon in der Hand rannte er auf mich zu.

»Das wird er wohl schon sein«, sagte der Mann, als Armin neben mich trat.

»Jochen, was ist passiert? Wo ist Ralf? Wie geht es ihm?«, fragte er aufgeregt.

Der ältere Herr schüttelte den Kopf.

»Was soll das bedeuten? Was ist? Warum ist Ralf nicht im Hubschrauber?«

Ich brachte kaum mehr als ein heiseres Hauchen heraus: »Armin, Ralf ist tot.«

»Das kann nicht sein! Sie fliegen ihn ins Krankenhaus, oder?«

»Er ist gerade gestorben, Armin. Da drüben in dem Sack liegt er.«

Armin wollte zu Ralf laufen, wurde jedoch von dem Mann, der ihn angerufen hatte, aufgehalten. »Tu dir das nicht an Junge. Behalte ihn in der Erinnerung, wie du ihn zuletzt gesehen hast.«

Er beruhigte sich und ging dann niedergeschlagen zu Ralfs Ausrüstung hinüber. Wie ferngesteuert wollte er beginnen, sie einzupacken, als einer der Drachenflieger angerannt kam und rief: »Nicht anfassen! Finger weg!«

Armin drehte sich um. »Lass mich. Das sind die Sachen meines Freundes.«

»Nein, du verstehst nicht. Die Polizei muss sich den Unfallort anschauen. Die müssen auch das Equipment untersuchen.« Der Drachenflieger sah Armin mitfühlend an. »Komm, lass gut sein.« Er zog Armin von Ralfs Sachen weg.

Armin hatte resigniert. Mit hängenden Schultern trottete er gleichgültig neben dem Mann her. Ich stand auf.

Der ältere Herr war nicht von meiner Seite gewichen. Er sagte: »Fahrt mit der Bahn runter. Wartet unten am Lift auf mich. Ich bringe euch zur Polizei, sobald ich meine Sachen hier eingepackt habe.«

»Danke«, gab ich kleinlaut zurück.

In der Ferne war noch immer der Hubschrauber zu sehen, der Ralfs Rettung hätte bedeuten sollen.

# Teil 2

# 1

*Drei Tage später*

Zweiter Akt: Nachdem er den ersten Teil des Werkes vortrefflich arrangiert hat, ist es nun an der Zeit, Vorkehrungen für den zweiten Teil zu treffen. Der Plan ist wohlüberlegt. Er überlässt nichts dem Zufall.

Manche sagen, man kann nicht alles bis ins letzte Detail planen. Da haben sie wohl nicht an Personen mit einem weit überdurchschnittlichen IQ gedacht.

Er freut sich über die einzelnen Puzzleteile seines Kunstwerkes, die sich langsam immer mehr zu einem Gesamtbild zusammenfügen. Und jetzt ist er bereit für sein großes Finale. Er ist schon ganz aufgeregt.

Da kommt sie wieder. Dieses wundervolle Wesen. Blonde Haare, so lang und so gelockt wie die eines Engels. Lange Beine, die in Pumps mit hohen Absätzen enden. Sie hat ein kurzes weißes Kostüm an. Sicher, damit ihre sonnengebräunte Haut besser zur Geltung kommt. Sie war letztes Wochenende auf Kurzurlaub. Mit ihrem neuen Freund. Diese Drecksau hat sicher seine Göttin gevögelt. Verfluchte Hure. – Oh nein, sie ist keine Hure. Sie kennt ihn eben nicht. Sonst wäre sie mit *ihm* in den Urlaub gefahren. Er hätte ihr den Rücken mit Sonnencreme einreiben dürfen. Er hätte sie abends in tollen Kleidern zum Essen ausführen dürfen. Nach dem Essen wäre er mit ihr aufs Zimmer gegangen, um sich dort mit ihr zu vereinigen. Nicht nur hemmungslos die eigene Lust befriedigen wie dieser selbstverliebte Wichser, der sich wahrscheinlich vor seinem eigenen Spiegelbild einen runterholt.

Er würde sie auf Händen tragen. Sie würde es lieben – sie würde ihn lieben. Sie muss nur merken, was sie an ihm hätte.

Und dafür ist jetzt der richtige Zeitpunkt gekommen. Sie wird ihn nicht zurückweisen.

Ihr Arbeitstag ist zu Ende, sie geht nach Hause. Diesen Weg nimmt sie immer. Er kennt ihre Wege genau. Ihre Kolleginnen, die sie jeden Mittag um 12.30 Uhr zum Mittagessen und später noch einmal zum Kaffeetrinken abholt, sitzen auf der anderen Seite des Gebäudes. Um dorthin zu gelangen, müsste sie in der anderen Richtung an ihm vorbeigehen. Also kann sie nur nach Hause wollen. Sie ist wieder spät dran. Nach so einem harten Tag braucht sie einen Mann, der sich um sie kümmert.

Ich verwöhne dich, so wie du es brauchst.

Sicherheitshalber wirft er einen Blick auf die Bildschirme. Er weiß zwar, dass die wenigen Mitarbeiter, die noch im Gebäude sind, alle mit der Bahn nach Hause fahren, aber sicher ist sicher. Er will keinen ungebetenen Zeugen.

Es ist kein Mensch zu sehen.

Schnell eilt er aus seinem kleinen Raum und zupft sich das Hemd zurecht. Sein Herz schlägt so schnell in seiner Brust, dass er Angst hat, sie könnte es hören.

»Guten Abend. Darf ich Sie zu Ihrem Fahrzeug geleiten? Ich bin hier für die Sicherheit zuständig und kann es nicht mit ansehen, wenn Sie um diese Uhrzeit allein durch die verlassene Garage gehen müssen.« Oh mein Gott, aus der Nähe sieht sie noch schöner aus.

»Danke, das ist nett.« Wieder dieses Lächeln. Genauso hatte sie ihn auch angelächelt, kurz, nachdem er hier seinen Job angetreten hatte. Damals hatte sie sich mit ihm unterhalten, weil sie wissen wollte, wo er vorher gearbeitet hatte.

»Bitte gehen Sie vor.« Ein richtiger Gentleman hält der Dame die Tür auf. Nicht wie andere Männer hier, die direkt vor ihr durch die Tür huschen.

Er geht zwei Meter hinter ihr. In diesem bezaubernden Kostüm ist ihre Silhouette genau zu erkennen. Sie ist wunderschön. Er betrachtet das Spiel ihrer Wadenmuskeln unter der gebräunten Haut, während sie geht. Ihre Hüften bewegen sich sanft und anmutig bei jedem Schritt. Sie geht ganz aufrecht, das Kinn ein wenig in die Höhe gereckt. Ihre langen blonden Haare schaukeln leicht im Takt der Bewegung.

Sie wühlt in ihrer Tasche. Was da wohl alles drin sein mag? Geldbeutel, Tampons, Wagenschlüssel, Kaugummi. Was noch? Vielleicht bald ein Bild von ihm?

Er hört ein lautes Klimpern. Ihr sind die Wagenschlüssel heruntergefallen. Sie bückt sich, dabei zeichnet sich ihr Hintern genau unter dem engen Rock ab. Das dünne Band des Stringtangas wird sichtbar.

Adrenalin bringt das Blut in seinen Adern zum Kochen.

Jetzt.

Mit einem geschickten Griff öffnet er den Gürtel seiner Hose, reißt die Knöpfe der Jeans ruckartig auf und lässt die Hose die Beine hinuntergleiten. Eine Unterhose trägt er nicht.

Sie dreht sich zu ihm um und starrt direkt auf seinen entblößten Unterleib. Rasende Angst spiegelt sich in ihrem Gesicht.

Zu spät realisiert sie, was nun geschehen wird.

Mit einer Hand packt er die Jacke ihres Kostüms und drückt sie rücklings fest gegen die Motorhaube ihres Wagens. Mit der anderen schiebt er ihren Rock hoch; makellose braune Haut mit flaumigen sonnengebleichten

Härchen kommt zum Vorschein. Ihr Hintern ist fest und rund. Mit einem kleinen Messer, das er aus seiner Hosentasche gezogen hat, schneidet er ihren Tanga auf. Leicht wie eine Feder fällt er zu Boden.

Sie stößt einen panischen Schrei aus.

»Da staunst du, was?« Er hat sie überrascht. Das gefällt ihm. »Und jetzt sei schön ruhig.«

Sie schreit weiter, aber es ist niemand hier, der ihr helfen kann.

»Du musst nicht schreien. Wir sind ganz allein.«

Einen Moment hält sie inne und starrt ihn an wie ein Reh, das bei Nacht in den Lichtschein eines Wagens gerannt ist. Sie beginnt wieder zu kreischen. Ihre schrillen Schreie hallen durch das leere Parkhaus. Sie schmerzen ihn in den Ohren.

»Wehr dich nicht. Sonst kannst du es nicht genießen.« Er drückt seine rechte Hand auf ihren Mund. So fest, dass er ihre Zähne auf seiner Haut spürt.

Augenblicklich verstummt ihr Geschrei. Übrig bleibt nur ein ersticktes Würgen. Sie versucht, sich aus seinem Griff zu lösen, schlägt wie wild um sich und will ihn in die Handfläche beißen. Mühsam drängt er sich zwischen ihre Beine. Sie fühlen sich hart und heiß an. Davon hat er lang geträumt.

»Verdammt, warum hörst du nicht auf, zu schreien? Es gefällt dir doch.«

Immer noch zappelt sie wie eine Fliege in der Falle. Dabei schlägt sie nach ihm, versucht, ihn von sich zu stoßen. Er packt eines ihrer Handgelenke. Das andere kann er nicht greifen, da sie sonst wieder zu schreien anfangen würde. Ihre freie Hand wirbelt herum, und sie zerkratzt ihm mit ihren langen Fingernägeln das Gesicht.

»Aua. Du bist wie eine junge Stute.« Gleich wirst

du ruhiger werden, wenn du nicht mehr so viel Luft bekommst, kannst du dich auch nicht mehr so wehren, denkt er.

Mit einem Ruck reißt er ihre Bluse auf. Dann durchtrennt er mit seinem Messer den Rückenverschluss ihres feinen, seidenen trägerlosen BHs. Für einen Moment lässt er ihren Mund los, um den Büstenhalter zusammenzuknüllen. Dann stopft er ihr das Knäuel in den schreienden Mund.

Sie wehrt sich weiter mit aller Kraft gegen seine Liebe. So kann er sich nicht konzentrieren. Sie schlägt um sich und versucht, ihn wegzutreten. Immer wieder holt sie aus, bis sie mit einem Absatz ihrer Stöckelschuhe in sein weiches Leistengewebe trifft. Ein stechender Schmerz durchzieht seine Hüfte. Er sieht Blut aus einer runden Wunde sickern.

»Du verfluchte Hure! Du hast mir wehgetan.« Immer mehr nimmt der Schmerz zu, bis er beinahe unerträglich ist. Er spürt, wie das Blut durch seine Adern schießt. Er packt ihre Arme mit beiden Händen und wirbelt sie herum.

Ist das ein Grinsen auf ihren Lippen?, fragte er sich.

Eine starke Macht schlägt ihr so kräftig mit seiner Hand ins Gesicht – danach noch einmal. Ihre erstickten Schreie werden immer panischer. Erneut knallt seine Hand in ihr schönes Gesicht. Und er kann nichts dagegen tun.

»Hör bitte auf zu toben.« Ein weiterer Schlag gegen ihren Kopf. Im nächsten Augenblick trifft seine Faust mit voller Wucht ihren Bauch.

»Hör auf, hör auf, hör auf.« Sein Körper gehorcht ihm nicht mehr. Ihr Geschrei heizt den Dämon, der Besitz von ihm ergriffen hat, weiter an. Er sieht seine Fäuste auf ihren perfekten, gebräunten Körper trommeln. Wieder schlägt seine Faust auf ihren Kopf – immer wieder.

Knack. Blut spritzt ihm ins Gesicht.

Er sieht, wie sie mit geschlossenen Augen den Kopf zur Seite neigt und auf der flachen Motorhaube ruhig liegen bleibt. Jetzt ist sie still. Aber jetzt kann auch er nicht mehr. Zu stark sind die Schmerzen, die sie ihm zugefügt hat. An seinem Bein läuft Blut hinunter. Er möchte seine Hose anziehen, zuckt vor Schmerzen zurück, als er sich bücken will. Er versucht es erneut. Mühsam greift er den Bund seiner Hose und zieht sie hoch. Während er die Knöpfe der Jeans schließt, schaut er auf sie hinab. Schweiß tropft ihm von der Nase direkt auf ihre nackten Brüste. Seine Haare kleben ihm im Gesicht. Ihr Kopf liegt ruhig auf der Seite. Die Arme hängen schlaff herunter.

So hat er sich das nicht vorgestellt. Er wollte sie doch lieben. Er wollte ihr doch beweisen, wie gut er ist.

Ein wenig traurig wendet er sich ab.

Schade – aber besser als nichts.

Er verlässt die Tiefgarage und kehrt zurück in sein kleines Büro. Dort holt er seine Wagenschlüssel, seinen Mantel und seine Kaffeekanne. Auf der Toilette säubert er schnell sein Gesicht. So soll man ihn nicht sehen, so schmutzig.

Er wischt sich Blut und Schweiß ab und verarztet provisorisch die Wunde an der Leiste.

# 2

*Drei Tage später*

War alles also doch nur ein mieser Scherz, dachte sich Marcel, nachdem er seit Tagen nichts mehr von diesem kranken Kerl, dem Gamemaster, gehört hatte. Kein Link auf der Internetseite funktionierte mehr. Und schließlich, als er versuchte, von einem anderen Rechner auf die Seite zuzugreifen, war die Seite nicht mehr aufrufbar. Offensichtlich hatte der Betreiber die Homepage zwischenzeitlich vom Netz genommen. In der Schule hatte er seinem Kumpel, der ihm den Tipp gegeben hatte, eine kräftige Abreibung verpasst. Es konnte ja nicht angehen, dass er ihm so einen Mist erzählte. Von wegen entspannte Downloads, ohne erwischt zu werden. Gar nichts ging, außer dass ihm ein Wahnsinniger tierische Angst eingejagt hatte. Was er natürlich keinem erzählte. ›Dragonforce-Evolution‹ hatte er immer noch nicht. Um es sich legal zu kaufen, fehlte ihm das Geld. Immerhin kostete es im Handel knapp 50 Euro. Von seinen Eltern bekam er die Kohle sicher nicht und klauen wollte er nicht. Das war einmal ziemlich in die Hose gegangen.

Damals hatte ein Hausdetektiv ihn mitten durch den gesamten Markt geschleift, sodass jeder sah, wie stümperhaft er versucht hatte, zu klauen. Im Büro des Detektivs hatte er auf die Polizei gewartet, die ihn, ebenfalls für jeden sichtbar, durch den Vordereingang abgeführt hatte. Als er auf der Wache von seinem betrunkenen Vater abgeholt worden war, hatte Marcel das Gefühl gehabt, nicht mehr tiefer sinken zu können.

Diebstahl kam also nicht infrage.

Daher musste er sich wohl oder übel mit den geilen Urlaubsbildern von Franziska auf SchülerVZ begnügen. Franziska war eine Schulkameradin aus der zehnten Klasse. Sie war in den Osterferien mit ihrer Familie auf Madeira gewesen und hatte sich dort von ihrem Freund in ziemlich freizügigen Posen ablichten lassen. Die Fotos stellte sie für jeden zugänglich ins Netz ein.

Er sah, wie sie im Meer planschte, wie sie sich auf einem Handtuch rekelte und … ah, es wurde interessanter … wie sie nur mit einem Spitzenhöschen bekleidet im Badezimmer stand und ihre Brüste mit den Händen bedeckte.

Marcel spürte, wie sich in seinen Lenden etwas regte. Die Schnappschüsse waren echt genial, musste er zugeben. Auf einem Foto sah man sie, wie sie auf einem Bett lag, nur von einem dünnen Laken bedeckt. Sie musste vollkommen nackt sein, da ein durchgehender dünner Streifen Haut von den Unterschenkeln bis zu den Schultern zwischen Matratze und Laken hervorlugte.

Marcel lehnte sich in seinem Stuhl zurück. In diesem Moment erschien am rechten unteren Bildrand die Mitteilung:

›Sie haben eine neue Nachricht.‹

Na endlich, dachte er. Er wartete schon die ganze Zeit auf die Mail eines Freundes, der ihm ein Tütchen Gras besorgen wollte.

Aufgeregt las er:

*He, Alter!*

*Wir gehen heute Abend so gegen acht zur Eugen-Feil-Hütte nach Affalterbach. Hab alles am Start.*

*Groezen Max*

Sauber, dachte er, das würde ein sauberer Abend werden. Hoffentlich war Annika auch da.

Annika war eine Klassenkameradin, die er sehr nett fand. Bisher hatte er mit seinen Anstrengungen wenig Erfolg gehabt. Doch durch einen Facebook-Chat mit einer ihrer Freundinnen wusste er, dass Annika ihm gegenüber nicht so abgeneigt war. Wenn sie auch käme, würde er es in Angriff nehmen. Er wollte endlich eine Freundin haben. Immerhin war er 15 Jahre alt und noch immer Jungfrau. Die meisten Jungs in seiner Klasse hatten es schon mit einem Mädchen getrieben. Sie erzählten davon stolz in der Schule. Marcel wollte endlich dazugehören.

Die Mitteilung, dass eine neue Nachricht eingegangen war, blinkte erneut auf.

Annika hatte große Brüste, die er nur zu gern berühren wollte. Wenn er nett zu ihr war, durfte er vielleicht auch mehr. Er stellte sich vor, wie es sich wohl anfühlte, wenn sie zwischen seine Beine griff.

Die Mitteilung blinkte weiter.

Bei dem Gedanken an das, was er mit Annika vorhatte, durchfuhr ihn ein heißer Schauer.

Vor Erregung fröstelte ihn ein wenig. Mit zittrigen Fingern zog er eine Zigarette aus der Schachtel auf seinem Schreibtisch. Dabei fiel ihm der Hinweis auf die ungelesene Nachricht auf.

Vielleicht war es ja Annika.

Marcels Herz setzte einen Schlag aus. Er betrachtete die Adresszeile. »Was willst du Wichser denn?«, entfuhr es ihm.

*Von: Gamemaster*
*An: Marcel.Maler@weblink.de*

*Betreff: 1:0*

*Anscheinend meinst du, alles wäre nur ein Spaß. Du musst lernen, dass manches im Leben Konsequenzen hat. Schau dir die möglichen Folgen deines Handelns an:*

Es folgte ein Link.

Marcel wurde übel. In seinem Kopf pochte es wie nach einer durchzechten Nacht.

Sollte er den Link öffnen? Was verbarg sich dahinter? Letztes Mal hatte sich ein Bild von Google Earth geöffnet, auf dem eine wildfremde Person zu sehen war. Was wäre es dieses Mal?

Er klickte den Link an. Die Internetseite der Video-Community YouTube öffnete sich.

Ein Video? Was sollte das denn?

Als es startete, sah er zuerst nur eine hügelige Landschaft. Dem Anschein nach war das Video vom Fuß eines Berges aufgenommen worden. Dieser war bis zum Gipfel bewaldet. Über und vor dem Berg waren Gleitschirmflieger zu erkennen, wie sie ruhig herumschwebten.

Marcel dachte bei dem Anblick darüber nach, wie es wohl war, an so einem Gerät zu hängen. Sicher würde er sich vor Angst in die Hose machen. Wenn er etwas nicht ausstehen konnte, dann war es, auf Leitern steigen oder über Gittertreppen gehen zu müssen.

Das Video war ja vielleicht für Leute, die sich für diesen Sport interessierten, ganz nett, aber was hatte das mit ihm zu tun? Er nahm einen Zug von seiner Zigarette. Als weiterhin nichts Besonderes geschah, klickte er auf den

Abspielbalken, um ans Ende des Videos zu springen. Just in diesem Moment zoomte die Kamera auf einen der Gleitschirme, der ein ganzes Stück über den anderen war.

Die Auflösung war der Hammer. Marcel erkannte sogar, wie der Pilot mit einer Hand gegen seinen Helm drückte und irgendetwas sagte. Mit der anderen Hand hielt er sich an den Leinen fest, die zu dem Gleitschirm hinaufführten. Kurz darauf ließ er seinen Helm los und drehte einen Kreis. Dabei stieg er höher und höher hinauf. Mit einem Mal klappte ein Teil des Gleitschirms nach hinten weg. Die Kameraeinstellung wechselte in die Totale, sodass die Umgebung wieder erkennbar war. Marcel sah zu, wie der Gleitschirm begann, in einer steilen Kurve in Richtung Grund zu rasen. Der Pilot versuchte, sich krampfhaft an seinem Sitz festzuhalten. Auf einmal öffnete sich ein zweiter Fallschirm neben dem abstürzenden Gleitschirm und segelte gemächlich davon.

Was geht da denn ab?, überlegte Marcel. Auf das, was er sah, konnte er sich keinen Reim machen.

Sekunden später schlug der Pilot wie eine Puppe auf dem Berg auf. Der Körper samt Sitz überschlug sich zweimal.

Marcel hielt erschrocken die Hand vor den Mund.

Die Kamera zoomte wieder ein Stück näher heran. Er sah, wie einige Leute zu dem Verunglückten rannten. Ein zweiter Gleitschirm raste heran und landete Sekunden später nahe dem Abgestürzten.

Das Bild blendete langsam aus und ging über in eine Todesanzeige, die aus einer Tageszeitung ausgeschnitten war.

»Wenn du einmal geflogen bist, wirst du fortan deinen Blick gen Himmel richten, denn dort bist du gewesen, und dorthin willst du zurück.«

Jetzt bist du dem Himmel so nahe, wie du es dir nie vorstellen konntest.

**Ralf Sigrist**

* 03.03.1976 † 08.05.2010

Marcel stockte der Atem. Er ließ seinen Zigarettenstummel auf den Tisch fallen.

»Oh mein Gott«, flüsterte er, wobei er jedes einzelne Wort betonte. Er wollte seinen Augen nicht trauen. Was er soeben gesehen hatte, konnte er nicht glauben, oder er wollte es nicht. Hatte er tatsächlich mitverfolgt, wie ein Mensch in den Tod gestürzt war? Vor laufender Kamera?

Seine Gedanken überschlugen sich. Warum hatte der Typ ihm das Video geschickt? Was bedeutete ›Schau dir die Folgen deines Handelns an‹? Was hatte er getan? Nichts!

Nichts. Genau das war es, was ihm der Gamemaster sagen wollte. Marcel hatte verloren. Er hatte nicht, wie in der Spielanleitung gefordert, die Person auf dem Bild gesucht. Er hatte einfach nichts getan. Hatte deshalb der arme Kerl sterben müssen? War er etwa schuld am Tod des Gleitschirmfliegers? Nur weil er den Anweisungen eines Verrückten nicht gefolgt war?

Marcel sprang auf und riss dabei die Tischplatte seines Computertisches hoch. Die Platte krachte scheppernd zurück auf das Gestell. Dabei fielen Zigarettenkippen aus dem überquellenden Aschenbecher.

Er rannte durch den Flur ans andere Ende des Hauses ins Badezimmer. Seine Mutter, die gerade von der Arbeit nach Hause gekommen war, trat ihm in den Weg. Er beachtete sie jedoch nicht weiter, sondern riss die Tür zum Bad auf, rannte hinein und übergab sich ins Waschbecken.

Als er sich umdrehte, sah er seine Mutter mit fassungslosem Gesichtsausdruck dastehen.

Wieder krampfte sich sein Magen zusammen. Bittere Flüssigkeit brannte ihm in der Kehle, als er erneut würgte. Seine Bauchmuskeln schmerzten, und in seinem Kopf herrschte ein heilloses Durcheinander.

Keuchend legte er sich neben die Toilettenschüssel. Er war vollkommen fertig.

»Junge, was ist denn los mit dir?«, fragte seine Mutter besorgt.

Marcel rang nach Atem. »Mum, lass mich verdammt noch mal in Ruhe.« Zu spät bemerkte er den aggressiven Tonfall.

Nur mit immensem Kraftaufwand hob er den Kopf, um seine Mutter anzusehen. Sein Gesicht war schweißüberströmt.

Sie stand im Türrahmen und zupfte verunsichert an ihrer viel zu langen blauen Bluse. Zu der Bluse trug sie einen knielangen schwarzen Rock. Sie sah müde und erschöpft aus. Ihre Schultern wirkten schmal und kraftlos in der billigen, schlecht sitzenden Arbeitskleidung.

Am liebsten hätte er sie fest in den Arm genommen und ihr alles erzählt. Doch das ging nicht. Sicherlich wäre sie sofort zur Polizei gegangen. Zudem war er nun auch verantwortlich für einen Mord, und damit wollte er seine Mutter nicht belasten. Sie hatte ohnehin schon genug Sorgen.

Daher sagte er nur: »Hey, Mum, es tut mir leid. Ich hab zurzeit viel um die Ohren.«

»So viel, dass es dir auf den Magen schlägt?«, fragte sie. Ein zynischer Unterton schwang in ihren Worten mit.

»Ich hab mir wohl was eingefangen.« Er hievte sich auf die Knie und zog sich am Waschbecken auf die Beine. Dann öffnete er den Wasserhahn, um sich das Gesicht zu waschen und das Erbrochene wegzuspülen.

Eine Weile sagte keiner von ihnen etwas, worüber Marcel sehr froh war. Er war kaum imstande, einen klaren Gedanken zu fassen, geschweige denn, sich mit seiner Mutter auseinanderzusetzen.

»Marcel, sag es mir ehrlich. Nimmst du Drogen?« Sie sah ihn eindringlich an.

Die Frage traf Marcel aus heiterem Himmel. Mit allem hätte er gerechnet, nur nicht damit. »Äh … nein, warum?«, stotterte er unsicher.

»Ich beobachte dich schon eine Weile. Du kommst mir in letzter Zeit sehr merkwürdig vor. Du hockst dauernd vor deinem Computer, triffst dich, wenn überhaupt, mit seltsamen Leuten. An deine Leistungen in der Schule möchte ich gar nicht denken.«

»Ehrlich.« Er fuhr sich mit dem Unterarm über den Mund. »Es ist alles okay.«

»Alles okay? Du stürmst aus deinem Zimmer, schubst mich dabei fast die Treppe runter, verkotzt das ganze Bad und sagst zu mir, es ist alles okay?« Jetzt war sie diejenige, die laut wurde. »Marcel, ich möchte dich in fünf Minuten in der Küche sehen. Ich muss mit dir sprechen.« Ohne ein weiteres Wort verließ sie das Badezimmer. Ihre Schritte hallten durch den Flur, als sie die Holztreppe hinunterging.

Marcel atmete tief aus. Verdammt, das hatte ihm gerade noch gefehlt. Als hätte er nicht schon genug Ärger am Hals. Jetzt wollte seine Mutter zu allem Überfluss eine ihrer bekannten Aussprachen.

Die liefen immer nach demselben Schema ab. Sie hielt ihm vor, was sie alles störte, und er hatte geduldig zuzuhören. Anschließend musste er sich für alles entschuldigen und geloben, sich zu bessern.

Marcel rührte die letzten Brocken mit dem Finger den Abfluss hinunter. Er wischte mit einem Handtuch das Waschbecken sauber, putzte sich die Zähne und spritzte sich kaltes Wasser ins Gesicht. Beim Blick in den Spiegel sah er, dass sämtliche Farbe aus seinem ohnehin schon bleichen Gesicht gewichen war. Seine schmalen Wangen wirkten noch eingefallener und kränklicher.

Er blieb einen Moment mit den Armen auf dem Waschbecken abgestützt stehen, bevor er sich aufraffte und lustlos die Stufen hinunter in das Erdgeschoss ging. Seine Mutter wartete bereits in der Küche auf ihn. Sie lehnte in ihrem Supermarktoutfit am Spülbecken. Ihre Arme hatte sie vor der Brust verschränkt. Sein Vater war, wie gewohnt, nirgends zu sehen.

Auch recht, dachte sich Marcel.

Seine Mutter wies mit einem Finger auf die Eckbank, die direkt hinter der Tür stand.

»Marcel, setz dich. Ich habe eine Entscheidung getroffen.« Sie wirkte vollkommen gelassen.

Marcel setzte sich auf das Ende der Bank.

Sie blieb stehen. »Ich mache mir große Sorgen um dich.«

Ah, die Leier mal wieder.

»Wenn es so weitergeht, wirst du das Schuljahr wiederholen müssen. Was das in der neunten Klasse bedeutet, weißt du. Es ist momentan ohnehin schwer genug, einen Ausbildungsplatz zu finden. Wenn du sitzen bleibst, sind deine Chancen gleich null.« Sie zeigte mit dem Daumen und dem Zeigefinger der rechten Hand eine Null. »Ich vermute, deine schlechten Noten und dein Benehmen liegen an den falschen Kreisen, in denen du dich bewegst.«

»Und das heißt?«, fragte Marcel genervt.

»Das heißt, ich werde mit dir zu einem Psychologen gehen, der dich erstens auf Drogen untersuchen lassen wird und dir zweitens helfen wird, wieder auf die rechte Bahn zu kommen.«

Marcel hatte das Gefühl, den Boden unter den Füßen zu verlieren. Ein Psychodoc? Ein Drogentest? Ach du heilige Scheiße! Sein Kopf fühlte sich an, als würde ein Sturm hindurchjagen. »Was … ääh … wie … ähh … warum?«, stotterte er verwirrt.

Seine Mutter stieß sich vom Spülbecken ab, zog den Stuhl, der direkt vor Marcel stand, unter dem Tisch hervor und setzte sich. Zärtlich nahm sie seine Hände in die ihren. »Es ist das Beste für dich. Du sollst es später doch einmal leichter haben als wir. Das schaffst du nur mit einer guten Schulbildung. Du weißt, ich würde dir auch ein Studium ermöglichen, nur mit deinen Noten schaffst du nicht einmal die Realschule. Ich möchte dir keine Vorhaltungen machen, dass du überhaupt zu Alkohol oder Drogen greifst. Ich möchte nur, dass du wieder davon wegkommst.«

Das hörte sich ja fast so an, als wäre er der totale Junkie. Gut, dachte er, ab und zu rauchte er ein bisschen Gras, das war es auch schon. Und saufen taten doch alle Jungs in seinem Alter. Und die Mädels erst …

Marcel überlegte krampfhaft, wie er aus der Geschichte wieder herauskam. Am Gesichtsausdruck seiner Mutter sah er, wie ernst sie es meinte. »Mum, ich nehm keine Drogen. Wirklich nicht. Okay, ich rauche und ich trinke mit meinen Kumpels ab und zu mal ein paar Bier, aber das machen alle in meinem Alter.« Er sah ihr direkt in die Augen. »Ich versprech dir, ich werde ab sofort bessere Noten schreiben. Wir haben vor dem Zeugnis noch ein paar Arbeiten. Da werde ich mich voll ins Zeug legen. Dann pack ich die Versetzung auch. Okay?«

»Nein«, sagte sie entschlossen. »Das hast du mir schon zu oft versprochen.«

Verdammt, dieses Mal war es ihr wirklich Ernst. Normalerweise hätte das gezogen.

»Marcel, ich habe bereits mit Doktor Schloz einen Termin ausgemacht. Bei ihm war ich vor einiger Zeit auch, als ich meinen Job verloren habe. Er ist wirklich gut. Er kann dir helfen.«

Marcels Puls raste. Am liebsten wäre er davongerannt – einfach nur weg.

Es blieb ihm nur eine Möglichkeit. Ganz leise begann er: »Mum, ich werd dir jetzt was erzählen. Hör mir einfach nur zu. Du wirst es mir vielleicht nicht glauben, aber jedes Wort ist wahr.«

Verunsichert nickte sie.

Plötzlich gingen ihm die Worte ganz leicht über die Lippen. »Jemand in der Schule hat mir letzte Woche eine Seite im Internet genannt, von der man angeblich Spiele und Filme runterladen kann. Er hat gemeint, die Seite sei sicher, damit man nicht von den Mützen …«

»Polizisten«, berichtigte sie ihn.

»… Polizisten gefunden werden kann. Du weißt, ich wünsche mir seit einiger Zeit ein bestimmtes Computerspiel. Mein Taschengeld reicht nicht, und euch wollte ich nicht bitten, es mir zu kaufen. Daher wollte ich es von der Seite runterladen.«

»Und jetzt hat dich die Polizei am Wickel.«

»Wenn es nur das wäre.« Er senkte den Blick auf den Holztisch.

Anschließend erzählte er seiner Mutter die ganze

Geschichte. Von den Mails, die er zu Beginn als Spam abgetan hatte. Von der seltsamen Spielanleitung und zum Schluss von dem Video.

Als er geendet hatte, sah er kurz seine Mutter an, dann wieder auf den blanken Holztisch.

Sie stand schwerfällig auf. Schließlich ging sie an Marcel vorbei in Richtung Treppe.

»Wo willst du hin?«, rief er ihr hinterher.

»Ich möchte das Video sehen. Zeig es mir«, sagte sie, ohne stehen zu bleiben.

»Warte, ich komme.« Marcel sprang auf, für einen Augenblick wurde ihm schwarz vor Augen. Dann lief er seiner Muter hinterher.

»Wo ist es?«, fragte sie.

»Hier.« Die YouTube-Seite war noch geöffnet.

»Du musst auf ›Play‹ klicken.« Marcel zeigte mit dem Finger auf den Button am Bildschirm.

Er hörte die Windgeräusche, als das Video startete. Wieder überkam ihn der Drang, einfach wegzulaufen.

Er ging ans Fenster und sah hinaus, um sich von dem, was sich hinter seinem Rücken abspielte, abzulenken. Seine Mutter aber starrte gebannt auf den Bildschirm. Sie sagte kein Wort. Auch nachdem sie alles gesehen hatte, schwieg sie.

Endlich, nach einer gefühlten Ewigkeit, fragte sie verwundert: »Ist das wirklich echt?«

»Ja, ich denke, das ist es.«

»Wenn das echt ist, muss doch im Internet irgendwo etwas über diesen Unfall zu lesen sein. Schau doch mal, ob du was findest.«

Marcel war überrascht, wie gefasst seine Mutter blieb. Er ärgerte sich, dass nicht er auf die Idee gekommen war, die Echtheit des Videos zu überprüfen.

Marcel öffnete die Suchmaschine Google und tippte die Begriffe ›Gleitschirm‹ und ›Unfall‹ ein. Es gab 22.000 Treffer.

Wo soll ich da nur mit der Suche beginnen?, fragte er sich.

Die erste Ergebnisseite war voll mit Links zur Homepage eines Deutschen Hängegleiterverbandes. Das hörte sich doch schon mal nicht schlecht an. Marcel klickte einen der Treffer an. Es öffnete sich eine Seite, auf der am oberen Rand Wolken, zwei Fluggeräte und das Logo des Verbandes zu erkennen waren. Links entdeckte er eine Menüleiste. Sicherheitsjournal – Unfallberichte. Marcel suchte unter den aufgeführten Jahreszahlen nach 2010. Nachdem er das Jahr angeklickt hatte, erschien eine neue Übersicht. Hier waren die Überschriften aller Unfallberichte zu lesen. Marcel war überrascht, lediglich aus acht Vorfällen auswählen zu können. Er hatte gedacht, es gäbe bei dieser Sportart weitaus mehr Unfälle.

Schnell überflog er die Überschriften, wobei ihm eine davon förmlich ins Auge sprang:

›Tödlicher Unfall nach Steilspirale, 08.05.2010‹

Das war es!

»Ich glaub, ich hab da was«, rief er über die Schulter, ohne sich umzudrehen.

»So schnell? Was steht da?«, fragte sie. Marcel spürte den hektischen Atem seiner Mutter im Nacken. Ein unangenehmes Gefühl von zu großer Nähe ließ ihn die Bauchmuskeln anspannen. Schnell lehnte er sich nach vorn und brachte so den Abstand zwischen sich und seine Mutter, den er in diesem Moment benötigte. »Hier steht, dass ein Gleitschirmpilot aus bisher ungeklärten Umständen am Unternberg in Bayern einen tödlichen Unfall erlitten hat. Er ist wohl noch am Unfallort gestorben.«

»Also ist es wahr.« Sie setzte sich langsam auf das Bett ihres Sohnes. »Marcel, wir müssen damit zur Polizei gehen. Ich glaube langsam, irgendein Verrückter hat es auf dich abgesehen.« Sie flehte ihn regelrecht an.

»Nein, das geht nicht«, widersprach er laut. Er wirbelte in seinem Stuhl herum.

Die Augen seiner Mutter waren voller Sorge.

»Versteh doch«, fuhr er in sanftem Tonfall fort, »ich bin nur in die Situation geraten, weil ich illegal Spiele aus dem Internet runterladen wollte.«

»Aber das eine hat doch mit dem anderen nichts zu tun. Hier geht es um Mord! Verstehst du? Mord.«

»Mum, es geht nicht. Die Grünen, entschuldige, die Polizei wird sicher meinen Rechner haben wollen. Da sind einige illegale Sachen drauf. Es geht einfach nicht.«

»Marcel, ich denke, die Polizei schert sich bei einem Mord nicht darum, ob ein Teenager illegal runtergeladene Spiele auf seinem Computer hat. Hier geht es um den Tod eines Menschen! Einen Mord!« Das letzte Wort buchstabierte sie nahezu.

Marcel sah seine Mutter an. In ihrem Gesichtsausdruck las er die Entschlossenheit, alles, was in ihrer Macht stand, zu tun, um ihn zu schützen – um ihr Kind zu schützen.

Er seufzte tief, wobei er den Blick senkte. Als er wieder aufsah, hatte sie den Kopf leicht schräg gelegt. Marcel konnte sich nicht daran erinnern, solch eine Besorgnis, aber auch Liebe, je bei ihr beobachtet zu haben.

»Na gut«, murmelte er zerknirscht. Sie hatte gewonnen. »Lass mich wenigstens ein paar Sachen von meiner Festplatte löschen, bevor wir zur Polizei gehen. In Ordnung?«

Seiner Mutter schien in diesem Moment ein riesiger Stein vom Herzen zu fallen.

»Mach schnell«, sagte sie freudig. Sie stand auf und ging zur Tür hinaus. Im Flur blieb sie stehen und drehte sich zu ihm um: »Danke, dass du mit mir gesprochen hast. Gemeinsam können wir eine Lösung finden. Dafür hast du mich doch.« Mit sanftem Blick sah sie ihn an. Leise fügte sie hinzu: »Ich hab dich lieb.« Dann verließ sie endgültig sein Zimmer.

Kurz darauf saßen beide in ihrem alten VW Polo. Die einst weiße Farbe war großen, rostig-roten Flecken gewichen. Die Sitze waren schmierig und abgewetzt, und das Armaturenbrett war an einigen Stellen zerkratzt. Es roch nach Autowerkstatt. Marcel hatte den Rechner in den kleinen Kofferraum gepackt. Er selbst hatte neben seiner Mutter auf dem Beifahrersitz Platz genommen. Die Fahrt zur Polizeistation Marbach dauerte nicht lange. Sie mussten lediglich von ihrer Straße aus rechts auf die Hauptstraße abbiegen. Nach 400 Metern ging es links in eine kleine Seitenstraße. Am Ende der Straße befand sich zur Linken die Polizei und zur Rechten der Supermarkt, in dem Marcels Mutter arbeitete. Sie parkten auf den Besucherparkplätzen direkt vor dem Polizeigebäude.

Als Marcel das Klacken der Fahrertür hörte, zog sich ein beklemmendes Gefühl durch seinen Körper, das ihn schlagartig erlahmen ließ. Nur langsam hievte er sich aus dem Wagen.

Noch kannst du umdrehen, ging es ihm durch den Kopf.

Er beobachtete seine Mutter, die sich ihre kleine Handtasche griff und die Fahrertür abschloss. Mit energischen Schritten ging sie auf die Wache zu.

Letzte Chance …

Sie verschwand im Gebäude.

... vorbei.

Marcel ging langsam auf die Polizeiwache zu. Jeder Schritt kostete ihn unendlich viel Kraft. Ihm war mehr als unwohl bei der ganzen Sache. Er hatte zwar so viele Daten wie möglich auf seine externe Festplatte gezogen und danach die Dateien, die die Polizei nicht finden sollte, mit einer speziellen Löschsoftware von seinem Computer entfernt. Ganz sicher war er aber nicht, ob wirklich alles verschwunden war. Inständig hoffte er, die Bullen würden nicht auf die Idee kommen, seinen Rechner zu beschlagnahmen.

Am Eingang angekommen, öffnete ihm seine Mutter von innen die Tür. Nachdem sie dem diensthabenden Polizisten den Grund ihres Besuchs genannt hatten, wurden sie in den Wartebereich eingelassen. Was jetzt geschah, konnten Mutter und Sohn nicht ganz verstehen.

Ein Polizist in Zivil kam in den Besucherbereich. Er begrüßte sie. Dann sagte er: »Vielen Dank, dass Sie mit Ihren Hinweisen zu uns gekommen sind. Wir sind derzeit bereits an der Aufarbeitung des Falles. Kommen Sie aber bitte mit, damit wir Ihre Aussage zu Protokoll nehmen können.«

15 Minuten später hatten sie die Wache bereits wieder verlassen.

Wie, und das war's?, dachte Marcel. Das konnte nicht sein! Und was hieß, sie wären bereits bei der Aufarbeitung des Falls? Hatten sie den Kerl, der das getan hatte, etwa schon geschnappt? Oder hatten sie sich im Fall vertan?

# 3

*Drei Tage zuvor*

Tiefe Dunkelheit umfing sie. In ihren Ohren vernahm sie ein leises Wummern wie von einer weit entfernten Diskothek. Ihr Kopf dröhnte, ihr gesamter Körper fühlte sich taub und steif an.

Wo bin ich? Was ist geschehen?

Sie kramte in ihrer Erinnerung nach Bildern, um verstehen zu können, wie sie hierher gekommen war. Sie fand jedoch nichts als Schwärze.

Grelle Blitze zuckten durch die Nacht. Mühsam versuchte sie, ihre Augen zu öffnen, aber auch ihre Lider schmerzten bei jeder Bewegung. So schaffte sie es lediglich, die Augen einen winzigen Spalt aufzubekommen. Ein Streifen grellen Lichtes brannte auf ihrer Netzhaut. Sofort schloss sie die Augen wieder.

Das Wummern der Diskothek wurde unvermittelt schneller und lauter. Sie spürte, wie sich ihr Brustkorb hektisch bewegte. Sie sog die Luft scharf durch die Nase ein. Erneut zuckten schmerzhafte Blitze auf. Sie schmeckte Metall.

Wie ein Fisch, der auf dem Trockenen um sein Leben ringt, riss sie den Mund auf. Dabei hätte sie beinahe etwas verschluckt, das darin steckte. Das befreiende Gefühl einströmender, frischer Luft blieb allerdings aus.

Die Musik schwoll zu einem Donnergrollen wie von einer riesigen Lawine an.

Panisch führte sie eine Hand zu ihrem Gesicht. Als sie

ihre Nase berührte, zuckte erneut ein greller Blitz auf. Sie spürte Schmerzen. Im Gesicht, im Bauch, an den Oberschenkeln. Ihr war kalt – eiskalt.

Hastig zog sie das Knäuel aus ihrem Mund. Sofort strömte die rettende Luft in ihre Kehle, schoss kühl ihre Luftröhre hinunter und füllte ihre Lunge. Das Donnergrollen wurde leiser, der Takt verlangsamte sich, wurde zu einem gleichmäßigen Rhythmus.

Mach die Augen auf.

Sie lag rücklings auf der Motorhaube ihres Mini Cooper. Ihre Arme ruhten nun neben ihrem Körper, und ihre Beine waren leicht gespreizt. Um sich herum nahm sie nur eine graue Masse wahr. Vorsichtig hob sie ihren Kopf ein wenig an. Nur langsam formte sich ein Bild. Sie erkannte Pfeiler, eine niedrige Decke und einen glatten Boden. An der Decke hingen grelle Leuchtstoffröhren und Kabelkanäle. Es roch nach Abgasen und Gummi.

Etwas rann aus ihrer Nase über ihre Lippen. Mit einer Hand wischte sie sich über das Gesicht.

»Aua«, zischte sie schmerzverzerrt, als sie ihre Nase berührte. Ein Schwall Blut schoss aus ihrem Mund. Sie betastete mit spitzen Fingern ihren Nasenrücken. Schon bei der leichtesten Berührung durchfuhr sie ein Schmerz, der ihr beinahe die Sinne raubte. Danach befühlte sie ihre Augen. Die Lider waren stark geschwollen. Ihr ganzes Gesicht glich, der Berührung nach zu urteilen, einer Schüssel Mousse au Chocolat. Sie versuchte, sich aufzurichten. Abermals spürte sie einen Schmerz. Dieses Mal ging er von ihrem Bauch aus. Sie sah an sich hinunter. Ihre Jacke fehlte, die Bluse war zerrissen und von Blut rot gefärbt. Eine böse Ahnung überkam sie. Ängstlich glitt ihr Blick weiter hinab.

Ihr Rock war bis zur Hüfte hochgeschoben. Die böse

Ahnung formte sich zu einem panischen Schrei. Zwischen ihren Beinen rann eine dünne Blutspur die Motorhaube herunter. Ihr Blut?

Ihr Gehirn reduzierte blitzartig die Gedanken auf ein Minimum: Flucht.

Sie stützte sich mit ihren Armen ab und rutschte von der Motorhaube herunter. Die Beine versagten allerdings ihren Dienst, sodass sie unsanft auf dem Betonboden der Tiefgarage aufschlug. Ein weiteres Mal durchfuhr eine unbeschreibliche Schmerzwelle ihren Körper. So schnell sie konnte stemmte sie sich hoch und blickte wie ein verängstigtes Tier um sich. Es war niemand zu sehen. Ihr Auto war das letzte, das um diese Uhrzeit in dem Parkhaus stand. Direkt neben ihr lag ihr Schlüsselbund sowie der Inhalt ihrer Handtasche. Hastig besah sie die Gegenstände.

Lippenbalsam, Handy, Taschentücher, Handcreme, Schminktasche – nichts, was sie als Waffe benutzen konnte. Erneut glitt ihr Blick über die Umgebung. In ungefähr einem Meter Entfernung sah sie ihren Slip liegen.

Wie mit einem gewaltigen Donnerschlag kamen die Erinnerungen zurück. Bilder des Geschehenen schossen wie Gesichter in einem schnell fahrenden Zug an ihr vorbei. Ihre Atmung beschleunigte sich schlagartig, ihr Puls raste. Ihr Magen krampfte sich so schmerzhaft zusammen, dass ihr sein Inhalt brennend die Kehle hinaufschoss. Sie würgte und erbrach das bitter schmeckende Gefühl der Schmach und der Angst.

Wo war er? Wo war er hingegangen? War er noch im Raum?

Lauf!, rief ihr eine Stimme in ihrem Kopf zu. Lauf so schnell du kannst!

Larissa versuchte erneut, aufzustehen. Dieses Mal gelang es ihr, sich an der Stoßstange ihres Wagens hochzuziehen.

Erneut spürte sie einen Stich im Unterbauch. Sie krümmte sich, konnte sich jedoch zitternd auf den Beinen halten. Da ihre Nase immer noch stark blutete, rann ihr das Blut jetzt über das Kinn den Hals hinunter. Die Fetzen ihrer Bluse klebten auf der nackten Haut.

Wo war ihr BH?, war das Einzige, woran sie denken konnte.

Auf der Motorhaube entdeckte sie ein Stoffknäuel. Dann erinnerte sie sich, wie ihr der Mann ihren BH in den Mund gestopft hatte. Für den Moment eines Wimpernschlags nahm sie den Geschmack von Waschpulver und Stoff wahr.

Sie griff nach dem Bündel, breitete den BH auseinander und wollte ihn anziehen. Er fühlte sich nass und kalt an auf der Haut. Immer wieder rutschte er ihr haltlos von den Brüsten. Das Rückenband war zerschnitten. Dennoch versuchte sie immer aufs Neue, den BH an ihren Körper zu drücken, bis sie schließlich aufgab. Eilig rückte sie ihren Rock zurecht und schlang die Reste der Bluse um ihren Oberkörper.

Lauf!, rief die Stimme noch einmal.

Die Autoschlüssel.

Sie lagen neben dem Fahrzeug auf dem Boden. Unter großen Schmerzen hob sie die Schlüssel auf und öffnete die Tür des Mini. Sie quälte sich auf den tief liegenden Fahrersitz des kleinen Wagens, schloss die Tür und ließ den Motor an.

Sie verriegelte die Tür und legte den ersten Gang ein. Durch einen kräftigen Tritt auf das Gaspedal heulte der Motor auf, und die Reifen drehten auf dem glatten Beton durch. Der Mini machte einen kraftvollen Satz nach vorn. Sie jagte, ohne den Fuß vom Gas zu nehmen, um eine Linkskurve auf die Ausfahrt zu. Der Wagen beschleunigte immer mehr.

Zweiter Gang. Das Wummern in ihren Ohren schwoll an.

Sie ließ der Schranke nicht einmal Zeit, um sich zu öffnen. Die Motorhaube krachte gegen den weiß-rot lackierten Arm, der abbrach und gegen die Garagenwand prallte.

Larissa raste eine lange Gerade entlang, die sie aus der Tiefgarage direkt auf die Straße führte. Dort angekommen riss sie das Lenkrad herum, schlitterte über den Asphalt und drückte das Gaspedal erneut voll durch.

Dritter Gang.

Wohin?, fragte sie sich. Zur Polizei? Ins Krankenhaus? Nach Hause?

Sie polterte über eine Bodenwelle, was von der harten Sportfederung unsanft auf ihren Körper übertragen wurde. Ein erneuter Schmerz in ihrem Unterleib, der ihr beinahe das Bewusstsein raubte, nahm ihr die Entscheidung ab.

Das Wummern schwoll zu einem Donnergrollen an.

Sie jagte mit ihrem Wagen, ohne auf den Verkehr zu achten, über den Marktplatz, bretterte in vollem Tempo bis zu einem Bahnübergang, über den sie regelrecht hinwegflog. Die Straße, an der auf beiden Seiten Autos parkten, wurde schmaler. Sie betätigte die Lichthupe in unregelmäßigen Abständen. Die Scheinwerfer ließen die Umgebung im kalten Licht der Xenonscheinwerfer aufleuchten. Entgegenkommende Fahrzeuge hupten, die aufgebrachten Fahrer zeigten ihr eindeutige Gesten.

Nach einigen 100 Metern riss sie das Lenkrad nach rechts. Der Mini Cooper kam gefährlich ins Schleudern, das ESP fing den Wagen ab. Kurz darauf stieg sie mit aller Kraft auf die Bremsen.

Sie hielt direkt vor dem Haupteingang des Krankenhauses in Freudenstadt. Ringsherum gestikulierten Bademäntel tragende Raucher und Besucher mit Blumen oder Zeitschriften wild mit den Armen. Ihre Lippen bewegten sich, doch Larissa hörte nichts außer dem Donnergrollen in ihrem Kopf.

Sie stieß die Fahrertür auf, hievte sich aus dem Wagen und rannte gekrümmt durch die Eingangstür. Bei dem Anblick, den sie bot, blieben den Zuschauern die Schimpfworte augenblicklich im Hals stecken.

Im Inneren des Krankenhauses angekommen, blickte sie sich hastig um. Ihr Gehirn sendete nach wie vor die Botschaft ›Du bist nicht in Sicherheit‹ aus. Sie sah die Cafeteria, links daneben einen kleinen Shop. Sie wirbelte herum. Hinter ihr befand sich die Information. Die ältere Dame in dem Glashäuschen wirkte schockiert. Im nächsten Moment drückte sie einen Knopf und sprach etwas in ein Mikrofon.

Larissa hörte, wie das Gewitter nachließ.

Aus einem Gang kamen zwei mit weißen Kitteln bekleidete Männer auf sie zugelaufen.

Der Donner ebbte zu einem leisen Wummern ab.

Sie war in Sicherheit. Hier würde er sie nicht bekommen.

Das Wummern erstarb. Larissa spürte, wie alle Kraft aus ihrem Körper wich. Ihre Beine wurden weich, hielten dem Gewicht ihres Körpers nicht mehr stand.

Sie klappte zusammen und blieb bewusstlos auf den grauen Steinfliesen liegen.

»Sie ist übel zugerichtet. Die Nase ist gebrochen, sie hat eine Platzwunde am Kopf. Vermutlich durch Faustschläge. Davon stammen auch die Schwellungen im Gesicht und die Hämatome im Brustbereich und am Bauch. So wie ich das sehe, ist sie einer Vergewaltigung gerade noch entgangen. Ich gebe ihr etwas gegen die Schmerzen und ein starkes

Beruhigungsmittel. Sie wird jetzt erst einmal die nächsten Stunden schlafen.«

»Die KTU hat herausgefunden, dass das Blut auf ihren Oberschenkeln nicht von ihr stammt.«

»Vermutlich vom Angreifer.«

Larissa hörte dumpfe Stimmen. Die Worte drangen zwar an ihre Ohren, sie verstand deren Bedeutung jedoch nicht. Sie war weder imstande sich zu bewegen, geschweige denn die Augen zu öffnen oder etwas zu sagen. Ihr Körper war leicht – keine Schmerzen. Sie fühlte Stoff an ihren Fingerspitzen. Auf ihrem Brustkorb spürte sie einen leichten Druck, der eine beruhigende Wärme ausstrahlte.

Die Worte verhallten unter der Wirkung des Beruhigungsmittels. Ein Geräusch wie von einer sanften Brandung drang in ihre Gedanken. Mit jeder Welle, die sie wie Badewasser umspülte, versank sie weiter in dem Sand, auf dem sie lag. Zuerst wurden ihre Beine eingehüllt, dann ihre Arme und ihr Oberkörper. Schließlich füllte der warme, tröstende Sand ihre Ohren und legte sich über ihre Augen.

Neue Wogen kühleren Wassers spülten den Sand langsam von ihr. Durch das Rauschen der Brandung hörte sie erneut Stimmen.

»Wann kann ich mit ihr sprechen?«

»Wenn sie aufwacht.«

»Wann wird das sein?«

»Wenn es soweit ist.«

»Sie schläft jetzt schon seit 18 Stunden.«

»Sie hat viel mitgemacht. Lassen wir sie schlafen.«

»Na gut, aber bitte melden Sie sich sofort, sobald sie wach ist.«

»Ja, Herr Bürkle. Selbstverständlich.«

»Danke, Herr Doktor.«

# 4

Bürkle wurde gegen 20 Uhr angerufen. Es war die Polizeidienststelle in Freudenstadt. Eine übel zugerichtete junge Frau lag im dortigen Krankenhaus. Sie schien nur knapp einer Vergewaltigung entgangen zu sein.

»Ist Kolb denn nicht da?«, fragte Bürkle den Kollegen am Telefon ungehalten. Manfred Kolb war Kriminalkommissar in Freudenstadt und eigentlich zuständig für derartige Fälle.

»Nein, er ist krank«, antwortete der Anrufer. »André, ich weiß, es fällt nicht in deine Zuständigkeit, könntest du trotzdem bitte …?«

Bürkle seufzte. Kolb war vermutlich wieder einmal betrunken und deshalb nicht zum Dienst erschienen. Nachdem seine Tochter vor einem Jahr an Magersucht gestorben war, hatte er zu trinken begonnen. Die Kollegen auf der Wache schützten ihn so gut wie möglich und übernahmen seine Schichten so weit wie möglich.

»Leute, das kann so nicht weitergehen. Manfred braucht dringend Hilfe.« Bürkle ärgerte sich, wieder einmal die privaten Probleme seines Kollegen decken zu müssen, der nicht einmal seiner Behörde angehörte.

»Kommst du?«, drängte ihn die Stimme.

»Ja. Ich meld mich wieder.« Er legte auf und warf sein Telefon verärgert auf das Sofa, zog sein Jackett an und blickte kurz in den Spiegel.

Das reichte.

Auf der Fahrt zum Krankenhaus drangen lange Zeit vergessene Erinnerungen in sein Bewusstsein.

Als Bürkle noch zur Schule gegangen war, wurde eine Klassenkameradin Opfer einer versuchten Vergewaltigung. Sie war damals mit ihrer kleinen Schwester auf einem Spielplatz in der Nähe ihres Elternhauses gewesen, als sie plötzlich brutal in ein angrenzendes Gebüsch gezerrt wurde. Glücklicherweise hatte ihre Mutter ihr Tränengas gekauft, das sie immer bei sich trug. Kurz bevor der Mann in sie eindringen wollte, war es ihr gelungen, ihm das Gas direkt ins Gesicht zu sprühen. Nach dem Vorfall war das zuvor fröhliche, kontaktfreudige Mädchen verschlossen und ängstlich. Sie zog sich von allen Freunden zurück, beteiligte sich an keinerlei Aktivitäten ihrer Klassenkameraden mehr und trug nur noch weite, unattraktive Kleidung. Einige Zeit später unterrichtete der Klassenlehrer eines Morgens die Schüler, Steffi, so der Name des Mädchens, würde nicht mehr kommen. Sie hatte sich auf einer Müllkippe außerhalb der Stadt mit Schlaftabletten und Alkohol vollgepumpt. Ihre Leiche war von einem Müllwagenfahrer gefunden worden. Angeblich sei ihr Körper da noch warm gewesen.

Bürkle schüttelte die Gedanken an die Vergangenheit ab. Er hatte sich auf den aktuellen Fall zu konzentrieren.

Es handelte sich um eine junge Frau. Sie war 22 Jahre alt, arbeitete als Buchhalterin bei einer Firma, die Original-Schwarzwald-Schinken herstellte, und lebte mit ihrem Freund zusammen. Sie wollten im Sommer heiraten. Bisher war nur bekannt, dass sie mit ihrem Wagen die Schranke der Tiefgaragenausfahrt ihres Arbeitgebers demoliert hatte und wie eine Wahnsinnige durch die Stadt ins Krankenhaus gerast war. Dort war sie im Eingangsbereich zusammengebrochen und wurde seitdem mit Medikamenten ruhiggestellt.

Bürkle stand neben ihr und beobachtete sie, wie sie schlafend in diesem weißen Bett lag. Sie sah aus wie ein kleines Kind – so zerbrechlich. Ihre Haare klebten an ihrer Stirn. Ihr Gesicht war blau und geschwollen. An ihrer Nase hatten die Ärzte eine Schale zur Fixierung des Knochens angebracht, die mit Gewebeklebeband befestigt war. In ihrem linken Arm steckte ein Infusionsschlauch.

Direkt neben ihr kauerte ihr Freund auf dem einzigen Stuhl im Zimmer; er schlief. Dabei hielt er ihre Hand.

Die Tür des Krankenzimmers öffnete sich leise. Bürkle drehte sich um. Herein kam ein indisch anmutender Arzt.

»Herr Bürkle?«, flüsterte er.

Bürkle nickte.

Der Mann zog die Tür leise ins Schloss und ging auf ihn zu. »Ich bin der behandelnde Arzt. Doktor Patrani.« Sie gaben sich die Hände.

»Wann kann ich mit ihr sprechen?«, fragte Bürkle leise.

»Wenn sie aufwacht.«

»Wann wird das sein?«

»Wenn es soweit ist.«

»Sie schläft jetzt schon seit 18 Stunden.«

»Sie hat viel mitgemacht. Lassen wir sie schlafen.«

»Na gut, aber bitte melden Sie sich sofort, sobald sie wach ist.«

»Ja, Herr Bürkle. Selbstverständlich.«

»Danke, Herr Doktor.« Bürkle ging aus dem Zimmer, den langen Krankenhausflur entlang. Es roch nach Desinfektionsmitteln und Krankheit. Die Luft war warm und stickig.

»Ich hasse Krankenhäuser«, flüsterte er vor sich hin. Auf

dem Weg zum Aufzug kam er an einem Schwesternzimmer vorbei. Hinter der halb offenen Tür unterhielten sich mehrere Stimmen. Eine Schwester meinte lautstark: »Der alte Sack aus der 314 grapscht jedes Mal, wenn ich an seinem Bett vorbeigehe, an meinen Hintern.«

»Lass ihm doch das bisschen Spaß. Der geile Bock bekommt doch schon lange keinen mehr hoch«, antwortete eine andere.

Bürkle ging kopfschüttelnd weiter. Dabei dachte er darüber nach, warum das männliche Geschlecht sich nur so schlecht im Griff hatte. Manchmal war es ihm fast peinlich, zu der Gattung ›Mann‹ zu gehören. Der Gedanke daran, seine kleine Tochter Leonie könnte einmal an einen dieser Kerle, die Bürkle so abstoßend fand, geraten, ließ ihn frösteln. Als Polizist hatte er tagtäglich tiefen Einblick in menschliche Abgründe und wusste, wozu der Mensch im Stande ist. Aber auch ohne diese dunklen Erfahrungen musste er sich wohl oder übel mit dem Gedanken anfreunden, dass sie sich in ein paar Jahren auch mit Jungs treffen würde. Leonie war vorigen Monat zwölf geworden und er hatte noch ein wenig Zeit, sich darauf vorzubereiten, aber der Tag würde kommen. Leonie, dachte er. Dabei überkam ihn ein peinliches Schuldgefühl. Er hatte sie seit der Trennung von seiner Frau nicht mehr gesehen. Obwohl ihm der Umgang mit dem Kind nicht verboten war. Ganz im Gegenteil: Sie schrieb ihm regelmäßig Briefe, in denen sie fragte, wann er sie denn endlich besuchte. Er war schlicht zu feige, sich mit ihr zu treffen. Zu sehr hatte er Angst vor seinen eigenen Gefühlen. Es hatte ihm bereits einmal das Herz gebrochen, sie gehen lassen zu müssen. Ein zweites Mal würde er es nicht überstehen. Da war er sich sicher. Deshalb wählte er den Weg, den Kopf in den Sand zu stecken, und somit Leonie, soweit es ihm möglich war, aus seiner Erinnerung zu streichen. Insgeheim wusste er jedoch, seine Vergangenheit würde ihn eines Tages einholen, und dann musste er sich seinen Gefühlen stellen. Solange dieser Tag noch nicht gekommen war, wiegte er sich in Sicherheit. Nichts sehen, nichts hören – so einfach.

Du verdammter Feigling, dachte er.

Du bist nicht besser als die Typen, die nicht dazu stehen wollen, wenn sie einer Frau ein Kind gemacht haben.

Er war am Ausgang des Krankenhauses angekommen. Die automatische Schiebetür glitt auf. Um die Bänke und Aschenbecher vor dem Krankenhaus standen die üblichen Verdächtigen: in Bademäntel gekleidetes Trockenobst mit Zigaretten in der Hand. Ein besonders verdorrtes Exemplar hielt sich mit einer knöchrigen Hand an einem fahrbaren Infusionsständer fest. Die andere Hand umklammerte eine glimmende Zigarette.

Wie Freddy Krüger, dachte Bürkle, als er den dürren, faltigen Mann betrachtete, dessen Gesicht wie eine getrocknete Feige aussah. Eilig durchschritt er die Nebelbank aus Zigarettenqualm, die wie ein unheimlicher Nebel in Kopfhöhe in der Luft hing. Direkt darauf schlug ihm die kalte Nachtluft entgegen. Es hatte sich noch einmal stark abgekühlt. Der Wetterbericht hatte für die kommende Nacht sogar mögliche Schneeschauer in den höheren Gebieten des Schwarzwaldes vorausgesagt.

Super, und das Mitte Mai, dachte er. Der Spruch, es hatte im Schwarzwald zehn Monate Schnee und zwei Monate schlechtes Wetter, stimmte eben doch manchmal.

Er zog sein Jackett enger um den Körper und verschränkte die Arme vor der Brust. Eilig ging er zu seinem Wagen. Als er die Fahrertür öffnete, hörte er hinter sich schnelle Schritte näherkommen.

Er drehte sich um.

Es war Doktor Patrani, der schwer atmend auf ihn zugelaufen kam. »Sie ist gerade aufgewacht«, keuchte er.

Na, na, Herr Doktor. Nicht nur Ihren Patienten gute Ratschläge für gesunde Ernährung und Bewegung aufdrücken. Auch sich selber dran halten. »Kann ich mit ihr sprechen?«, fragte Bürkle.

»Ich weiß es nicht. Sie scheint ziemlich verwirrt zu sein.«

Er lief los und ließ den Arzt einfach stehen. Vorbei an den Rosinen und Trockenfeigen durch die Eingangstür. Hinter sich hörte er wieder die Schritte von Doktor Patrani. Bürkle rannte den Flur entlang bis zur Treppe, nahm dort drei Stufen auf einmal. Den Arzt hatte er bereits nach dem ersten Stockwerk abgehängt. Larissa lag im dritten Stock.

Dort angekommen riss er die Treppenhaustür auf, drehte sich nach rechts und hetzte den langen Flur entlang. Scheinbar durch seine Schritte aufgeschreckt, betrachteten ihn aus dem Schwesternzimmer drei neugierige Augenpaare.

Vor Larissas Zimmer stoppte er und holte tief Luft, um sich ein wenig zu beruhigen. Dann klopfte er an und öffnete behutsam die Tür.

In dem Zimmer waren die Vorhänge zugezogen. Nur das kleine Licht auf dem Nachttisch der jungen Frau leuchtete. Larissas Freund war ebenso aufgewacht und stand nun über seine Freundin gebeugt da. Er streichelte ihr Gesicht. Immer wieder sagte er ihren Namen und versicherte ihr, dass sie in Sicherheit war. Als er Bürkle im Augenwinkel bemerkte, hob er langsam den Kopf.

»Sie spricht nicht. Kein Wort«, sagte er. In seiner Stimme schwang Verzweiflung mit.

Bürkle stellte sich, ohne etwas zu sagen, neben Larissas

Freund. Larissa lag noch genauso da wie in dem Moment, als er gegangen war. Nur ihre Augen standen jetzt weit offen. Ihr Blick fixierte keine Person und keinen Gegenstand im Raum, sondern war weit entrückt an einem Ort, den nur sie kannte.

»Hey, Kleine, es ist alles okay. Ich bin da. Dir kann niemand etwas tun. Ich beschütze dich.« Der junge Mann streichelte ihr zärtlich über die Wange. Mit zwei Fingern zog er ihre eine Haarsträhne aus der Stirn.

Larissa zeigte keinerlei Reaktion. Das einzige Geräusch im Raum war ihr gleichmäßiger Atem, den sie pfeifend durch ihre Nase einsog und ausblies.

Bürkle betrachtete ihren Freund von der Seite. Seine Augen waren so traurig wie die eines Hundes. Bürkle wusste nicht, was er tun sollte. Er sollte eigentlich gar nicht hier sein. Das war nicht der Moment, in dem ein Polizeibeamter die Zweisamkeit stören sollte. Dennoch musste er mit ihr sprechen. Er musste – nein, er wollte herausfinden, wer ihr das angetan hatte, damit er ihn finden und einsperren konnte.

Nach einem quälenden Moment der Stille erschien endlich der Doktor. Er schnaufte wie nach einem Halbmarathon. Schweiß stand ihm auf der Stirn. Er schloss die Tür hinter sich und stellte sich neben die beiden Männer.

Larissas Freund sprach weiter mit ihr. Er flehte sie an, ihm eine winzige Reaktion zu zeigen, falls sie ihn hören könnte.

Nichts.

»Verlassen Sie bitte beide das Zimmer«, sagte der Arzt in ernstem Ton.

Der junge Mann hob den Kopf.

»Bitte«, wiederholte der Arzt mit Nachdruck.

Bürkle und Larissas Freund traten auf den Flur, wo

Bürkle sich auf eine der Wartebänke setzte. Der junge Mann ging den Flur auf und ab.

»Wie heißen Sie?«, fragte Bürkle.

»Michael.«

»Michael, ich verspreche Ihnen, ich werde den Kerl finden, der Larissa das angetan hat.« Die Worte waren über Bürkles Lippen gekommen, ohne dass er darüber nachgedacht hatte, was sie bedeuteten oder weshalb es ihn drängte, dem jungen Mann dies mitzuteilen.

»Und dann?«, Michael wirbelte zu Bürkle herum. Seine Augen waren hasserfüllt.

»Wie meinen Sie das?«

»Was geschieht anschließend mit ihm? Kommt er vor Gericht und wird zu drei Jahren Haft verurteilt, um nach 15 Monaten wegen guter Führung entlassen zu werden?«

»Ich weiß, wie Sie sich fühlen«, versuchte Bürkle zu beschwichtigen.

»Das wissen Sie verdammt noch mal nicht. Das ist nicht Ihre Frau, die da drin liegt. Um ein Haar vergewaltigt und übel entstellt von einem Wahnsinnigen. Wer weiß, was er noch alles mit ihr vorhatte.« Michael war direkt vor Bürkle stehen geblieben. Er schrie und zeigte dabei mit dem ausgestreckten Finger auf ihn.

Bürkle hob wie zur Abwehr seine Hände. »Sie haben recht. Ich weiß es nicht. Ich kann es nicht im Geringsten nachempfinden. Es tut mir leid«, sagte er kleinlaut. Dabei wandte er den Kopf zur Seite, um Michael nicht ansehen zu müssen.

Der drehte sich um, ging zwei Schritte weiter und wandte sich dann zu Bürkle um. »Sie können ja nichts dafür«, murmelte er tonlos.

Wofür konnte er nichts?, überlegte Bürkle. Für das, was

Larissa angetan worden war? Oder für die laschen Strafgesetze in Deutschland?

Bürkle ließ den Kopf hängen. Er starrte auf den grauen Linoleumboden des Krankenhauses. Fast so, als wären hier die Antworten auf all seine Fragen zu finden. Falls sie dort standen, kannte er jedoch die Sprache nicht, in der sie verfasst waren.

Wieder entstand eine unangenehme Pause, die das Auftauchen von Doktor Patrani beendete, der aus der Tür des Krankenzimmers trat. Michael huschte sofort an ihm vorbei in das Zimmer hinein. Bürkle hingegen blieb bei dem Arzt stehen.

»Wie geht es ihr?«

»Den Umständen entsprechend. Ihr Puls ist normal. Ihr Blutdruck auch«, erklärte der Arzt.

»Kann ich mit ihr sprechen?«

»Sie können es versuchen. Es hat leider wenig Sinn. Sie sagt keinen Ton.« Der Arzt machte ein besorgtes Gesicht. »Scheinbar hat sie ein schweres Trauma erlitten.«

»Verstehen Sie doch, ich muss wissen, wer ihr das angetan hat.«

»Sie braucht Zeit.«

»Die haben wir nicht. Gibt es denn nichts, was wir tun können?«

Patrani überlegte kurz. Seufzend antwortete er: »Ich spreche mit meinen Kollegen.«

# 5

Das Handy spielte die ersten Töne des Liedes ›My Immortal‹ der Band Evanescence.

Antonia Ronda saß an ihrem Schreibtisch und versuchte, sich auf den Bericht eines Kollegen über eine Straßenschlägerei zu konzentrieren. Schnell kramte sie unter verschiedenen Zeugenaussagen nach ihrem Telefon und hob ab.

»Polizei Göppingen, Ronda«, meldete sie sich knapp.

»Hallo, Frau Ronda, hier ist Bürkle von der Polizei Freudenstadt.«

Als sie den Anrufer erkannte, versetzte es ihr einen kleinen Stich.

»Können Sie sich an mich erinnern?«

An ihn erinnern? Was war das denn für eine dumme Frage?

Selbstverständlich erinnerte sie sich an ihn. Seit ihrer Begegnung vor einer Woche dachte sie oft an ihn. Groß, sportlich, einfühlsam und auch ein wenig tollpatschig.

»Klar erinnere ich mich an Sie. So oft bekomme ich nicht Besuch von Kollegen des LKA.« Diese Antwort war zwar wenig herzlich, aber schließlich war sie ja im Dienst, dachte Ronda.

»Ich brauche Sie«, kam es wie aus heiterem Himmel durch den Hörer.

Oh mein Gott, dachte Ronda. Hatte sie gerade richtig gehört?

Bevor sie imstande war zu antworten, fuhr Bürkle fort: »In Freudenstadt hat ein Unbekannter versucht, eine junge Frau zu vergewaltigen. Dabei wurde sie brutal zusammengeschlagen. Sie spricht mit niemandem. Nicht mal mit ihrem Freund. Ich dachte mir, vielleicht könnten Sie uns helfen.«

Na toll, alle Aufregung umsonst. »Was soll ich tun?«, gab sie kurz zurück.

»Mit dem Mädchen sprechen. Eventuell fühlt sie sich bei einer Frau sicherer.«

»Warum fragen Sie nicht ihre Mutter oder eine Kollegin von Ihrer Wache?«

»Ihre Mutter ist tot und wir haben keine Frauen auf dem Revier. Einen Psychologen wollte ich noch nicht hinzuziehen.«

Na toll, dritte Wahl also. Ronda spürte Enttäuschung in sich aufsteigen. »Ich habe zurzeit ziemlich viel zu tun …«

Bürkle unterbrach sie. »Bitte kommen Sie her und helfen Sie mir.«

Oh Mann, das darf doch nicht wahr sein. Du kannst doch jetzt nicht einfach zusagen. Bleib hart, Antonia. Du musst auch mal Nein sagen können. Und es ist nichts dabei, Nein zu sagen, wenn du etwas nicht möchtest. Es ist dir niemand böse, und keiner ist enttäuscht von dir.

»Alles klar, wo soll ich hinkommen?«, hörte sie ihre eigene Stimme.

Verdammt.

»Ins Kreiskrankenhaus Freudenstadt. Vielen Dank. Sie haben was gut bei mir«, antwortete Bürkle erleichtert.

Ronda vollführte einen wütenden, lautlosen Schattentanz. Schnell beruhigte sie sich wieder und sagte trocken: »Ich fahre in einer Stunde los.«

»Danke. Bis nachher.« Bürkle legte auf.

Na, dem hast du es ja gezeigt. Du musst auch mal Nein sagen können, ärgerte sie sich. Die Betonung lag wohl nicht auf ›Nein‹, sondern auf ›mal‹.

Immer das Gleiche. Sobald jemand sie um einen Gefallen bat, sagte sie zu, ohne zu überlegen. Es bereitete ihr regelrecht körperliche Schmerzen, jemandem eine Bitte abzuschlagen oder zu etwas Nein zu sagen, was sie nicht wollte oder mit dem sie nicht einverstanden war. Von Zeit zu Zeit gelang es ihr zwar, ihre eigene Meinung durchzusetzen, nur leider geschah das meistens in Verbindung mit übertriebenen Gefühlsausbrüchen, nachdem sie den Ärger lange Zeit in sich hineingefressen hatte.

Alter Waschlappen.

# 6

Bürkle ging, wie so oft in den letzten Tagen, im Eingangsbereich des Krankenhauses auf und ab. Und wie jedes Mal stand das Trockenobst vor der Tür und rauchte. Die Rosinen waren da, ebenso die Feigen. Nur die getrocknete Aprikose fehlte. Bürkle erinnerte sich deshalb so gut an dieses besondere Exemplar, da der Kerl immer im OP-Hemd vor der Tür stand und rauchte.

Na ja, vielleicht ist das Haltbarkeitsdatum nun doch abgelaufen, dachte sich Bürkle. Trockenobst hält sich eben auch nicht ewig.

Bevor Bürkle selbst vor einigen Jahren aufgehört hatte zu rauchen, hatte er die militanten Exraucher verflucht. Das sind die Schlimmsten, sagte er immer. Nun gehörte er selbst zu diesen Extremisten, die sich durch den Rauch, den Geruch, ja manchmal allein durch die bloße Anwesenheit eines Rauchenden gestört fühlten. Vor einigen Monaten hatte er sogar mit seiner Freundin, die Raucherin war, Schluss gemacht. Sie war wirklich nett und auch sehr hübsch. Leider fand er es mit der Zeit immer abstoßender, sie zu küssen. Von da an war für ihn eine Beziehung zu einer Raucherin tabu. Egal, wie schön sie auch sein mochte.

Ob Ronda wohl raucht?, kam es ihm in den Sinn. Im nächsten Moment fragte er sich, wie er nur auf so einen Gedanken kam. Erstens war sie Polizistin, und mit Kolleginnen fing man kein Verhältnis an. Zweitens war sie überhaupt nicht sein Typ. Ihre Figur mochte ja ganz ansehnlich sein, die roten Haare hingegen waren eine Katastrophe. Mit den wehenden, störrischen Haaren hatte sie etwas von Pumuckl.

Bei dem Vergleich konnte er sich ein leises Lachen nicht verkneifen, woraufhin ihn eine der Rosinen böse anfunkelte.

»Was gibt's denn da zu lachen?«, krächzte die Frau und klang wie ein heiserer Rod Stewart. Falls die Rosine einen zweiten Satz hatte sagen wollen, ging der in einem grässlichen Hustenanfall unter, wobei der magere Körper bebte.

»Ich dachte gerade an etwas Witziges«, antwortete Bürkle vergnügt. »Entschuldigen Sie bitte. Ich habe nicht über Sie gelacht.« Sicherheitshalber entfernte er sich ein paar Schritte vom Eingangsbereich in Richtung Besucherparkplätze. Er befürchtete, Gefahr zu laufen, die Seeberger-Exotic-Mischung vor dem Krankenhauseingang könnte sich gegen ihn verbünden. Bei dem Gedanken daran fragte er sich, welches Mittel wohl gegen jemanden wirken würde, der lediglich von Tabak am Leben gehalten wurde.

Nikotinpflaster – wieder musste er schmunzeln.

Inzwischen dämmerte es bereits. Er dachte daran, wie er gemeinsam mit Larissas Freund Michael bereits seit zwei Tagen versuchte, die junge Frau zu einer Reaktion zu bewegen. Es gab zwar die Möglichkeit, einen Psychologen hinzuzuziehen. Nach Bürkles Erfahrung verlangsamte das jedoch oft den Prozess, und er war gezwungen, auf eine Aussage so lange zu warten, bis der Psychologe die Patientin für vernehmungsfähig hielt.

»Vielleicht bekommt eine Frau Zugang zu ihr«, hatte Doktor Patrani gemeint, nachdem er Larissas Zimmer verlassen hatte. Er vermutete, Männerstimmen würden zu viele Erinnerungen in ihr auslösen, die zu einer erneuten Panik führten. Sofort hatte Bürkle getestet, ob eine der Krankenpflegerinnen zu ihr durchdringen konnte. Ohne Erfolg.

Letztendlich war ihm nur die Kollegin aus Göppingen eingefallen, die er in der Woche zuvor kennengelernt hatte. Er erinnerte sich an ihre weiche und freundliche Stimme. Vielleicht könnte sie ihm dieses Mal helfen.

Jetzt wartete er auf ihre Ankunft.

Er überlegte, was für ein Kennzeichen ihr Fahrzeug hatte. GP vermutlich. So wie die Wagen der Hundertschaft, in der er ausgebildet worden war.

Bei dem Gedanken daran schwappten einige Erinnerungen an seine Ausbildungszeit hoch. Gern dachte er an das Lagerleben mit den Kollegen und die ausgelassenen Abende zurück, an denen er mit seiner Gitarre für gute Stimmung gesorgt hatte.

In der Ferne sah er, wie sich zwei gelblich leuchtende Scheinwerfer durch das dunkle Grau des Abends bohrten. Schließlich erkannte er das Kennzeichen. Wie vermutet war es aus dem Kreis Göppingen. Es war ein uralter

Nissan Almera. Der Wagen war dunkelgrün, hatte dicke, schwarze Kunststoff-Stoßstangen und verrostete Stahlfelgen ohne Radkappen.

Sicher noch die Winterreifen, dachte er.

Der Wagen steuerte auf einen Parkplatz direkt neben Bürkle zu. Der Motor kam ratternd zum Stehen. Auf dem Fahrersitz sah er eine schemenhafte Gestalt, die offenbar etwas auf dem Beifahrersitz suchte. Kurz darauf knipste sie das Licht an, klappte die Sonnenblende hinunter und reckte den Kopf. Die Sonnenblende wurde wieder hinaufgeklappt und das Licht gelöscht. Im nächsten Moment öffnete sich die Fahrertür.

Zuerst war nur ein langes Frauenbein in hautfarbenen Strumpfhosen zu erkennen. Dann noch eines. Die langen Beine endeten in hochhackigen, eleganten Schuhen. Grazil schlängelte sich der zu den Beinen gehörende Körper aus dem Wagen.

Bürkle sah auf.

Lange Beine, kurzer Rock. Darüber eine taillierte Jacke. Über der Jacke ein schlanker Hals und darauf ein schmaler Kopf mit einem scharf geschnittenen Gesicht. Spitze Nase, hohe Wangenknochen, sanft geschwungene Augenbrauen und freche Sommersprossen. Die leuchtenden Augen waren dezent geschminkt. Das Gesicht war eingerahmt von einem Flammenmeer.

Ronda.

Bürkle dachte, sie konnte sich noch so elegant anziehen, die Haare würden das beste Abendkleid versauen. Zu dominant war die extrem rote Farbe. Hinzu kam, dass Ronda nicht in der Lage schien, die Haare zu bändigen. Sie standen nach allen Seiten wirr ab.

»Hallo, Kollegin Ronda. Pünktlich wie die Maurer«, begrüßte er sie freundlich.

»Sind Sie das Empfangskomitee?«, fragte sie mit einem belustigten Grinsen auf den schmalen Lippen.

»Haben Sie eines erwartet und sich deshalb so in Schale geworfen?«

»Herr Bürkle, nur weil ich Polizistin bin, muss ich noch lange nicht ständig in Bluejeans und Trainingspulli rumlaufen, oder? Außerdem sind Sie ja auch eher gekleidet, als hätten Sie ein Date.«

Er sah an sich herunter. Er trug einen zweiteiligen dunkelgrauen Anzug und ein Poloshirt – für ihn nichts Besonderes.

Er setzte eine ernste Miene auf. »Leider ist der Grund, warum ich Sie gebeten habe, mir zu helfen, nicht so feierlich.« Dabei zeigte er mit ausgestrecktem Arm in Richtung des Krankenhauses. »Hier liegt eine junge Frau, die das Opfer eines brutalen Sexualverbrechens wurde. Sie ist zwar wach, spricht aber kein Wort. Die SpuSi wertet derzeit die Spermaspuren und die unter ihren Fingernägeln gefundenen Hautfetzen aus, ansonsten haben wir keinerlei Hinweise auf den Täter.«

»Fand also doch eine Vergewaltigung statt, wenn Sie Spermaspuren haben?«

»Der Täter hat vermutlich ejakuliert, bevor es zum Geschlechtsverkehr kommen konnte. Der fand definitiv nicht statt.«

»Alles klar.« Einen kurzen Moment schaute ihn Ronda an. Dann sagte sie: »Das kommt wohl öfter vor, dass Sie keine Anhaltspunkte haben, wie?« Dabei stieß sie ihn mit der Faust leicht am Arm.

Bürkle war ganz und gar nicht zum Spaßen zumute. »Sehr witzig«, sagte er deshalb trocken. »Der Arzt meint, eine Frau könnte eventuell Zugang zu ihr bekommen. Da dachte ich an Sie.«

Aber erst als dritte Alternative, ergänzte Ronda in Gedanken.

Sie überlegte, ob sie ihren Unmut äußern sollte, verwarf den Gedanken jedoch schnell wieder. Stattdessen sagte sie: »Das ehrt mich sehr. Gehen wir rein? Sie können mir ja alles Wichtige auf dem Weg erzählen.«

Bürkle nickte und wies Antonia mit einer Handbewegung an, den schmalen, gepflasterten Weg vom Parkplatz aus in Richtung Haupteingang zu gehen. Mit einem übertriebenen Kopfnicken ging sie voraus, er dicht hinter ihr. Dabei ertappte er sich, wie er einen flüchtigen Blick auf ihren festen Hintern warf.

Als Ronda mit selbstbewussten Schritten an dem Trockenobst vor dem Eingang vorbeiging, ertönten leise Pfiffe. Auch die Schwestern und Ärzte drehten sich nach dem seltsamen Paar um, das jetzt durch die Krankenhausgänge schritt. Sie wirkten ein wenig, als hätten sie das Krankenhaus mit einer Musical-Aufführung verwechselt.

Vor dem Zimmer angekommen stellte sich Ronda neben die Tür und holte tief Luft. Entschlossen nickte sie. Bürkle drückte die Klinke hinunter und trat ein.

Seit er gegangen war, hatte sich nichts verändert. Die einzige Lichtquelle war die Lampe auf dem Nachttisch, die den Raum in ein warmes Licht tauchte. Michael saß neben Larissa. Er sprach leise mit ihr, als erwartete er eine Antwort. Sie lag bewegungslos da, starrte einfach vor sich hin. Ab und zu zwinkerte sie. Das war neben den gleichmäßigen Bewegungen ihres Brustkorbes das einzige Lebenszeichen.

»Michael«, sagte Bürkle leise. »Das ist die Kollegin, von der ich Ihnen erzählt habe. Antonia Ronda.«

Er kann sich sogar an meinen Vornamen erinnern, freute sich Ronda. Dafür hatte ihr Kollege Roser fast zwei Jahre gebraucht.

Bürkle schob Ronda sanft in Richtung des Krankenbettes.

»Hallo, mein Name ist Antonia.« Sie streckte Michael die Hand hin, der sie zögernd nahm. »Können wir uns kurz vor der Tür unterhalten?«

»Ja klar.« Er stand auf, beugte sich über seine Freundin, bevor er ging. »Kleine, ich bin gleich wieder da. Ich bin nur kurz vor der Tür.«

Dann verließen beide den Raum. Bürkle blieb allein zurück.

In ihm stieg ein seltsames Gefühl auf. Was, wenn Larissa die Anwesenheit eines einzelnen fremden Mannes mitbekam? Es war ein Mann gewesen, der ihr das angetan hatte, weshalb sie nun hier war. Und jetzt war sie mit einem eingesperrt. Noch dazu ganz allein. Nervös stellte sich Bürkle an die Wand zwischen die Eingangs- und die Toilettentür. Er spürte das beklemmende Gefühl, nicht hierher zu gehören. Er sollte vielmehr vor der Tür sein und das Gespräch zwischen Ronda und Michael verfolgen.

Immer wieder warf er einen Blick auf die Türklinke, während er unruhig von einem Fuß auf den anderen trat.

Als sich die Tür endlich wieder öffnete, atmete Bürkle erleichtert aus.

Ronda trat an Larissas Bett heran und setzte sich auf den Stuhl, auf dem zuvor Michael gesessen hatte.

»Larissa, mein Name ist Antonia. Ich bin von der Polizei«, sagte sie so gefühlvoll wie nur möglich. »Larissa, ich habe gehört, Sie interessieren sich sehr für Sri Lanka. Ich war auch schon mal dort. Ich bin damals mit dem Rucksack herumgereist. Wunderschön, sag ich nur.«

Ronda machte eine kurze Pause. Danach sprach sie in ruhigem Tonfall weiter.

»Einmal waren wir an einer kleinen Bucht bei Galle ganz

im Süden. Da konnte ich zuschauen, wie Einheimische am Strand junge Meeresschildkröten aus einer Zuchtstation freigelassen haben. Die kleinen Patschler sind alle ins Meer gewatschelt. Das war ein toller Anblick. Ein ebenfalls sehr schönes Erlebnis hatten wir, als wir ein Elefantenwaisenhaus besuchten und beim Waschen der Tiere zugeschaut haben. Die alten Elefanten ließen sich faul im Wasser liegend den Bauch waschen, und die Babys sprangen im Wasser herum wie kleine Kinder. Ein Elefant wollte türmen. Der hat einfach still und leise versucht, sich aus dem Staub zu machen. Das war wirklich witzig.«

Bürkle hörte gespannt zu. Das war es also, was Ronda mit Michael vor der Tür besprochen hat, dachte er. Sie wollte wissen, was das Mädchen gerne macht.

Ihn faszinierte die Art, wie Ronda mit ihr sprach. Sie versuchte, schöne Bilder in der jungen Frau zu wecken. Bürkle fragte sich, woher Ronda wusste, wie man in solchen Fällen mit den Betroffenen umzugehen hatte. In der Polizeiausbildung lernte man zwar grundlegende Vorgehensweisen in der Kommunikation mit Gewaltopfern oder wie man möglichst einfühlsam Angehörigen von Mordopfern beibrachte, dass der geliebte Ehemann nicht mehr nach Hause kommen würde. Aber so, wie Ronda vorging, musste sie eine spezielle Weiterbildung genossen haben.

# 7

Ronda hatte unwahrscheinliches Glück, dass Larissa eine begeisterte Sri-Lanka-Urlauberin war. Sie selbst hatte auch einen Narren an dem Land gefressen. So fiel es ihr nicht schwer, durch eigene Erzählungen eine für Larissa vertraute Atmosphäre aufzubauen, um sie so hoffentlich wieder in das Hier und Jetzt zurückzuholen.

Sie erzählte Geschichten, die sie selbst während ihrer drei Aufenthalte in Sri Lanka erlebt hatte. Da Larissa nach Michaels Aussage Tiere liebte, schmückte sie ihre Erzählungen mit witzigen oder rührenden Begegnungen mit Affen, Elefanten und anderen Vierbeinern aus.

Als sie anfing, mit der jungen Frau zu sprechen, lag diese nur ruhig in ihrem Bett. Sie bewegte sich nicht, sondern blinzelte lediglich ab und zu. Als die erhoffte Reaktion leider ausblieb, befürchtete Ronda schon, auch sie könnte nichts ausrichten.

Zur Überraschung aller und zu ihrer eigenen Erleichterung sendete das Mädchen im Krankenbett jedoch allmählich immer mehr Signale aus, die erkennen ließen, dass Larissa Ronda zuhörte. Manchmal drückte sie sogar leicht Rondas Hand oder verzog die Mundwinkel zu einem Lächeln, wenn die Polizistin eine besonders witzige Episode erzählte. Nach und nach versuchte Ronda, durch rhetorische Fragen Larissa aus der Reserve zu locken, um sie aktiv am Gespräch zu beteiligen. Als sie darauf immer mehr ansprach, wechselte Ronda allmählich auf Suggestivfragen.

Komm, Mädchen, sprich mit mir, dachte Ronda. Zwischenzeitlich waren fast vier Stunden vergangen, und langsam aber sicher gingen ihr die Ideen aus, was sie erzählen könnte. Teilweise war sie bereits gezwungen, Geschichten zu erfinden.

Auch der diensthabenden Nachtschwester riss nun langsam der Geduldsfaden. Dreimal war sie schon ins Zimmer gestürmt und hatte die Polizisten mit Nachdruck aufgefordert, zu gehen. Bürkles Charme und seinen Überredungskünsten war es zu verdanken, dass sie nicht aus dem Zimmer geworfen worden waren. Einen weiteren Aufschub würden Ronda und Bürkle jedoch sicher nicht mehr bekommen.

»Waren Sie schon einmal bei der Perahera in Kandy dabei? Da tanzen Tänzerinnen in gelb-weißen Kostümen mit. Es gibt eine Orchideenart, die genauso aussieht«, sagte Ronda. Komm schon, sag was. Bitte.

An dem Ausdruck in Larissas Augen erkannte Ronda, dass die junge Frau etwas mehr in die Realität zurückgekehrt war. Sekunden, die Ronda wie eine Ewigkeit vorkamen, vergingen. Die Stille im Raum knisterte beinahe.

»Die Kandy-Tänzerin«, kam es Larissa schließlich über die Lippen. Es war kaum mehr als ein Hauchen. Diese winzige Reaktion reichte aus, dass Michael vom Boden aufsprang, auf dem er eben noch gesessen hatte. Bürkle hielt ihn fest.

»Warten Sie«, flüsterte er ihm ins Ohr.

Rondas Herz machte einen Freudensprung, als sich Larissas Lippen endlich bewegten. Sie zwang sich, möglichst unbeeindruckt davon weiterzusprechen.

»Wunderschön nicht? Die schönste Orchidee habe ich im botanischen Garten in Kandy gesehen. Kennen Sie den?«

»Da, wo der riesige Ficus benjamina steht«, antwortete Larissa wieder. Nach einem Moment der Stille drehte sie den Kopf zu Ronda. Ihre bisher noch ein wenig leer dreinblickenden Augen fixierten die Polizistin. Ronda erkannte eine tiefe Angst in Larissas Gesicht.

»Bin ich im Krankenhaus?«, fragte die junge Frau zur Überraschung aller.

»Ja, Sie sind im Krankenhaus. Sie sind hier sicher. Ich passe auf Sie auf.«

»Es war Voss«, sagte Larissa. Tränen rannen ihr über die Wangen.

Ronda fragte sich, ob Larissa damit den Mann meinte, der ihr das angetan hatte. Nur woher kannte sie den Namen ihres Peinigers? »Kennen Sie seinen Vornamen?«, fragte Ronda.

»Dirk Voss. Er ist Wachmann bei der Firma, in der ich arbeite.«

Ronda platzte schier vor Freude. Mit einem glücklichen Lächeln drehte sie sich zu Bürkle um. Er stand neben Michael und schrieb den Namen in sein Notizbuch.

Ronda hatte niemals zuvor eine Situation wie diese erlebt. Nun war sie überglücklich. Froh, der jungen Frau geholfen zu haben, ihre Blockade zu überwinden. Froh, dabei behilflich zu sein, den Täter jetzt dingfest machen zu können. Immerhin hatten sie nun einen Namen, und es würde nicht lange dauern, seine Adresse herauszufinden.

Ronda drehte sich wieder zu Larissa um. Hinter sich hörte sie das leise Klicken des Türschlosses. Sie wandte den Kopf – Bürkle war verschwunden.

Mit einem warmen Lächeln sagte sie zu Larissa: »Ihr Freund ist hier und möchte gerne mit Ihnen sprechen. Möchten Sie das auch?«

Der jungen Frau rannen die Tränen wie Sturzbäche über die Wangen. »Michael? Es tut mir so leid«, schluchzte sie tränenerstickt.

Nun war der junge Mann nicht mehr zu halten. Er trat an ihr Bett und nahm vorsichtig Larissas Hand. Auch ihm standen Tränen in den Augen. »Ich bin hier. Ich liebe dich. Dich trifft keine Schuld.« Er beugte sich über seine Freundin und küsste ihre Stirn.

Larissa ließ Rondas Hand los und griff nach Michaels Arm. Es schien, als wäre das junge Paar vollkommen in seiner eigenen Welt versunken.

Ronda stand auf und ging so leise wie möglich zur Tür. Als sie die Klinke hinunterdrückte, hörte sie Michaels heisere Stimme hinter sich. »Danke.«

Sie drehte sich ein weiteres Mal um. Er lächelte sie dankbar an und wandte sich sofort wieder Larissa zu.

Ronda huschte lautlos durch die Tür. Sie wurde hier nicht mehr gebraucht.

# 8

Bürkle jagte seinen C-Klasse Mercedes mit über 160 km/h durch die Nacht. Nachdem er Freudenstadt in östlicher Richtung verlassen hatte, schoss er die langgezogene Landstraße hinunter.

Auf dem Dach seines Dienstwagens blinkte ein magnetisch befestigtes Blaulicht. Über Funk hatte ihm ein Polizist gerade durchgegeben, dass seine Truppe in wenigen Minuten am vereinbarten Treffpunkt sein würde.

Bürkle benötigte noch ungefähr drei Minuten bis zum Haus von Dirk Voss. Er wohnte in einem Zweifamilienhaus in Schopfloch, lediglich 13 Kilometer von Freudenstadt entfernt. Eigentlich ein Fleckchen Erde, auf dem die Welt noch in Ordnung schien. Wo man niemals einen Vergewaltiger vermuten würde.

Nachdem Bürkle das Krankenzimmer verlassen hatte, rief er sofort in seiner Polizeidienststelle an, um die Adresse von Dirk Voss ermitteln zu lassen. Nach wenigen Minuten hatte er den Rückruf erhalten, woraufhin er zusammen mit Ronda losgefahren war. Nun passierte er die Ortseinfahrt von Schopfloch. Auf der rechten Seite befand sich sein Lieblingsbäcker, bei dem er an Wochenenden oft frühstückte. 50 Meter weiter riss er das Steuer herum und zwängte seinen Wagen um eine scharfe Rechtskurve. Ronda, auf dem Sitz neben ihm, klammerte sich mit aller Kraft an das Armaturenbrett. Ansonsten wäre sie Bürkle wohl trotz Sicherheitsgurt auf den Schoß gefallen.

»He, Cowboy, nehmen Sie mal den Fuß vom Gas. Sie wollen doch sicher in einem Stück ankommen, oder?«, schimpfte sie.

Als ob er sie nicht gehört hätte, drückte er das Gaspedal tiefer durch. Der Mercedes machte unter lautem Jaulen einen Satz nach vorn und preschte die kleine Straße entlang, an der zu beiden Seiten ältere Ein- oder Zweifamilienhäuser standen.

»Oh Herr, lass jetzt keine Katze ihren Nachtspaziergang beginnen«, betete Ronda laut.

»Ich pass schon auf«, antwortete Bürkle durch zusammengebissene Zähne.

Vor sich sah er bereits die Blaulichter der Steifenwagen, die in der Straße standen, in der Voss wohnte. Er riss wieder das Lenkrad nach rechts und gleich darauf nach links.

»Das sieht man. Hier könnten Kinder …«

Bürkle trat voll auf die Bremse. Der Wagen kam quietschend zum Stehen. Ronda wurde nach vorn geschleudert. Lediglich der Sicherheitsgurt bewahrte sie davor, mit dem Kopf gegen das Armaturenbrett zu schlagen.

Nachdem Ronda erleichtert ausgeatmet hatte, stiegen beide Kommissare aus dem Wagen aus.

»Bleiben Sie bitte bei mir und machen Sie nichts auf eigene Faust«, sagte Bürkle kurz zur Kollegin. Er war nervös und wollte unter keinen Umständen, dass sie ihm dazwischenfunkte. »Haben Sie mich verstanden?«

»Klar hab ich verstanden. Sie brauchen nicht aggressiv zu werden.«

»Ist er zu Hause? Gibt es irgendwelche Anzeichen dafür?«, fragte Bürkle einen älteren uniformierten Polizisten, der neben einem Streifenwagen stand.

»Nein, nichts. Kein Licht, keine Geräusche. Die Vorhänge sind zugezogen. Wir können also nicht ins Haus sehen. Wenn er da sein sollte, steht sein Wagen wohl in der Garage.« Der Beamte zeigte auf ein Garagentor direkt neben dem Haus. Auf der glatten Metalltür der Garage blitzten die Blaulichter der Polizeiautos auf. Auch in den Fenstern des kleinen, zweigeschossigen Hauses spiegelte sich die Szenerie. Das Haus war weiß-grau gestrichen, und die Fenster waren braun umrandet, was ihnen den Anschein verlieh, sie würden wie leere Augen in die Nacht starren. Der kleine Garten vor dem Haus war ungepflegt. Zwischen Gras und verfaulten Kürbissen wuchs Unkraut. Der Lattenzaun war an einigen Stellen löchrig, da einzelne Holzlatten ausgefallen waren.

Bürkle blickte sich um. Es waren insgesamt fünf Streifenwagen und ein Einsatzfahrzeug des SEK zu sehen. Die Polizisten standen hinter ihren Autos, und die Einsatztruppe machte sich bereit, das Haus zu stürmen. Zwischenzeitlich waren die umliegenden Nachbarn durch den Motorenlärm und die Blaulichter aufgewacht. Eine Gruppe von Schlafanzugträgern stand auf den Gehwegen. Einige Beamte waren damit beschäftigt, allzu neugierige Anwohner zurückzudrängen.

»Sicher taucht bald die Presse auf«, knurrte Bürkle Ronda zu. Eilig wandte er sich wieder an den Kollegen: »Ich möchte die Sache so schnell es geht über die Bühne bringen. Sind alle Ausgänge gesichert?«

»Ja. Es gibt außer der Haustür auf der Rückseite des Gebäudes eine Terrassentür. Ich habe überall Beamte postiert. Von mir aus kann es losgehen.« Der Polizist war sichtlich aufgeregt.

»Ich gehe als Erster rein«, sagte Bürkle.

»Und was soll ich machen?«, fragte Ronda.

Ronda war eigentlich an dem Fall nicht beteiligt. Sie war zwar auf Bürkles Bitte hin in das Krankenhaus gekommen, um mit dem Mädchen zu sprechen, offiziell in die Ermittlung eingebunden hatte er sie jedoch nicht. Grundsätzlich durfte sie gar nicht hier sein.

»Wenn Sie wollen, folgen Sie mir«, sagte er zu ihr, obwohl er genau wusste, dass diese Entscheidung für Ärger sorgen würde. Damit musste er sich später auseinandersetzen. Außerdem hatte er keine Lust darauf, sich mit Ronda zu streiten. Er hatte am Ausdruck ihrer Augen erkannt, dass sie nur so darauf brannte, zu helfen, den Kerl dingfest zu machen.

Jetzt sah er, wie Ronda über das ganze Gesicht strahlte.

Ihr Verhalten erinnerte ihn ein wenig an das eines kleinen

Mädchens, dem man eine Freude gemacht hat. Er kannte sie zwar nur von zwei kurzen Besuchen, aber das war ihm sofort aufgefallen, als er sie das erste Mal in Göppingen gesehen hatte.

Konzentrier dich. Das ist jetzt nicht wichtig.

Schnell ging er zum Kofferraum seines Wagens und holte eine schusssichere Weste heraus. Anschließend rief er den Kollegen, der das Kommando über die Einsatzgruppe hatte, zu sich. »Haben Sie eine Weste für die Kollegin?«

Der Polizist blickte Ronda prüfend an. »Ob wir eine Weste mit Brüsten haben, weiß ich nicht«, sagte er und lachte über seinen Witz – als Einziger.

Bürkle funkelte den Polizisten böse an. Das Lachen blieb ihm im Hals stecken. »Entschuldigen Sie sich sofort bei der Kollegin. Sonst können Sie ab morgen Schulkindern über die Straße helfen. Das verspreche ich Ihnen.«

»Sorry«, sagte der Polizist grimmig. »Ich wollte nur einen Witz machen.« Der Polizist ging einige Schritte beiseite und rief einen anderen Kollegen über Funk.

»Danke«, flüsterte Ronda Bürkle zu.

»Passt schon. Ich kann so was nicht ausstehen«, erwiderte Bürkle.

Wenig später kam der Beamte zurück und sagte kleinlaut zu Ronda: »Gehen Sie rüber zu dem Kastenwagen. Der Kollege gibt Ihnen eine Weste.«

»Danke«, erwiderte sie bissig und lief los.

»Und lassen Sie sich eine Waffe geben«, rief Bürkle Ronda hinterher.

Sie hob den Daumen der rechten Hand, ohne sich umzudrehen.

Bürkle hatte ein mulmiges Gefühl. Irgendetwas an der Situation kam ihm seltsam vor. Leider konnte er sein Gefühl an nichts festmachen. Letztendlich tat er es damit ab, einfach aufgeregt zu sein. Er hatte die letzten Nächte sehr schlecht geschlafen. Der Gamemaster-Fall machte ihm zu schaffen. Er war keinen Schritt weitergekommen. Und nun zu allem Überfluss die Vergewaltigung, deren Aufklärung er für einen Kollegen übernommen hatte.

Kein Wunder, dachte er. Da können die Nerven schon einmal ein wenig verrückt spielen.

Als Ronda zurück war, gingen sie mit ihren Pistolen im Anschlag auf die Eingangstür des Häuschens zu. Sie war aus Holz, das an einigen Stellen bereits stark abgenutzt und teilweise auch gerissen war. Alles in allem sah sie nicht sonderlich massiv aus. Es würde also ein Leichtes sein, sie aufzubrechen. Zu beiden Seiten der Tür stand jeweils ein Beamter. Auch sie hatten ihre Waffen gezogen. Neben schusssicheren Westen trugen sie im Gegensatz zu Bürkle und Ronda Helme mit Visieren.

Bürkle positionierte sich direkt neben dem Türschloss. Ihm schlug das Herz bis zum Hals. Der Puls trommelte ihm in den Ohren.

Er gab Ronda mit einer Geste zu verstehen, sie solle sich auf der anderen Seite aufstellen.

Zwei weitere Polizisten kamen mit einem metallenen Rammbock angelaufen. Sie positionierten sich direkt vor der Tür. Den langen schwarzen Metallstab bereit zum Einsatz, warteten sie auf Bürkles Zeichen.

Jetzt lag es an ihm, den ersten Schritt zu tun.

Schweiß rann ihm über die Stirn. Er bemerkte, dass sich sein Atem beschleunigt hatte. Um sich selbst ein wenig zu beruhigen, atmete er zweimal tief durch.

Er fühlte sich, als würde er den letzten Schritt über eine Klippe in die Tiefe machen, als er mit einem Nicken den Befehl zur Stürmung des Hauses gab.

Im nächsten Moment prallte der Rammbock mit voller Wucht gegen die Haustür. Mit lautem Krachen riss der gesamte Schließmechanismus aus dem Rahmen. Die Tür flog auf und wurde ins Innere des Hauses geschleudert.

Bürkle starrte in einen dunklen Flur. Außer dem Trommeln seines Pulses war für ihn kein Geräusch zu vernehmen. Dünne Strahlen von Taschenlampen durchschnitten die Schwärze. Aufgewirbelter Staub tanzte im Lichtkegel.

Vorsichtig trat Bürkle über die Schwelle des Hauses. Hinter ihm setzten sich Ronda und die anderen Beamten ebenfalls langsam in Bewegung. Schritt für Schritt bahnte sich die kleine Gruppe ihren Weg durch den dunklen Flur. Die Lampen, die Bürkle und die Polizisten trugen, erhellten ihn nur spärlich.

Bürkle sah sich in dem schmalen Raum um. Der Fußboden war mit einem billig wirkenden Teppichboden belegt, der offensichtlich bereits seit längerer Zeit nicht mehr gereinigt worden war. Die Wände waren mit Raufasertapete beklebt, die sich an einigen Stellen von der Wand löste. Von der Decke hing eine nackte Glühbirne. In etwa zwei Metern Entfernung stand auf der linken Seite eine kleine Kommode. Darüber hing ein altmodischer Spiegel in einem ovalen Holzrahmen an der Wand. Auf der rechten Seite führte eine mit Teppich belegte Holztreppe in den ersten Stock und in den Keller des Hauses. Bürkle wies mit einer Handbewegung zwei Kollegen an, sich im Haus zu verteilen.

Er hörte Ronda direkt hinter sich stoßweise atmen. Neben ihm polterten Schritte in schweren Stiefeln die Treppe hinauf.

Bürkle ging den Flur weiter entlang.

Hinter der Kommode zweigten zwei Räume ab. Er stellte sich an die Wand neben die Tür, die in den linken

Raum führte. Ronda postierte sich wieder auf der anderen Seite.

»Öffnen Sie die Tür«, zischte er ihr zu. »Leise.«

Vorsichtig streckte sie einen Arm in Richtung des Türknaufes. Kurz bevor sie ihn berührte, zögerte sie. Sie sah zu Bürkle auf – er nickte. Sie griff zu, drehte den Kauf und gab der Tür einen Stoß. Bürkle blieb regungslos stehen. Er wartete eine Reaktion aus dem Raum ab. Nichts geschah.

Kein Laut kam aus dem Zimmer.

Bürkle warf hastig einen Blick hinein und zog seinen Kopf sofort gleich zurück.

Wieder nickte er Ronda zu.

Sein Herz setzte einen Schlag aus, als er blitzschnell in den Türrahmen sprang. Sofort ging er in die Hocke, damit eine eventuell auf den Oberkörper oder den Kopf abgefeuerte Kugel ihr Ziel verfehlen würde.

Was er dann sah, brachte ihn für einen Moment aus der Fassung.

Vor ihm stand ein dunkel gekleideter Mann. Er war etwa 40 Jahre alt, mindestens 1,90 Meter groß, mit langen schwarzen Haaren, die zu einem Mittelscheitel gekämmt waren. Er trug einen schwarzen Mantel und eine schwarze Lederhose. Seine Schuhe waren eine Art Springerstiefel, die mit Nieten und Schnallen besetzt waren. Das Skurrilste an der gesamten Erscheinung war allerdings die Körperhaltung des Mannes.

Er verbeugte sich vor den Polizisten, als hätte er soeben ein klassisches Konzert beendet und badete jetzt im Beifall des Publikums.

Bürkle spürte Rondas Anwesenheit neben sich, während er weiter gebannt auf den Mann starrte. Seine Waffe zielte direkt auf dessen Brust. Langsam blickte er zu Ronda hinüber. Ihr Gesichtsausdruck verriet ihre ebenso große Überraschung.

Bürkle wandte sich wieder dem Mann in Schwarz zu. Er hatte sich von seiner Verbeugung erhoben und wartete lässig ab.

Worauf?, fragte Bürkle sich.

»Legen Sie sich flach auf den Boden. Die Hände hinter den Kopf«, schrie er. »Langsam«, fügte er hinzu. Der Lauf seiner Pistole war auf den Kopf des Mannes gerichtet.

Der Mann tat, was ihm befohlen wurde. Er streckte seine Arme in Richtung Boden und kniete sich hin. Dabei breitete sich sein Mantel wie ein Umhang um seinen Körper. Die Haare hingen ihm ins Gesicht. Das Gewicht seines Oberkörpers ruhte auf den Fingern, die er wie ein Sprinter, der auf den Startschuss zum 100-m-Lauf wartet, gespreizt hatte.

Bürkle kam bei dem Anblick das Kinoplakat von ›The Crow‹ in den Sinn.

»Sind Sie Dirk Voss?«, bellte er.

»Ja, der bin ich«, gab Voss zur Antwort. Er hatte eine sanfte, hohe Stimme, in der ein Hauch Melodik mitschwang. »Ich habe bereits auf Sie gewartet.«

Abermals war Bürkle verblüfft. Er hatte erwartet, einen Wahnsinnigen mit einem Messer in der Hand abwehren zu müssen. Er wäre auch darauf gefasst gewesen, hätte jemand auf ihn geschossen. Dass Voss offensichtlich auf die Polizei gewartet hatte, darauf war er nicht vorbereitet.

In dem kurzen Moment des Zögerns, der Unschlüssigkeit, tat Ronda das einzig Richtige.

Sie ging auf Voss zu. In der einen Hand die Waffe, in der anderen die Handschellen. »Arme auf den Rücken. Los!«, fuhr sie ihn an.

Rondas schroffe Art riss Bürkle aus seinen Gedanken.

Er hörte, wie die Schließen der Handschellen einrasteten und Ronda Voss seine Rechte aufsagte.

Bürkle zog das Funkgerät von seinem Gürtel. »Hier Bürkle. Einsatz beendet. Ich wiederhole: Der Einsatz ist beendet. Wir haben Voss.« Er machte eine Pause. »Wir kommen mit dem Verdächtigen jetzt raus.«

# 9

Ronda beugte sich über Dirk Voss. Der Mann, der beschuldigt wurde, vor wenigen Tagen einen brutalen Vergewaltigungsversuch an einer jungen Frau verübt zu haben, hatte jetzt nichts Besseres zu tun, als Ronda belustigt anzugrinsen, sodass sie ihm am liebsten mit ihrer Waffe ins Gesicht geschlagen hätte.

»Steh auf, du widerliches Schwein«, fauchte sie Voss an. Dabei zerrte sie grob an seinem Arm.

»Au, Sie tun mir weh. Ich komm ja.«

Auch noch ein Jammerlappen, dachte Ronda.

Er stand schwungvoll auf und warf mit einer Kopfbewegung die langen Haare zurück. Dabei streifte Ronda ein feiner Lufthauch. Der dezente Geruch nach teurem Aftershave stieg ihr in die Nase. Automatisch fiel ihr ein gut frisierter Geschäftsmann in einem teuren Anzug mit dezenter Krawatte ein.

Der Strahl von Bürkles Taschenlampe streifte zufällig Voss' Gesicht. Ronda zuckte erschrocken zusammen.

Voss hatte kantige Züge, buschige Augenbrauen und eiskalte Augen, die etwas Verwirrendes hatten. Als er Ronda ansah, hatte sie für einen Moment das Gefühl, er könnte ihr direkt in die Seele blicken. Schnell wandte sie den Blick ab.

Im grotesken Gegensatz zu den harten Augen zuckten seine Augenbrauen und seine Augenlider aufgeregt. Teilweise entglitten Voss dabei die Gesichtszüge zu Grimassen.

Am meisten irritierte Ronda das Aussehen des Mannes. Würde er sich die Haare schneiden und ab und zu in die Sonne gehen, könnte er glatt als Model für einen edlen Parfum-Hersteller durchgehen.

Ronda stieß Voss grob zur Tür hinaus. »Beweg dich«, blaffte sie.

Sie gingen den Hausflur entlang. Bürkle hielt Voss am Arm fest, Ronda blieb mit gezogener Waffe hinter den beiden. Voss schritt scheinbar ganz gelassen auf die Haustür zu und trat wie ein Rockstar am Bühnenausgang hinaus.

Allerdings blieb der tosende Applaus aus. Vielmehr herrschte angespannte Stille als auch Ronda vor das Haus trat. Ihr wehte die kühle Nachtluft entgegen, die eine gewisse Erleichterung in ihr auslöste. In dem kleinen Haus hatte sie sich eingeengt gefühlt. Jetzt konnte sie wieder frei atmen. Außerdem war sie überrascht von der Menschenmenge, die sich zwischenzeitlich auf der Straße eingefunden hatte. Sie sah Nachbarn schockiert die Hand vor den Mund halten, als sie erkannten, wer von der Polizei abgeführt wurde. Andere machten mit ihren Handys Bilder oder Videos von der Festnahme. Sicherlich würde das eine oder andere Foto bald in einer Zeitung zu sehen sein. Die Videos könnte man sich wohl auf YouTube ansehen.

Gaffer, dachte Ronda.

Überall dasselbe. Sobald es etwas zu sehen gab, glotzten die Leute neugierig, nur um später reißerische Storys an ihren Stammtischen erzählen zu können.

Daran hatte sich seit Jahrhunderten nichts geändert. Früher strömten Menschenmassen zu Hinrichtungen und begafften mit wohligem Schauer kopflose Hälse. Heute waren Autofahrer von Unfällen so fasziniert, dass es auf der Gegenfahrbahn von Autobahnen zu Staus kam, nur weil jeder sehen wollte, was geschehen war.

Ronda überlegte, was es war, das Menschen so am Leid anderer faszinierte. War es wirklich die Gier nach Sensationen? Bekamen Gaffer tatsächlich mal einen abgetrennten Arm oder eine aufgequollene Wasserleiche mit eigenen Augen zu sehen, drehten sie sich angewidert weg oder übergaben sich augenblicklich. Oder war es vielmehr der Drang, durch das Leid anderer für einen Moment den eigenen Problemen zu entfliehen? Um von sich selbst abzulenken, indem man mit dem Finger auf andere zeigte, denen es weitaus schlechter ging?

Bürkle zerrte Voss am Arm zu einem der Polizeiwagen. Ronda folgte dicht hinter ihm. Die Waffe hatte sie weiterhin auf Voss gerichtet. Plötzlich fiel ihr ein, dass Bilder einer Polizistin, die mit gezogener Waffe einen scheinbar Wehrlosen bedroht, für die Medien sicher ein gefundenes Fressen waren.

Schnell steckte sie die Waffe in das Halfter.

Bürkle war mit Voss am Streifenwagen angekommen. Als er die Tür hinter dem Beifahrer öffnete, griff Ronda schnell nach den Handschellen von Voss.

»Einsteigen«, sagte sie knapp. Dabei drückte sie mit einer Hand den Kopf des Verdächtigen hinunter und zwängte ihn in den Wagen. Mit einem dumpfen Schlag fiel die Tür ins Schloss.

Jetzt haben wir dich, dachte Ronda, als sie ihn in dem Wagen sitzen sah. Aber war er wirklich der Täter? Irgendwie wollte sie das nicht recht glauben. Er hatte es nicht nötig, sich Frauen mit Gewalt zu nehmen. Voss war grundsätzlich ein gut aussehender junger Mann. Gut, die Haare könnten einen neuen Schnitt vertragen, ansonsten war er durchaus attraktiv. Aber was hieß das schon, dachte sie. Sie hatte in ihren Jahren bei der Polizei schon alles Mögliche und Unmögliche gesehen. Nach außen hin lammfromme Bürger verbargen in ihrem Inneren derart tiefe Abgründe, wie man sie sich kaum vorstellen konnte. Menschen handelten aus den unterschiedlichsten Motiven heraus: Geld, Liebe, Gier oder eben Macht, was sie bei Voss vermutete. Wahrscheinlich, so glaubte Ronda, gab Voss das Gefühl, einer Frau überlegen zu sein, einen Kick, wie er ihn sich anderweitig nicht verschaffen konnte.

Ronda blickte sich nach Bürkle um, der bereits wieder an seinem Wagen stand und mit einem Kollegen sprach.

Gerade als sie zu ihm aufschloss, verabschiedete er sich von dem Beamten.

»Fahren wir?«, fragte er freundlich und öffnete Ronda die Beifahrertür.

»Oh, sehr aufmerksam.« Sie stieg ein und fragte: »Was ist eben geschehen? Können Sie mir das sagen?«

Bürkle zog die Augenbrauen hoch. »Wir haben einen Frauenschänder geschnappt. Und so wie es den Anschein hat, wäre er von selbst zu uns gekommen, hätten wir ihn darum gebeten.«

Ronda schmunzelte unvermittelt. Bürkle hatte recht, der Kerl wollte gefasst werden. »Ich meine, ist er wirklich der Mann, der Larissa das angetan hat?«

»Das wird sich in ein paar Stunden herausstellen. Nach einem DNA-Test wissen wir mehr. Warum sollte er es nicht sein? Haben Sie gehört, was er gesagt hat? ›Ich habe bereits auf Sie gewartet.‹« Bürkle schüttelte den Kopf. »Der Typ ist der totale Freak.«

Die Rückfahrt zur Dienststelle Freudenstadt erfolgte in einem für Ronda viel angenehmeren Tempo. So fand sie sogar die Zeit, die nächtliche Landschaft durch die Wagenfenster zu betrachten. Es war lange her, dass sie im Schwarzwald gewesen war. Sie erinnerte sich daran, wie sie mit ihren Eltern dorthin einen Ausflug unternommen und dabei ein Kuckucksuhrenmuseum besucht hatten. Es hatte furchtbar geregnet an dem Tag, sodass sie nicht wandern konnten, wie sie es eigentlich vorgehabt hatten. Als sie sich bereits wieder auf dem Heimweg befanden, ließ der Regen nach. Die kleine Antonia wollte unbedingt mit eigenen Augen sehen, warum der Schwarzwald ›Schwarzwald‹ hieß. Also überredete sie ihren Vater, zu halten, um mit ihr in den Wald zu gehen. Als sie sich von einer Parkbucht aus ihren Weg durch das Unterholz bahnten, war sie anfangs enttäuscht, da der Wald nicht so schwarz war, wie sie ihn sich vorgestellt hatte. Seitdem war sie nicht mehr dort gewesen.

Was sie nun an sich vorbeiziehen sah, beeindruckte sie auch nicht sonderlich. Sie fuhren unter einer mattschwarzen Eisenbahnbrücke hindurch, die über ein breites Tal führte. Danach glitten sie an Wiesen vorbei, denen man den vielen Schnee des Winters ansah. An einigen Stellen lagen sogar letzte Schneereste. Wirklich anders als bei mir zu Hause sieht es nicht aus, dachte Ronda. Diese Gegend hatte nichts von den romantischen Bildern, die man vom Schwarzwald kannte. Große Holzhäuser mit flachen, fast bis zum Boden reichenden Dächern, dicht stehende, hohe Tannen und Mädchen in Trachtenkleidern und mit Bommelhüten.

Spinn dich aus, Antonia.

Sie spürte, wie die Anspannung langsam von ihr abfiel und sie immer müder wurde. Es kostete sie einige Mühe, die Augen offenzuhalten. »Wann sind wir denn da?«, fragte sie Bürkle.

»Bald.«

Sie sah aus dem Augenwinkel, wie er belustigt schmunzelte. Erst jetzt kam ihr der kindliche Klang ihrer Frage in den Sinn.

Endlich passierten sie das Ortsschild von Freudenstadt. Abgesehen von den Polizeiwagen, die mit eingeschaltetem Blaulicht im Konvoi durch die Nacht fuhren, lag die Stadt ruhig und friedlich da. Die Straßen waren leer. Keine Autos, keine Fußgänger. Nichts.

Ronda kam ins Grübeln.

Konnte diese Gegend wirklich einen brutalen Frauenschänder beherbergen? Er ging täglich zur Arbeit, traf sich vielleicht mit Freunden, kaufte im Supermarkt Lebensmittel ein. Diese Vorstellung passte ihrer Ansicht nach so gar nicht hierher. Aber wohin dann? Wo passte ein Vergewaltiger hin? In eine Stadt oder eher in gewisse Viertel? In ein Randgebiet oder eine Plattenbausiedlung? Konnte sich überhaupt jemand in seiner Nachbarschaft oder in seinem beruflichen Umfeld so jemanden vorstellen?

In den Schwarzwald fuhren Rentner, um spazieren zu gehen, Kaffee zu trinken und Kuchen zu essen. Hier war kein Platz für Vergewaltiger oder andere Verrückte. Hier standen Kühe auf der Weide, Männer schnitzten Holzfiguren, und Frauen trugen Trachtenkleider …

Oh, du träumst ja schon.

Die Blumen an einer Kreuzung rissen Ronda aus ihren Gedanken. Die Pflanzen waren in Form des Wappens von Freudenstadt gepflanzt. Zwei sich gegenüberstehende Fische.

Ronda überlegte, was Fische im Wappen einer Stadt verloren hatten, in deren Umgebung es weder einen See noch einen Fluss gab. Sie beschloss, Bürkle zu einem späteren Zeitpunkt diese Frage zu stellen.

## 10

Was sind das doch für Idioten. So lange haben sie gebraucht, um ihn zu finden, und jetzt sagen sie ihm, was er zu tun hat.

Er ist derjenige, der in diesem Spiel die Fäden in der Hand hält.

Hätte er es nicht gewollt, hätten sie ihn nie geschnappt. Seine Arbeit ist nahezu vollbracht. Was jetzt mit ihm geschieht, ist ihm egal. Er wird für lange Zeit ins Gefängnis kommen, keine Frage. Das war ihm von vornherein klar und Teil seines Plans. Viel wichtiger ist, dass seine Botschaft verstanden wird.

Jetzt sollen sie ihren Triumph feiern, solange sie können.

Der Jäger lauert schon – bereit, zuzuschlagen.

# 11

Ronda saß auf dem kleinen Holzstuhl im Gang des Polizeireviers und wartete. Vor Müdigkeit fiel ihr ständig der Kopf auf die Brust. Sie hatte die Beine überkreuzt und die Arme kraftlos neben ihren Körper gelegt. Ein vorbeieilender Kollege von der Nachtschicht hatte sie bereits in eine Ausnüchterungszelle stecken wollen, da er glaubte, sie wäre betrunken.

Es hatte keinen Sinn, die Nacht über auf das Ergebnis des DNA-Abgleichs zu warten, gestand sich Bürkle ein. Voss würde ihnen jetzt nicht mehr weglaufen. Er war hinter einer Stahltür in sicherer Verwahrung. Außerdem war es sinnvoller, die Vernehmung ausgeschlafen und mit klarem Verstand durchzuführen. Vielleicht war es auch gar nicht schlecht, Voss ein wenig schmoren zu lassen.

Bürkle kniete sich auf den Boden, darauf bedacht, neben Ronda und nicht vor ihr zu knien. Nicht dass noch jemand auf die Idee kam, er würde versuchen, ihr unter den kurzen Rock zu sehen.

»Frau Ronda«, sagte er leise. Dabei berührte er sie leicht am Arm.

Sie hob den Kopf, ohne ihre Augen zu öffnen. Nur langsam gaben die Lider verschlafene, leicht gerötete Augen frei. »Entschuldigen Sie«, murmelte sie. »Ich muss eingenickt sein.«

»Ich nehme an, Sie waren nicht darauf eingerichtet, hier zu übernachten, oder?«

Zähflüssig begannen die Worte, durch die Windungen

ihres Gehirns an den richtigen Ort zu sickern. Ihr Blick hellte sich ein wenig auf. »Nein, eigentlich nicht.«

»Ich vermute, wir werden um diese Zeit kein Zimmer mehr für Sie bekommen. Ich kann Ihnen ein Bett hier auf der Wache anbieten oder das Gästezimmer in meiner Wohnung.«

Nimm das Bett auf der Wache, mahnte Ronda sich selbst. »Wenn es Ihnen keine Umstände macht, wäre es mir lieber, nicht auf der Wache zu schlafen.« Verdammt.

»Nein, das macht mir nichts aus. Ganz und gar nicht.« Er hoffte, dass sie ihm seine Lüge nicht anmerkte. »Los, gehen wir.«

»Und die Ergebnisse?«, fragte Ronda, als sie sich von ihrem Stuhl erhob.

»Morgen ist auch noch ein Tag.« Bürkle war bereits auf dem Weg zum Ausgang. Ronda eilte ihm hinterher.

Mit Bürkles Wagen fuhren sie zu dessen Wohnung, die etwas außerhalb von Freudenstadt in einem kleinen Dorf lag. Dort angekommen nahm er ihr die Jacke ab und zeigte ihr das Gästezimmer. Es war einmal das Zimmer seiner Tochter gewesen. Da seine Exfrau nach der Trennung sämtliche Spielsachen, Kleidungsstücke, das Bett, den Schrank, ja, sogar die Bilder und Poster von Leonie mitgenommen hatte, war es nur noch ein kahler Raum. Lediglich ein Schlafsofa aus seiner vorehelichen Singlezeit, wovon er sich einfach nicht trennen konnte, stand in dem Raum. Er wurde im Winter nicht einmal geheizt, was in kühlen Frühlingsnächten wie dieser unangenehm zu spüren war.

»Nett«, sagte sie zweideutig. »So minimalistisch.«

»Ich hatte noch keine Zeit, den Raum einzurichten«, log er.

Er zeigte Ronda den Rest der Wohnung, damit sie sich später zurechtfand. In der Küche fragte er sie: »Haben Sie Hunger?«

Es war zwar bereits nach zwei Uhr Nacht, trotzdem verspürte Bürkle ein starkes Hungergefühl. Kein Wunder, schließlich hatte er den Tag über fast nichts gegessen.

»Ich könnte eine ganze Kuh verdrücken«, antwortete Ronda. Scheinbar über sich selbst erschrocken, hielt sie sich die Hand vor den Mund. »Entschuldigen Sie. Ich wollte nicht unhöflich sein. Sie sind sicher müde und wollen schlafen. Ich werde schnell an eine Tankstelle fahren und mir was zu essen besorgen.« Sie lief knallrot an.

Bürkle lachte.

»Erstens werden Sie da in Freudenstadt um die Uhrzeit Pech haben. Hier kennt man das Wort 24-Stunden-Tankstelle nicht. Und zweitens bin ich selber fast am Verhungern. Haben Sie Lust auf Strauß?« Dabei machte er eine einladende Geste.

Ronda war verwirrt. »Strauß? Sie meinen den Vogel Strauß?«

»Ja, genau. Erzählen Sie mir nicht, Sie haben noch nie Strauß gegessen.«

»Hab ich nicht. Ich bin nicht so der Gourmet.«

»Das hat doch nichts mit Gourmet zu tun.« Er winkte ab und klatschte anschließend in die Hände. »Sie decken den Tisch, und ich koche.« Schlagartig hatte sich seine Laune aufgehellt. Für andere zu kochen, machte ihm großen Spaß. Er liebte es, neue Rezepte auszuprobieren oder einfach drauflos zu kochen und eigene Kreationen zu entwickeln. Dabei legte er dieselbe Hingabe an den Tag, wie andere, wenn sie mit ihren Modelleisenbahnen spielten oder Briefmarken in Alben klebten.

Schnell zeigte er ihr, wo die Teller und das Besteck waren, und wies sie an, zwei Rotweingläser aus der Vitrine zu holen.

Kurz darauf kam sie mit zwei schmalen Kelchgläsern an und hielt sie ihm triumphierend entgegen. Bürkle sah von seinem Schneidbrett auf und schüttelte lachend den Kopf.

»Das sind Weißweingläser. Rotweingläser haben einen breiteren Kelch und sind größer. Versuchen Sie es noch mal.«

Oh je, die Gute hat wirklich keine Ahnung von Essen und Trinken, dachte er.

Ronda trottete gespielt beleidigt davon. Es dauerte eine Weile, bis sie mit zwei Rotweingläsern wiederkam. Dieses Mal stellte sie sich mit einem fragenden Gesichtsausdruck vor ihn hin.

»Bravo«, sagte er und klatschte dabei in die Hände.

Sie schmunzelte verlegen. »Und was für Wein trinken wir jetzt um diese unchristliche Uhrzeit? Etwa einen 1978er Dom Pérignon?« Dabei sprach sie den Namen ›Dom Pérignon‹ absichtlich mit starkem schwäbischen Akzent aus.

Bürkle legte sein Messer neben das Brett, auf dem er Petersilie gehackt hatte. »Für Wein gibt es nie die falsche oder richtige Uhrzeit.« Dabei grinste er breit. »Ein kleiner Hinweis. Dom Pérignon, sein eigentlicher Name war Pierre Pérignon, war ein französischer Benediktinermönch, der ein Verfahren zur Flaschengärung von Schaumwein entwickelt hat. Es ist also weder eine Traubensorte noch ist es irgendeine Form von Wein. Die Firma Moët & Chandon benutzt lediglich seinen Namen für eine ihrer Champagnermarken.« Er beäugte sie wie ein Lehrer einen begriffsstutzigen Schüler.

»So schafft man es also auch als Mönch zu einer teuren Flasche Sekt.«

»Lassen Sie das auf keinen Fall einen Franzosen hören. Es ist Champagner und kein Sekt.« Bürkle drehte sich um und öffnete ein schmales Fach. Daraus holte er eine dunkle Flasche mit dezentem, schwarz-goldenem Etikett hervor. »Wir trinken einen wunderbaren Mundelsheimer Cabernet Dorsa, in Barrique ausgebaut.« Er setzte einen Korkenzieher an und zog mit einer gekonnten Handbewegung den Korken aus der Flasche.

Sie starrte ihn mit großen Augen an. »Okay«, sagte sie mit einem fragenden Unterton. »Ich lass mich mal überraschen.« Sie stellte sich auf Zehenspitzen wippend neben ihn. »Darf ich Ihnen beim Kochen über die Schulter schauen?«

»Gern. Wenn Sie möchten, können Sie auch die Süßkartoffeln schälen und zusammen mit den Bananen klein schneiden.«

»Süßkartoffeln? Was haben Sie denn vor? Straußenfleisch, Wein, den man kaum aussprechen kann, und jetzt Süßkartoffeln und Bananen? Ein Burger mit Pommes hätte es auch getan.«

»Frau Ronda«, er hielt ihr die Kartoffeln hin.

»Sagen Sie doch Antonia zu mir.«

»In Ordnung, Antonia, der Mensch verbringt zehn Prozent seines Lebens mit Essen. Bei einem so bedeutenden Anteil an Lebenszeit sollte man die nicht mit Burgern und Co. verschwenden.« Er hatte die Hände in die Hüften gestemmt und stampfte beim Reden leicht mit einem Fuß auf den Boden.

»Wie ist Ihr Vorname?«, fragte Ronda unvermittelt, ohne auf die kleine Standpauke einzugehen.

»Wie bitte?«

»Ihr Vorname. Wenn Sie mich mit meinem Vornamen ansprechen, wäre es schön, wenn auch ich Sie mit Ihrem Vornamen ansprechen dürfte.«

Bürkle schluckte verlegen. Langsam aber sicher wurde

ihm die Situation ein wenig zu vertraut. Jeder seiner Kollegen nannte ihn nur beim Nachnamen. Warum sollte gerade eine Kollegin, die er kaum kannte – und vermutlich nie besser kennenlernen würde – ihn beim Vornamen nennen? Allerdings wollte er nicht unhöflich sein.

»André«, sagte er mürrisch.

»Schöner Name. Allerdings für einen Schwaben ein wenig ungewöhnlich, oder?«

»Na ja, nicht ungewöhnlicher als Ihrer.«

»Den Vornamen hat meine Mutter ausgesucht. Sie mag italienische Namen. Den Nachnamen habe ich von meinem Exmann. Der war Spanier.«

»Warum haben Sie Ihren Mädchennamen nicht wieder angenommen?«

»Glauben Sie mir, bei meinem Mädchennamen würden Sie auch lieber den Namen Ihres Ex behalten wollen.« Sie lachte trocken. »Erzählen Sie mir, wie Sie zu Ihrem französischen Vornamen gekommen sind.« Ihrem fragenden Blick konnte Bürkle sich nicht widersetzen.

»Mein Vater war Franzose«, sagte er kleinlaut.

»Warum war? Hat er die Staatsbürgerschaft gewechselt?«

»Nein, er ist tot.«

»Oh, das tut mir leid.«

»Ja, mir auch.« Er blickte verträumt durch das Küchenfenster. Er blinzelte einmal, als wenn er so die Gedanken fortwischen könnte.

Geschäftig begann er, das Fleisch aus dem Kühlschrank zu holen und auf ein Holzbrett zu legen.

»Sie haben ja noch gar nicht angefangen mit Schneiden. Jetzt wird es Zeit!«, sagte er betont fröhlich. Im Nachhinein fand er, ein wenig zu euphorisch geklungen zu haben.

Ronda begann zu schneiden.

»Halt, stopp. Sie müssen die Kartoffeln erst schälen«, rief er.

»Warum denn? Ich schäle Kartoffeln nie.«

»Bei normalen Kartoffeln ist das in Ordnung, Süßkartoffeln hingegen sollten geschält werden.« Er reichte ihr ein Schälmesser. »Versuchen Sie es hiermit.«

Bürkle beobachtete Ronda, wie sie die Kartoffel in die linke und das Messer in die rechte Hand nahm. Sie begann ungelenk, auf die Kartoffel einzuhacken. Spätestens jetzt, dachte er, wäre jedem Zuschauer klar geworden, dass er es hier mit einer absoluten Koch-Legasthenikerin zu tun hatte.

Er seufzte: »Schauen Sie her. Ich zeige es Ihnen.«

Er machte es ihr jedoch nicht vor, sondern stellte sich hinter sie, nahm ihre Hände in seine und führte so ihre Bewegungen. Auf diese Art hatte er seiner Tochter auch beigebracht, wie man Gemüse schält, Eier aufschlägt und Gewürze schneidet.

»So geht es viel einfacher«, sagte er freundlich und ließ ihre Hände wieder los.

»Danke.« Ronda war knallrot angelaufen. Sicherlich weil es ihr peinlich war, sich als erwachsene Frau das Kochen beibringen lassen zu müssen, dachte er.

Solange sie die Kartoffeln und Bananen in Scheiben schnitt, bereitete er die Straußenstücke vor. Hierzu legte er das Fleisch in etwas Rotwein ein und streute Kräuter der Provence darüber.

»Antonia, wie sieht es aus? Sind Sie fertig?«, rief er ihr über die Schulter zu.

»Ja.«

Er drehte sich um. Ronda zeigte fröhlich triumphierend ihr Werk.

»Super. Jetzt die Kartoffeln salzen und pfeffern und ab in die Pfanne damit.«

Wieder begegnete er einem ungläubigen Gesicht.

»Schauen Sie mich nicht so an. Das schaffen Sie.«

»Das denke ich auch, nur … Was soll das werden?«

Langsam ging Bürkle Rondas Unwissenheit ein wenig auf die Nerven. »Das werden Sie schon sehen.«

Am Ende ging alles ganz schnell. Er goss ein wenig Rotwein in eine eckige Grillpfanne und erhitzte sie. Anschließend legte er die Fleischstücke hinein.

Zu Rondas erneuter Verwunderung drehte er, nachdem er das Fleisch in die Pfanne gelegt hatte, das Kochfeld ab und setzte einen Deckel auf die Pfanne. So ließ er das Fleisch einfach stehen.

Die Kartoffeln und die Bananen briet er scharf in einer normalen Pfanne an, bis die Kartoffeln goldgelb waren. Dann wandte er sich wieder dem Fleisch zu. Er hob den Deckel. Sofort stieg ihm der verführerische Duft von Wein und Gewürzen in die Nase. Mit einer Gabel wendete er das Fleisch. Er deckte die Pfanne erneut ab und nahm anschließend einen Schluck von dem Wein, den er zuvor in die Gläser gegossen hatte. Nachdem er den Rotwein für einen Augenblick auf der Zunge behalten hatte, schluckte er ihn hinunter. Guter Tropfen, befand er.

»Ah, ich verstehe, Sie bekommen vom Kochen immer einen trockenen Hals«, neckte Ronda ihn.

»Nein, nein, man muss doch den Wein probieren, den man zum Kochen verwendet.«

»Nachdem man ihn in die Pfanne gegossen hat?«

Bürkle machte ein Gesicht, als wäre er beim Diebstahl von Süßigkeiten erwischt worden. Schnell widmete er sich wieder seinen Pfannen. Das Fleisch war genau auf den Punkt. Die Süßkartoffeln sahen schön knusprig aus, und die Bananen waren nicht matschig geworden. Genau so, wie es sein sollte.

»Ab zum Tisch. Essen ist fertig«, rief er fröhlich, als er die Fleischstücke auf zwei Teller legte. Vorsichtig platzierte er die Süßkartoffeln und Bananen daneben und brachte die Teller zum Tisch. Ronda wartete bereits auf ihn.

Als Bürkle sie so dasitzen sah, fragte er sich, wie lange es her sein mochte, dass um diese Uhrzeit eine Frau an seinem Tisch gesessen hatte. Schnell verscheuchte er den Gedanken wieder und setzte sich zu ihr.

»Mist, mein Glas.« Er sprang auf und kehrte im nächsten Moment mit seinem Weinglas in der Hand zurück.

Während des Essens unterhielten sie sich über den Gamemaster-Fall. Ronda interessierte sich für den Stand der Ermittlungen. Bürkle hatte allerdings nicht allzu viel zu berichten. Es gab weder neue Hinweise noch war er bei Kaisha weitergekommen. Der Staatsanwalt meinte, allein die Vermutung, ein ehemaliger Mitarbeiter könnte sich in die Software gehackt haben, reiche nicht aus für einen Durchsuchungsbefehl. Ansonsten war Bürkle damit beschäftigt, Detektiv-Büros zu befragen, ob sie in der letzten Zeit merkwürdige Aufträge erhalten hatten. Aber auch diese Bemühungen führten zu nichts.

Gegen vier Uhr gingen sie ins Bett. Bürkle war todmüde. Außerdem hatte er einen harten Tag vor sich. Die Vernehmung des mutmaßlichen Angreifers von Larissa stand an.

# 12

Ronda konnte nicht einschlafen. Sie wälzte sich von einer Seite zur anderen. Ein Name spukte ihr die ganze Zeit über im Kopf herum – Bürkle.

Sie war fasziniert von ihm. Er war der erste Mann, dem sie begegnet war, der unter Kochen mehr verstand, als eine Mikrowelle bedienen zu können. Das Essen, das er kurzerhand zubereitet hatte, war wunderbar gewesen. Sie hatte nie zuvor Süßkartoffeln gegessen, noch dazu mit gebratenen Bananen. Auch das Straußenfleisch war traumhaft gewesen. Und wie schnell und unkompliziert er das alles mitten in der Nacht gekocht hatte. Es schien, als sei es ihm selbstverständlich, um diese Uhrzeit so ein Essen zu zaubern.

Ein sanftes Frösteln durchlief ihren Körper.

Sie erinnerte sich, wie er ihr gezeigt hatte, wie man Kartoffeln schält. Er hatte sich hinter sie gestellt und ihre Hände zärtlich geführt. Sie hatte seinen Körper an ihrem Rücken gespürt. Seinen flachen Bauch und seine muskulöse Brust.

Ihre Gedanken schweiften ab, und sie träumte davon, was diese Hände, die sie so sanft und doch stark berührt hatten, alles mit ihr anstellen könnten. Ihr schoss ein Kribbeln wie von 1000 Ameisen durch den Leib.

Antonia, krieg dich ein, ermahnte sie sich.

Sie dachte an das gemeinsame Essen. Wie sie ihm gespannt zugehört hatte, als er von seinem Fall erzählte, in dem er bisher völlig im Dunkeln tappte. Dabei hatte sie jede Bewegung seiner Lippen und Hände und seine Mimik beobachtet.

Kurz nach dem Essen hatte er seine Serviette auf den Teller geworfen. »So, gehen wir ins Bett. Morgen habe ich einen harten Tag«, hatte er gesagt. Er war aufgestanden, hatte die Teller weggeräumt.

Ronda war ein wenig enttäuscht, als ihr klar wurde, dass es in dieser Nacht keine kleine Romanze unter Kollegen geben würde.

Später, als sie im Bad fertig war – von Bürkle hatte sie eine Zahnbürste und ein T-Shirt bekommen – ging sie in ihr Zimmer und legte sich auf die Schlafcouch. Sie dachte, es war sicher besser, dass nichts zwischen ihnen geschehen war. Es war einfach vernünftiger. Aber auch all ihre Vernunft half ihr jetzt nicht, einzuschlafen. Sie war zu aufgekratzt.

Sie lauschte in die Dunkelheit, ob sie ein paar Geräusche von Bürkle wahrnehmen konnte. Dabei kam ihr ein neuer Gedanke: Vielleicht konnte auch er nicht schlafen und würde sie in ihrem Bett besuchen kommen.

Was würde sie dann tun? Wäre sie vernünftig oder würde sie ihre Bettdecke zur Seite schlagen und ihm einen Platz an ihrer Seite anbieten?

Eingewickelt in den warmen Schauer dieser Gedanken fiel sie in einen unruhigen Schlaf.

Am Morgen weckte sie lautes Gepolter.

Eilig zog sie das T-Shirt aus und griff sich BH, Bluse und Rock. Die Kleider rochen getragen und ein wenig muffig. Nichts, was man mit ein wenig Parfum nicht überdecken konnte. Wenn sie nur Parfum dabeigehabt hätte.

Das vermochte sie jetzt nicht zu ändern. Sie huschte in den Flur. Sie musste auf jeden Fall zuerst einmal ins Bad, um sich frisch zu machen. So konnte sie Bürkle nicht begegnen.

In diesem Moment blinzelte Bürkle um die Ecke. »Guten Morgen«, trällerte er ihr fröhlich entgegen. »Haben Sie gut geschlafen?«

Zu spät.

Antonia, vermutlich siehst du aus wie eine Vogelscheuche, doch da musst du jetzt durch.

Ronda betrat die Küche, die, wie sie bemerken musste, bereits aufgeräumt war. Statt der Weingläser standen Kaffeetassen und Brötchen auf dem Tresen. Es duftete nach Frischgebackenem, Kaffee und Bürkles Duschgel. Er sah blendend aus. Sein sportlicher Körper steckte in einem hellen Anzug, und seine Haare waren ordentlich frisiert.

Sie hingegen fühlte sich schmuddelig und unsauber. In einer Fensterscheibe erhaschte sie ihr Spiegelbild. Ihre Befürchtung, wie eine Vogelscheuche auszusehen, war nicht übertrieben. Außerdem hatte sie sich nicht einmal die Zähne geputzt, geschweige denn geduscht.

»Ganz ehrlich? Leider nicht. Mir sind zu viele Dinge durch den Kopf gegangen.« Dass sie die halbe Nacht seinetwegen wach gelegen hatte, behielt sie lieber für sich. »Dirk Voss geht mir nicht aus dem Kopf. Warum tut er so was?«

»Ich hab keine Ahnung. Ich wundere mich manchmal, auf was für abartige Ideen kranke Hirne kommen. Einmal hat ein Typ - ich habe in dem Fall ermittelt - auf einem Begräbnis eine Frau kennengelernt, in die er sich total verknallt hat. In der Hoffnung, sie wiederzusehen, hat er kurzerhand die Schwester der Verstorbenen ermordet. Krass, oder?«

Ronda hatte von dem Fall gehört. Ihr lag noch etwas anderes auf dem Herzen. Sie hatte die ganze Nacht darüber nachgedacht, ob sie Bürkle fragen sollte. Jetzt, so schien es ihr, war der richtige Zeitpunkt gekommen. »André, ich möchte Sie um etwas bitten. Es ist mir sehr ernst.«

»Schießen Sie los«, gab er locker zurück.

»Ich möchte bei der Vernehmung von Dirk Voss dabei sein. Bitte nehmen Sie mich mit.«

Nun war es raus.

Sicherlich würde er ihr gleich sämtliche Richtlinien, gegen die sie beide verstoßen würden, aufzählen.

Sie wollte gerade dazu ansetzen, ihm zu sagen, wie wichtig es für sie sei, da sie immerhin das Mädchen im Krankenhaus zum Sprechen gebracht hatte, als er ihr zuvorkam.

»Klar. Warum nicht? Wenn rauskommt, dass ich Sie wegen Larissa um Hilfe gebeten habe, gibt es eh schon genug Ärger. Außerdem waren Sie gestern bei der Festnahme dabei, was meine Vorgesetzten sicher nicht freuen wird, wenn sie es erfahren. Darauf kommt es jetzt auch nicht mehr an.«

Rondas Herz machte einen Sprung. Tief aus ihrem Inneren entfuhr ihr ein fröhlicher Jauchzer. Spontan fiel sie Bürkle um den Hals und küsste seine Wange.

Als sie realisierte, was sie da gerade getan hatte, machte sie erschrocken einen Satz zurück. Ihr Gesicht war tiefrot. »Oh mein Gott, da ist wohl mein Temperament mit mir durchgegangen. Bitte entschuldigen Sie vielmals«, sagte sie schüchtern.

Er aber sah sie nur belustigt an und meinte: »Kaffee?«

Na toll, dachte sie sich. Was für ein Eisklotz.

# 13

Wie ein junges Mädchen, dachte Bürkle, nachdem Ronda ihm so spontan um den Hals gefallen war. Jetzt stand sie vor ihm und war knallrot im Gesicht. Er hatte ja bereits ein paar Mal gesehen, wie ihr die Röte ins Gesicht gestiegen war, doch das übertraf alles. Er war sich sicher, stünde sie jetzt in einem dunklen Zimmer, würde sie den gesamten Raum rot ausleuchten.

Um ihr weitere peinliche Erklärungsversuche zu ersparen, wechselte er schnell das Thema.

»Kaffee?«, fragte er gespielt fröhlich.

Ronda nahm an, und sie setzten sich an den Küchentresen. Während sie noch geschlafen hatte, war er bereits unterwegs gewesen, hatte Brötchen, Marmelade und Butter gekauft und die Zeitung geholt. Der Kaffee war gerade fertig durchgelaufen, als Ronda in die Küche getreten war.

»Wann sind Sie denn aufgestanden?«, fragte sie nun.

Sie hat wohl noch nicht auf die Uhr geschaut, dachte Bürkle. Mit seiner Antwort wollte er sie galant darauf hinweisen, wie spät es war.

»Um neun Uhr«, sagte er und wartete ihre Reaktion ab. Es war genau, wie er insgeheim gehofft hatte. Rondas Augen weiteten sich, dass Bürkle schon Angst hatte, sie könnten aus den Höhlen fallen. Erschrocken hielt sie sich die Hand vor den Mund.

»Und wie viel Uhr haben wir jetzt?«, fragte sie.

»Wir haben kurz vor elf.«

Abermals landete die Hand vor ihrem Mund. Bürkle

drehte sich zu ihr und legte ihr eine Hand auf die Schulter.

»Machen Sie sich keine Sorgen. Ich habe bereits in Göppingen angerufen und Ihrem Kollegen gesagt, Sie werden noch mindestens einen Tag hierbleiben, da Sie mir beim Verhör behilflich sein müssen.«

Bürkle widmete sich entspannt weiter seinem Frühstück und genoss den Moment. Ronda starrte ihn aus großen Augen an.

»Essen Sie lieber. Wir müssen gleich los.« Er zeigte ein schelmisches Grinsen. »Wir sind spät dran.«

Ohne viele Worte frühstückten sie zu Ende. Anschließend gab Bürkle Ronda Zeit, zu duschen.

Danach fuhren sie wieder zur Polizeistation.

Als sie endlich auf der Wache angekommen waren, ging Bürkle schnurstracks in die Telefonzentrale und forderte einen Kollegen auf, Voss aus seiner Zelle in einen Verhörraum zu bringen. Er brannte darauf, den Kerl hinter Schloss und Riegel zu sehen. Ihm fiel die Frage ein, die ihm Larissas Freund Michael aus Wut an den Kopf geworfen hatte: Ob der Täter wegen guter Führung bereits nach kurzer Zeit wieder freikommen würde. Außer erdrückende Beweise zu sammeln und zu hoffen, der Richter würde die volle Härte des Gesetzes ausnutzen, konnte Bürkle nicht viel tun.

Bürkle ging in sein Büro, um seinen Schreibtisch zu sichten. Es lag noch immer die offene Akte des Gamemaster-Falles darauf. Außerdem fand er einige Zettel zu Anrufen, die seine Sekretärin entgegengenommen hatte. Den erhofften Hinweis zur Aufklärung der Mordserie entdeckte er nicht.

»Suchen Sie was Bestimmtes?«, wollte Ronda wissen, die im Türrahmen seiner Bürotür stehen geblieben war und wartete.

»Den roten Faden.«

»Und? Haben Sie ihn gefunden?«

»Leider nein.« Er atmete seufzend aus. »Kommen Sie, gehen wir Voss verhören.«

Gemeinsam betraten sie den Verhörraum. Er war quadratisch, etwa vier auf vier Meter groß. Der Boden war grau und die Wände in einem grau-weißen Ton gehalten. In der Mitte des Raumes stand ein Tisch mit vier Stühlen. Von der kahlen Decke leuchtete eine Neonröhre unerbittlich auf den Mann am Tisch herab.

Voss.

Als die Tür aufging und Bürkle und Ronda eintraten, sah Voss mit einem breiten Grinsen auf. Er saß auf einem der Stühle – scheinbar putzmunter und völlig gelassen. Er trug seine schwarze Lederhose und ein schwarzes Hemd. Die Haare hatte er zu einem Pferdeschwanz zusammengebunden. Er hatte die Hände auf dem Tisch wie zum Gebet gefaltet.

»Guten Morgen, Herr Oberhauptkommissar«, grüßte er freundlich.

»Halten Sie die Schnauze. Sie sprechen nur, wenn Sie gefragt werden«, bellte Bürkle. Er ging an den Tisch heran und schaltete das Aufnahmegerät an. Dabei stieg ihm der dezente Geruch von frisch gewaschenen Haaren in die Nase. Er zog seinen Stuhl, ohne ihn anzuheben, ein Stück vom Tisch weg und setzte sich. Ronda nahm rechts neben ihm Platz. Seine Nerven waren zum Zerreißen gespannt. Doch er überspielte seine Aufregung durch übertrieben lässige Gesten. Er lehnte sich in seinem Stuhl zurück und verschränkte die Arme vor der Brust.

»Es ist 11.48 Uhr. Heute ist der 14.5.2010. Vernehmung von Herrn Dirk Voss. Verdächtig der versuchten Vergewaltigung von Frau Larissa Berger. Anwesend sind Kommissar André Bürkle und Kommissarin Antonia Ronda«, sagte er in ruhigem Tonfall für das Protokoll.

Bürkle hatte absolut kein Interesse daran, sich länger als nötig mit dem Kerl zu unterhalten. So fragte er: »Machen wir es kurz: Haben Sie versucht, Frau Berger zu vergewaltigen, und, als das nicht geklappt hat sie zusammengeschlagen?«

Voss sah nicht Bürkle, sondern Ronda an. Er blickte ihr direkt in die Augen. Dann öffnete er den Mund und säuselte die Worte: »Ja, das habe ich.«

Ronda konnte ihren Ohren kaum trauen. War es tatsächlich wahr, dass der Kerl ganz entspannt auf seinem Stuhl saß und so mir nichts, dir nichts gestand, eine junge Frau brutal misshandelt zu haben?

Sie kochte vor Wut. Dieses verdammte Schwein, dachte sie. Am liebsten wäre sie auf Voss losgegangen und hätte ihn mit bloßen Händen erwürgt.

Voss hatte den schwarzen Mantel zusammengefaltet und auf den Tisch gelegt. Es wirkte, als hätte man woanders keinen Platz mehr für ihn gefunden. Er saß mit übereinandergeschlagenen Beinen aufrecht da. Sein Gesicht sollte freundlich wirken, aber seine Augen blickten gehetzt und abwesend im Raum umher. Ansonsten verhielt sich Voss vollkommen ruhig. Ganz so, als ob er auf die Situation bestens vorbereitet wäre.

»Sagen Sie uns, wie sich die Tat abgespielt hat«, forderte Bürkle Voss auf.

Ronda wurde übel bei dem Gedanken an die perversen Einzelheiten. Umso mehr war sie davon überrascht, wie Voss den Tathergang schilderte. Er beschrieb, beginnend von dem Moment, als er Larissa in die Tiefgarage begleitete, die Einzelheiten seines Verbrechens sachlich und ohne jegliche emotionale Regung. Es war gerade so, als würde er den späteren Polizeibericht diktieren.

»Ihr waren die Schlüssel heruntergefallen. Ich nutzte meine Chance, griff sie von hinten und zog ihren Rock hoch. Mit einem Messer durchtrennte ich ihren Stringtanga, ohne sie zu verletzen. Danach hielt ich ihr mit einer Hand den Mund zu und versuchte, mich zwischen ihre Beine zu drängen. Was mir nicht gelang, weil sie mich tätlich angriff …«

Ronda hielt es nicht mehr auf ihrem Stuhl. Wütend stand sie auf und ging im Verhörraum auf und ab. Es kostete sie einige Mühe, nicht loszubrüllen.

Voss fixierte sie die ganze Zeit über, während er weitersprach. Sie wollte sich gar nicht vorstellen, was in seinem Kopf vor sich ging, als er sie so betrachtete.

Um aus seinem Blickfeld zu gelangen, stellte sie sich hinter Voss auf. Jetzt war er gezwungen, Bürkle anzusehen.

»Warum haben Sie das getan?«, fragte Bürkle, als Voss endlich am Ende seiner Ausführungen angekommen war.

Auf diese Frage hatte Ronda die ganze Zeit gewartet. Sie blieb stocksteif hinter Voss stehen und spitzte die Ohren, gespannt darauf, was als Nächstes kommen würde.

Voss setzte sich in seinem Stuhl ein wenig aufrechter hin. Ruhig begann er zu sprechen: »Menschen begehen aus verschiedensten Gründen Verbrechen. Manche aus Liebe, manche aus Hass, aus Leidenschaft, aus Not, aus Rache oder einfach, weil es ihnen Lust bereitet.«

»Und Ihnen bereitet es Lust, Menschen leiden zu sehen«, spuckte ihm Ronda regelrecht entgegen. Am liebsten hätte sie ein Tischbein abgebrochen und es ihm in seine widerliche Visage geschlagen.

»Wo denken Sie hin?«, gab er ruhig zurück. Seine Stimme war weich. »Ich bin doch kein Perverser.«

Ronda lachte unvermittelt.

Voss fuhr unbeirrt fort: »Sehen Sie, jeder Mensch hat Träume. Manche versuchen ihr Leben lang, sie zu verwirklichen. Und was passiert? Es sind keine Träume mehr. Dann haben diese Menschen neue Träume, die immer schwerer zu erreichen sind. Am Ende stellen sie fest, dass ihr Leben eine einzige Jagd nach Träumen war.«

»Sparen Sie sich das Gesülze und kommen Sie auf den Punkt«, bellte Bürkle Voss an.

»Mein Traum war es, mit Larissa zusammen zu sein. Als richtiges Paar. Verstehen Sie?« Für einen Moment war in seinem Blick etwas Flehendes zu erkennen. »Das habe ich mir wundervoll vorgestellt. Doch was wäre gewesen, wenn sie mich gewollt hätte? Ich hätte es nicht genießen können, da der nächste Traum auf mich gewartet hätte. Träume sind Illusionen. Sie sind nicht dazu da, in Erfüllung zu gehen. Die Realität kann mit der Wunschvorstellung nie mithalten.« Eine kurze Pause entstand, in der Voss durch Bürkle hindurchsah, als würde er nachdenken. »Eines konnte ich mir aber erfüllen. Ich durfte sie mir einmal nehmen.« Er legte den Kopf schief. »Zumindest fast.«

Rondas Blut brodelte. Was sollte dieses Geschwätz von Träumen? Was sollte es heißen, er hatte sie sich nehmen dürfen?

Sie ging um Voss herum. Direkt vor ihm stützte sie sich auf den Tisch und sah ihm tief in die Augen. »Wer gibt Ihnen das Recht dazu?«, schrie sie Voss an.

Voss' Augenbrauen zuckten.

»Antonia.« Bürkle hatte sie am Arm gepackt. »Setzen Sie sich hin«, zischte er zwischen zusammengebissenen Zähnen.

Widerwillig ließ sich Ronda in den Stuhl neben Bürkle fallen und funkelte Voss voller Hass an.

Der sah sie starr an und sagte sichtlich verärgert: »Mich hat doch auch niemand gefragt, als man mein Leben zerstört hat. Wer gibt denn diesen kleinen Kröten das Recht, meine Werke illegal aus dem Internet runterzuladen? Wer gibt irgendwelchen Weltverbesserern das Recht, Demonstrationen gegen meine Werke zu organisieren? Und wer gibt dem Staat das Recht, meine Werke zu verbieten? Da wurde ich doch auch nicht gefragt.« Voss stand nun Schweiß auf der Stirn. Eine dicke Ader zog sich von der Nasenwurzel über die Stirn bis zum Haaransatz. Er hatte die Hände zu Fäusten geballt.

»Von was für Werken sprechen Sie?«, fragte Ronda. Sie konnte sich auf Voss' Äußerungen keinen Reim machen. Sie blickte ihn durchdringend an, als könnte sie so herausfinden, was er gemeint hatte.

Seine selbstsichere Fassade war gefallen.

Er hatte die Beine unter den Stuhl gezogen und die Arme vor der Brust verschränkt. Sein Gesicht war schmerzverzerrt, und die zu Beginn des Verhörs noch ruhigen Augenbrauen zuckten jetzt wieder wild.

# 14

Bürkle war kurz davor, Ronda aus dem Verhörraum zu weisen. Seiner Meinung nach nahm sie das Thema viel zu sehr mit, als dass sie objektiv bleiben könnte. Wie ein eingesperrter Tiger lief sie im Raum herum, brüllte den Verdächtigen bei laufendem Aufnahmegerät an und war nur haarbreit davon entfernt, handgreiflich zu werden. Außerdem störte es ihn, wie sie sich immer mehr in sein Verhör einmischte.

Bevor sie zur Polizei gefahren waren, hatten sie vereinbart, dass er das Verhör führen werde und sie sich als stille Beobachterin im Hintergrund hielt. Jetzt ging sie immer öfter dazwischen.

Nachdem sie Voss gefragt hatte, von was für Werken er sprach, drückte Bürkle die Stopp-Taste des Aufnahmegeräts.

»Antonia, halten Sie sich zurück. Ich führe das Verhör. Verstanden?«, knurrte er verärgert.

Ronda lehnte sich in ihrem Stuhl zurück. Ihren Blick starr auf Voss gerichtet, ließ sie alle aufgestaute Luft aus ihrer Lunge. »Entschuldigen Sie«, sagte sie tonlos.

»Herr Voss«, Bürkle drückte wieder die Aufnahmetaste des Rekorders, »ich denke, es ist am besten, wenn Sie ganz von Anfang an erzählen.«

Voss nickte leicht.

»Sagen Sie uns, von was für Werken Sie sprechen, und wer wie Ihr Leben zerstört hat«, forderte er so ruhig wie möglich.

Zuerst reagierte Voss nicht. Dann aber beugte er sich vor und stützte sich auf die Ellenbogen. Bevor er zu berichten begann, holte er tief Luft.

# Teil 3

# 1

Mir kam das alles immer noch vor wie ein Traum, in dem ich gefangen war und aus dem ich nicht aufwachen konnte. Ralf war tot. Die Endgültigkeit dieser drei Worte grub sich schleichend in mein Bewusstsein. Nur langsam realisierte ich die bittere Gewissheit, nie wieder Zeit mit ihm verbringen zu dürfen.

Seit Ralf von dem Bestatter abgeholt worden war, waren fünf Tage vergangen. Die Gerichtsmedizin Rosenheim hatte seine Leiche noch nicht freigegeben. Er lag mutterseelenallein in einem kalten, sterilen Raum, nur mit einem weißen Tuch zugedeckt. Für die Mitarbeiter dort war er sicherlich nicht mehr als eine Nummer mit einer dünnen Akte. Weder seine Mutter noch ich oder Armin durften zu ihm, um uns zu verabschieden. Auch beerdigen durften wir ihn nicht.

Als die Polizeiinspektion Rosenheim Ralfs Ausrüstung untersuchte, entdeckte sie, dass einige Stränge des linken Leinenstammes durchtrennt waren. Ein Beamter der Kriminalpolizei, selbst Gleitschirmflieger, kam zu dem Schluss, es musste sich irgendjemand an dem Gleitschirm zu schaffen gemacht haben. Die Schwächung des Materials führte dazu, dass die Leinen während des Fluges rissen und Ralf die Kontrolle über seinen Schirm verlor. Ein sehr geübter Pilot hätte den Spiralsturz vielleicht aufhalten können, für jemand weniger Erfahrenen wie Ralf war das unmöglich gewesen. Letztlich kam hinzu, dass das Rettungsgerät nicht vorschriftsgemäß eingebaut war. Ralf hatte den Check des Rettungsschirms zweimal jährlich von seiner ehemaligen Flugschule durchführen lassen. Diese versicherte der Polizei, ihn ordnungsgemäß eingebaut zu haben. Zu ihrem Glück konnte die Flugschule den korrekten Einbau anhand von routinemäßig gemachten Fotos beweisen.

Schlussendlich ging die Polizei nicht von einem Unfall, sondern von Mord aus.

Und damit waren Armin und ich mal wieder Verdächtige. Wir sollten uns für Fragen bereithalten. Wir verstanden zwar, dass die Polizei jeder Spur nachgehen musste, versicherten jedoch, sie würden mit uns nur ihre Zeit verschwenden. Wir waren gern bereit, mit allen Informationen oder Hinweisen zu helfen, die wir imstande waren zu liefern. Allerdings schafften wir es nicht, unsere Sinne richtig zu sammeln, da wir in Gedanken stets bei Ralf waren. Seit die Polizei uns gesagt hatte, sie ermittle fortan in einem Mordfall, lag der Schmerz um Ralfs Tod noch schwerer auf unseren Herzen. Das Wissen, er war nicht durch einen unglücklichen Unfall, sondern durch die Hand eines Mörders umgekommen, ließ unbändige Wut in mir aufsteigen.

Armin wurde von einer Welle der Trauer überrollt, als er auf YouTube ein Video von Ralfs Absturz fand. Derjenige, der es ins Internet gestellt hatte, hatte sich sogar die Mühe gemacht, die Todesanzeige aus der Zeitung hineinzuschneiden.

Auf den spontanen Wutausbruch, bei dem Armin seinen Computerbildschirm vom Schreibtisch fegte, folgte die totale Abkapselung von der Außenwelt. Nicht einmal seine Freundin oder ich kamen mehr an ihn heran. Er ging weder ans Telefon noch öffnete er die Wohnungstür.

Ralfs Mutter rief mich am Donnerstagmorgen in aller Frühe an. Sie berichtete, die Polizei habe sich gemeldet.

Ein Beamter würde ihr am Vormittag Ralfs persönliche Sachen aushändigen, die er zum Zeitpunkt seines Todes bei sich getragen hatte. Dazu sollte sie auf die Polizeiwache nach Marbach - Ralfs Wohnort - kommen, wohin seine Sachen überstellt worden waren.

Ralfs Vater war 13 Jahre zuvor gestorben, kurz vor Ralfs 21. Geburtstag. Er war, wie sein Sohn später auch, sein Leben lang starker Raucher gewesen, wovon er sich von niemandem abbringen ließ. Auch nicht, als ihm die Ärzte zuerst das eine Bein und später auch das andere abnahmen. Selbst als er in den Tagen vor seinem Tod im Krankenhaus kaum mehr atmen konnte, ließ er sich das Rauchen nicht verbieten. Im Grunde genommen war man davon ausgegangen, Ralf würde durch dieses tragische Beispiel eine natürliche Abneigung gegen Zigaretten entwickeln, was er nicht tat. Ganz im Gegenteil. Wie Kinder, die sich schwören, niemals dieselben Fehler wie ihre Eltern zu begehen und später genau in dieselbe Kerbe schlagen, tat auch er, was ihm von Kindesbeinen an gezeigt worden war. Ganz zum Leidwesen seiner Mutter. Da Ralf ihr einziges Kind war, hatte sie Angst, eines Tages auch ihn durch das Nikotin zu verlieren.

Ralfs Mutter besaß kein eigenes Auto. Seitdem Ralf einen Führerschein hatte, fuhr er sie zu allen ihren Terminen und ging mit ihr zusammen einkaufen. Sie selbst war viel zu ängstlich, ein Auto zu fahren. Deshalb fragte sie mich, ob ich sie zur Polizeiwache begleiten könnte. Selbstverständlich sagte ich zu - zumal ich ihr gern beistehen wollte, wenn sie das Wenige, was von Ralf übrig geblieben war, abholte.

Auf der Polizeiwache stellte sich uns ein junger, schlanker Polizist als Wachmeister Gekeler vor. Er hatte kurz geschnittene, blonde Haare und ein weiches, beinahe bubenhaftes Gesicht. Er bat uns, einen Moment im Wartebereich Platz zu nehmen, kehrte jedoch bereits nach wenigen Sekunden mit einem Schuhkarton in der Hand zurück.

Das ist es also was bleibt, dachte ich. Nicht mehr als das, was in einen kleinen Karton passt.

Der Polizist stellte die Schachtel auf dem Besuchertresen ab und hob den Deckel. Der Geruch von kaltem Zigarettenrauch stieg uns in die Nase. Als Ralfs Mutter in die Schachtel sah, trieb es ihr augenblicklich Tränen in die Augen. Ich hörte, wie sie schwer schluckte. Neben Tabakpackungen, Feuerzeugen und einem Geldbeutel befand sich ein Schlüsselanhänger mit einem großen R in dem Karton. Außerdem fanden wir Ralfs Handy, seine Schlüssel und ein Stück Papier. Als Ralfs Mutter mit spitzen Fingern das Blatt aus dem Karton fischte, witzelte sie, ihr Sohn wäre immer sehr vergesslich gewesen. Sie hatte ihm schon als Kind Notizen geschrieben, damit er wusste, was er zu tun hatte.

Auch ich konnte mir ein Schmunzeln nicht verkneifen bei dem Gedanken an die vielen kleinen Zettel in Ralfs Wagen oder in seiner Wohnung. Ich war gespannt, für welche Gedankenstütze Ralf dieses kleine Blatt Papier benutzt hatte, während seine Mutter es langsam umdrehte.

Mein Herz schien einen Schlag auszusetzen, als ich sah, was darauf stand. In großen, roten Buchstaben waren die Worte ›Kill 'em all‹ deutlich zu lesen.

Verständnislos fragte mich Ralfs Mutter, was die Worte bedeuteten.

Ich verstand sie genau. Es war keine von Ralfs Erinnerungsstützen.

»Das hab ich Ralf aufgeschrieben. Das ist eine Musik-CD, die er mir ausleihen wollte, aber ständig vergaß, mitzubringen«, stotterte ich hastig, um sie zu beruhigen. Zwar schmerzte mich die Lüge in meinem Herzen, doch ich wollte Ralfs Mutter nicht mit dem perversen Hintergrund dieser Worte quälen, oder ich konnte es nicht.

Mit einem freundlichen Lächeln überreichte sie mir das kleine Stück Papier, von dem sie glaubte, es stamme von mir. Es brannte wie Feuer zwischen meinen Fingern. Schnell schob ich es in meine Jackentasche und bemühte mich ebenfalls um ein freundliches Gesicht, was mir allerdings beinahe meine gesamte Kraft abverlangte. Ich spürte, wie mir kalter Schweiß auf die Stirn trat. Meine Schläfen pochten vor Aufregung.

Nur mit Mühe schaffte ich es, die Durchsicht von Ralfs Sachen zu Ende zu bringen und seine Mutter mit dem kleinen Karton nach Hause zu fahren.

»Besuchst du mich mal wieder, Junge?«, fragte sie mich, als ich mich an der Haustür von ihr verabschiedete.

»Sehr gerne, Frau Sigrist. Ich komm mal auf einen Kaffee vorbei«, log ich. »Bis bald!«

Eilig ging ich, ohne mich umzudrehen, die Treppen des Hauseinganges hinunter, bog hinter einer mannshohen Hecke nach rechts ab und verschwand aus ihrem Blickfeld. Ich atmete auf. Mit Ralfs Mutter zusammenzusein, war für mich immer unerträglicher geworden, je mehr Zeit wir miteinander verbrachten. Der Schmerz über Ralfs Verlust brannte zu heiß in mir. Und Ralfs Mutter fachte das Feuer durch ihre reine Anwesenheit noch mehr an. Ich mochte Frau Sigrist, aber zum jetzigen Zeitpunkt war es für mich unvorstellbar, sie bald wiederzusehen.

Zurück in meinem Wagen versuchte ich sofort, diesen Bürkle von der Polizei in Freudenstadt zu erreichen. Er war nicht zu sprechen.

Ich überlegte, was ich tun sollte. Wusste Bürkle schon von Ralfs Tod? Wusste Bürkle von der Nachricht? Sicherlich nicht, dachte ich. Sonst wäre sie doch als Beweisstück gesichert worden.

Ich sah nur eine Möglichkeit zu handeln. Ich musste zu Bürkle fahren, um mit ihm persönlich zu sprechen.

Gegen 14 Uhr kam ich an der Polizeistation Freudenstadt an, wo mir ein Beamter sagte, Bürkle hätte eine wichtige Vernehmung, die sicherlich mehrere Stunden dauern würde. Er riet mir, ich solle mir in der Zwischenzeit die Stadt ansehen. Bürkle würde sich auf meinem Handy melden, sobald er Zeit hatte.

Ich protestierte: »Verstehen Sie doch. Mein Anliegen ist sehr wichtig. Es hängt mit einer Mordserie zusammen, in der Herr Bürkle ermittelt.«

»Es tut mir leid. Herr Bürkle will auf keinen Fall gestört werden«, antwortete der Polizist genervt. Er drehte sich auf dem Absatz um und ging.

Einen Moment stand ich nur da und wusste nicht, was ich tun sollte. Ich wurde nicht angehört, beziehungsweise nicht zu Bürkle durchgelassen. Was konnte wichtiger sein als neue Hinweise in einem Mordfall? Oder wurde ich einfach nicht ernst genommen?

Zuerst überlegte ich, ob ich dem Polizisten hinterherrufen oder nach seinem Vorgesetzten verlangen sollte, um mich über den Umgang mit mir zu beschweren. Doch was sollte ich sagen?

›Guten Tag, ich möchte mich über Herrn …‹, wie hieß er noch gleich?, ›… beschweren. Er hat mich nicht zu Herrn Bürkle durchgelassen, und nun komme ich mir schlecht behandelt vor.‹ Tolle Ansage, dachte ich. Ich verwarf den Gedanken. Stattdessen beschloss ich kurzerhand, im Wartebereich der Wache Platz zu nehmen. Irgendwann musste Bürkle ja Zeit für mich haben. Das war zwar sicherlich nicht die selbstbewussteste Methode, mir erschien sie aber passender, als meinem Ärger lautstark Luft zu machen.

# 2

Dirk Voss setzte sich in seinem Stuhl aufrecht hin und streckte den Rücken durch. Als er den Mund öffnete, sprudelten die Worte geradezu heraus: »Ich war bis vor einigen Jahren als Programmierer bei einem großen Computerspiele-Hersteller beschäftigt. Meine Hauptaufgabe bestand darin, möglichst lebensechte Figuren zu erstellen. Ich habe den Entwürfen der Spieledesigner Leben eingehaucht. Durch meine Arbeit konnten die Figuren gehen, sprechen und Fußball spielen. Wir haben Wirtschaftssimulationen, Adventure-Games und Jump-and-Run-Spiele entwickelt. Ich war richtig gefragt in meinem Job.« Ein gewisser Stolz schwang unüberhörbar mit.

»Was ist dann passiert?«, fragte Bürkle. Er bemerkte, wie sich Voss' Miene von einer Sekunde auf die nächste verdunkelte. Die Krähenfüße um seine Augen glätteten sich. Stattdessen legte er die Stirn in Falten. Seine Lippen wurden schmal und hell. Er sah Bürkle direkt in die Augen.

»Das kann ich Ihnen sagen.« Hasserfüllt funkelte er ihn an. »Dann ist so ein Kerl aus den USA auf die glorreiche Idee gekommen, eine Plattform zum Austausch von Musik, Spielen und sonstigen Daten aufzubauen.« Er schlug mit der flachen Hand auf den Tisch. Das Aufnahmegerät machte einen Satz.

»Sie meinen Napster«, sagte Bürkle völlig unbeeindruckt von dem plötzlichen Gefühlsausbruch. Im Augenwinkel sah er, wie Ronda ihn fragend ansah. Vermutlich waren Voss' Äußerungen böhmische Dörfer für sie.

Bürkle hatte vor einiger Zeit in einer Fernsehdokumentation über das Internet erfahren, dass Napster die erste Community dieser Art gewesen war. Über die sogenannte Peer-to-Peer-Technik war es möglich, Festplatten vernetzter Internetnutzer zu durchsuchen und Daten auf den eigenen Rechner zu übertragen. Spiele oder Musik-CDs zu kaufen, gehörte von da an für viele der Vergangenheit an. Der Schaden, der so für die betroffenen Industriesparten entstand, war immens.

»Napster, pah«, spuckte Voss aus. »Ja, genau das meine ich. Unsere Spiele wurden plötzlich nicht mehr gekauft, sondern online getauscht. Kein Mensch zahlte noch die normalen Preise. Entweder zog man sich, was man wollte, einfach aus dem Netz, oder man gab einem Bekannten ein paar Euro, damit er es einem 'runterlud und brannte, weil man selbst keine gute Internetverbindung hatte. Da unser Unternehmen nicht zu den weltweiten Marktführern gehörte, ging ihm relativ schnell das Geld aus, und wir wurden alle entlassen. So einfach ist das.« Voss machte eine Geste, als würde er ein zerknülltes Blatt Papier über die Schulter werfen. »Ich versuchte mein Glück bei einer Stuttgarter Firma, die Biometrik-Software entwickelte. Als Programmierer von menschlichen Eigenschaften für virtuelle Figuren war ich dort von großem Nutzen.«

»Hieß die Firma zufällig Kaisha?«, fragte Bürkle verwundert.

Wieder erntete er verwirrte Blicke von Ronda. Dabei

machte sich ein leichtes Gefühl des Triumphes in ihm breit.

»Sie meinen die Firma, die FIDA für uns programmiert hat?«, fragte Ronda.

»Erzählen Sie weiter«, sagte Bürkle, ohne auf Rondas Frage einzugehen. Eine Vermutung wuchs gerade in seinem Kopf, die er so schnell wie möglich bestätigt haben wollte.

Ein kaum wahrnehmbares Schmunzeln umspielte Voss' Lippen. Dann fuhr er fort: »Heute gehört die Firma zu Securasoft in Frankfurt. Nachdem wir an die verkauft worden waren, war ich schon wieder nicht mehr nötig. Meinen Job verrichteten von da an viel günstigere Programmierer in Indien, China oder sonstwo auf der Welt.« Er breitete die Arme aus. Dabei hob er entschuldigend die Schultern. »Also stand ich wieder auf der Straße. Danach habe ich versucht, mich mit einem Bekannten zusammen selbstständig zu machen. Wir wollten unser Können im Bereich Computer und Software nutzen, um Telefon- und Vor-Ort-Support für Privatleute anzubieten. Betreuung zu Hause für mit Computern überforderte Leute. Wenn mal der Rechner abschmiert oder sich ein Virus festgesetzt hat, der das Betriebssystem lahmlegt. Oder wenn jemand seinen Drucker nicht installiert bekommt. Wir wären gekommen und hätten uns darum gekümmert. Verstehen Sie?«

Bürkle nickte knapp.

»Das ging leider kräftig in die Hose. Damit ich wenigstens ein bisschen Kohle verdiente, hab ich hier in Freudenstadt als Wachmann angefangen.«

Voss starrte Ronda und Bürkle hasserfüllt an. Mit bebender Stimme fügte er hinzu: »Wissen Sie, wie demütigend das ist? Ich war Programmierer und nun muss ich als Wachmann in Uniform irgendwelchen eingebildeten Wichsern in ihren dicken Autos die Schranke öffnen.« Voss schossen Tränen in die Augen.

Bürkles zarter Sprössling der Vermutung wuchs zu einer stattlichen Pflanze heran. Schnell kombinierte er das Gehörte: Voss war ehemaliger Angestellter bei Kaisha und an der Entwicklung von FIDA beteiligt gewesen. Jetzt war er stinksauer auf die Firma, weil er rausgeworfen worden war. War Voss der gesuchte Gamemaster? War das möglich?

Er stellte die Frage, die ihm, seit Voss von Kaisha gesprochen hatte, auf der Zunge lag: »Und so sind Sie auf die Idee gekommen, es Kaisha und Securasoft heimzuzahlen?«

Schlagartig wich der Ausdruck von Hass und Leid aus Voss' Gesicht. Verwirrt sah er Bürkle an.

Bürkle war von der Reaktion auf seine Frage überrascht. Er war eher davon ausgegangen, Voss würde eine neue rührselige Geschichte erzählen.

Stattdessen fragte Voss ganz ruhig: »Warum das denn? Wieso sollte ich denn meinem ehemaligen Arbeitgeber etwas heimzahlen wollen?«

Bürkle wusste darauf keine Antwort. Deshalb zuckte er nur stumm mit den Achseln.

Es entstand ein Moment totaler Stille. Bürkle wirkte vollkommen ruhig. Voss' Blick zuckte zwischen Ronda und ihm hin und her. Als sie nervös auf ihrem Stuhl umherzurutschen begann, fragte Bürkle: »Wollten Sie sich denn nicht an Ihrem Arbeitgeber rächen, Herr Voss? Oder soll ich lieber Gamemaster zu Ihnen sagen?«

Wieder blieb die erwartete Reaktion aus. Voss verharrte völlig ruhig auf seinem Stuhl. Lediglich seine Mundwinkel verzogen sich zu einem zufriedenen Grinsen. »Sie sind clever. Ich habe eigentlich angenommen, ich muss Ihnen mehr Hinweise geben«, triumphierte er.

Bürkle blickte zu Ronda, die offenbar kein Wort von dem verstand, worüber die beiden sprachen.

»Antonia, darf ich Ihnen vorstellen«, sagte Bürkle und vollführte mit den Armen eine weitausholende Geste. »Vor uns sitzt nicht nur der Mann, der versucht hat, Larissa Berger zu vergewaltigen, sondern auch der Mann, der sich im Internet als Gamemaster ausgibt und mehrere Menschen ermordet hat.«

Ronda starrte ihn mit weit aufgerissenen Augen an.

Das hat ihr wohl die Sprache verschlagen, dachte er.

»Oh mein Gott«, sagte sie schließlich, wobei sie jedes Wort einzeln betonte. »Meinen Sie damit, er …«

»Genau. Er ist der Mann, der uns die letzten Wochen an der Nase herumgeführt hat.« Bürkles Triumphgefühl wuchs ins Unermessliche. Er hatte den Fall gelöst. Noch am Morgen hatte er sich den Kopf darüber zerbrochen, wie er in den Ermittlungen weiter vorgehen sollte. Nun war ihm in einem ganz anderen Fall, der ihn eigentlich gar nicht betroffen hätte, der Täter direkt in die Arme gelaufen. Konnte es wirklich so einfach sein?

Bürkle wandte sich wieder Voss zu. »Warum haben Sie das getan?« Die Abscheu vor Voss war ihm deutlich anzumerken.

»Warum?«, wiederholte Voss verwundert. »Haben Sie das immer noch nicht verstanden?« Er klang genervt. »Ich habe mich gerächt. Gerächt an all denjenigen, die der Ansicht sind, Software über das Internet zu klauen sei ein Kavaliersdelikt. Ich habe mich an denen gerächt, die meinen, Verbrechen im Netz würden keine Folgen nach sich ziehen. Jeder, der Spiele aus dem Internet 'runterlädt und nichts dafür bezahlt, muss merken, was er damit anrichtet.« Etwas ruhiger fuhr er fort: »Sehen Sie, ich habe niemanden gezwungen, an meinem Spiel teilzunehmen. Es haben nur diejenigen mitgemacht, die Software stehlen wollten. Niemand Ehrlicher war beteiligt.«

Der letzte Satz hallte in Bürkles Kopf nach.

›Niemand Ehrlicher war beteiligt.‹

Ruckartig stand er auf, schlug mit beiden Fäusten auf den Tisch und brüllte: »Und was ist mit den Opfern, Sie Arschloch? Waren die nicht ehrlich?«

Voss antwortete nicht, sondern grinste nur arrogant.

»Sie haben sich wahllos irgendwelche armen Schweine ausgesucht, die dran glauben mussten, nur weil Ihr Ego verletzt ist.«

Voss hielt seine in Handschellen gefesselten Hände mit den Handflächen nach oben in Bürkles Richtung. »Ich war doch auch unschuldig. Mich hat doch auch niemand gefragt.«

»Verdammt noch mal, aber Sie sind nicht draufgegangen!« Bürkles Stimme überschlug sich beinahe. Er spürte, wie er das letzte bisschen Fassung zu verlieren drohte.

Beruhige dich, dachte er. Er schloss für einen Moment die Augen und atmete tief durch. Als das heftige Klopfen in seiner Brust nachließ, setzte er sich wieder auf seinen Stuhl. Er verspürte zwar immer noch den Drang, laut zu schreien oder auf Voss einzuprügeln, doch er hatte sich jetzt unter Kontrolle.

Mit einem Mal spürte er Rondas warme Hand auf seinem Unterarm. Er drehte seinen Kopf zu ihr. Sie sah ihn ernst an, als wollte sie sagen: ›Ganz ruhig.‹

Bürkle senkte seinen Blick auf die Tischplatte. Wieder schloss er die Augen. Vor seinem geistigen Auge flogen Bilder der Opfer vorbei. Zerschundene, aufgedunsene Körper, gleichgültig wie Abfall liegen gelassen. Er war es ihnen schuldig, den Fall aufzuklären und den Täter hinter Gitter zu bringen. Er durfte nicht die Nerven verlieren.

Er öffnete die Augen wieder. Sie brannten trocken. Dennoch funkelte er Voss wütend an. »Wie haben Sie es getan?«, fragte er tonlos.

»Ganz einfach. Zuerst einmal musste sich jemand auf meiner vermeintlichen Downloadseite einloggen.«

»Und das tat er nur, wenn er auch Sachen runterladen wollte.«

»Richtig. Sie glauben ja gar nicht, wie leichtfertig die Leute ihre E-Mail-Adressen rausrücken. Ihre Wohnadresse würden sie nie verraten, aber mit ihren E-Mail-Adressen gehen sie um, als wäre nichts dabei.«

»Fahren Sie fort.« Bürkle wollte nun endlich den perfiden Plan erfahren und keinen Vortrag über Datenschutz hören.

»Ja.« Voss räusperte sich. »In meiner ersten E-Mail an den Teilnehmer war ein kleiner aber feiner Virus versteckt, den kein Virenprogramm finden konnte. Die meisten Virensoftwarehersteller überarbeiten zwar laufend ihre Programme, konzentrieren sich aber eher auf größere Viren, Trojaner und was es sonst noch alles gibt. Einen winzigen Virus, der nur Ausgewählte betrifft, interessiert die nicht oder sie bekommen gar nichts davon mit. Für mich war der Virus aber wichtig, da ich durch ihn jeden einzelnen Klick und jede einzelne Tastenbewegung des Teilnehmers mitverfolgen konnte. So wusste ich genau, ob er meine Mail gelesen, gelöscht, gelesen und gelöscht …«

»Kommen Sie auf den Punkt«, ermahnte ihn Bürkle ein weiteres Mal.

»Sobald sich also jemand auf meiner Seite angemeldet hatte, habe ich bei Google Street View eine Person gesucht, deren Gesicht auf der Aufnahme nicht verfremdet worden war. Dank meiner Zeit bei Kaisha habe ich sämtliche Administratoren-Zugangscodes zur Gesichtserkennungssoftware und habe, bevor die Software bei der Polizei eingespeist wurde, eine Routine programmiert, mit der ich ganz einfach deren Firewall umgehen kann, was ohnehin ein Kinderspiel ist.«

»Und so konnten Sie die Person auf dem Bild ausfindig machen«, sagte Bürkle.

Voss nickte. »Wichtig war, dass die abgebildete Person nicht allzu weit vom Spielteilnehmer entfernt wohnte. Es sollte ja nicht unmöglich sein, die Person zu finden. Obwohl, einmal war ein Mädel dabei, das zwar in Reutlingen gemeldet war, aber derzeit in London studiert. Das war schon aufregend, sag ich Ihnen.«

»Total aufregend«, knurrte Bürkle sarkastisch.

»Außerdem musste derjenige in einem sozialen Netzwerk unterwegs sein. Was ja heutzutage fast jeder ist. War das alles erledigt, habe ich das Bild und die Spielanleitung an den Spielteilnehmer gesendet.«

»Das waren keine Spielteilnehmer. Das waren einfach nur Leute, die kostenlos an Software kommen wollten«, sagte Bürkle. Wieder kochte Wut in ihm hoch.

Ronda legte abermals ihre Hand auf seinen Unterarm. »Lassen Sie ihn ausreden.« Sie sah ihm tief in die Augen. »Bitte.«

»Wie dem auch sei. Manche haben das Spiel gleich ernst genommen, es gab jedoch auch jemanden, der meinte, es handle sich nur um einen Spaß.« Voss grinste lässig. »Na ja, er hat seine Lektion gelernt.«

»Von wem sprechen Sie?«, fragte Bürkle.

»Von einem pickeligen Jungen aus Marbach. Ihn hatte ich auf den Gleitschirmflieger angesetzt. Der dürre Typ, der den Verlierer meiner vorhergehenden Spielrunde im Schwarzwald gefunden hat. Letztes Wochenende war für den Gleitschirmflieger dann die Spielzeit abgelaufen«, antwortete Voss.

Bürkle spürte, wie eine unsichtbare Hand seine Kehle zudrückte. Sprach Voss etwa von einem der jungen Männer, die ihn auf dem Polizeirevier besucht hatten?

»Letztes Wochenende?«, fragte Bürkle heiser.

Voss starrte ihn ungläubig an. »Sagen Sie nur, Sie haben davon noch nichts gehört. Das hat mir besonders Spaß gemacht.«

»Was haben Sie mit ihm gemacht?« Bürkle zischte die Worte regelrecht.

»Schwerer Unfall. Sah wirklich übel aus. Den armen Kerl hat es echt heftig erwischt. Die Woche zuvor eine Leiche zu finden und dann selber dran glauben zu müssen. Und das nur, weil so ein Rotzlöffel meint, er kommt ungeschoren davon.«

Vor Bürkles Augen begann sich der Raum zu drehen. Kalter Schweiß stand ihm auf der Stirn.

Schwankend erhob er sich langsam von seinem Stuhl und ging wie in Trance in Richtung Tür.

# 3

Wenn er sie nur nicht die ganze Zeit so ansehen würde. Diese kalten Augen, die unkontrolliert zuckten, ansonsten aber so unecht wie Glasaugen einer Puppe wirkten.

Was ging in seinem Kopf vor, wenn er sie betrachtete? Was dachte er sich? Überlegte er, wie sie nackt aussah?

Nein, diese Art von Männerblicken kannte sie. Aber weshalb starrte er sie so an? Sah er vielleicht durch sie hindurch an einen anderen Ort vor seinem geistigen Auge?

Was auch immer es war, sie fühlte sich ihm so schutzlos ausgeliefert wie ein Tier im Zoo, das zwecklos versucht, sich in seinem vollverglasten Käfig den Zuschauerblicken zu entziehen.

Nachdem Bürkle aus dem Raum gerannt war, hatte sie das Aufnahmegerät abgeschaltet. Sie hatte nicht vor, sich mit Voss zu unterhalten. Am liebsten wäre sie hinter Bürkle hergelaufen, um nicht allein mit Voss zu bleiben. Diesem Frauenschänder und Serienkiller. Allein der Gedanke daran, was er vermutlich alles getan hatte, ließ sie frösteln.

Um sich ein wenig abzulenken, hatte sie begonnen, im Verhörzimmer umherzugehen. Zum einen, um sich die Beine ein wenig zu vertreten, zum anderen, weil ihr die Situation absolut nicht behagte. Ihr wurde bewusst, dass sie noch immer in dem engen Rock und der dekolletierten Bluse steckte. Plötzlich bemerkte sie, dass Voss ihr ständig auf den Hintern und die Brüste starrte. Schnell setzte sie sich wieder auf ihren Stuhl. Der Tisch stand als Sichtschutz zwischen ihnen.

»Haben Sie einen Freund?«, fragte Voss süffisant, nachdem er ihr einige Sekunden wortlos gegenübergesessen hatte.

»Das geht Sie nichts an«, antwortete sie kalt.

»Es heißt, Rothaarige seien Raketen im Bett. Wie schätzen Sie sich selbst ein?«

»Halten Sie den Mund.«

»Sie brauchen nicht schüchtern zu sein. Ich verrate es Ihrem Kollegen auch nicht. Oder weiß er es etwa schon?« Er kicherte leise.

»Halten Sie die Fresse«, zischte Ronda.

Oh Mann, Bürkle, wo bleibst du?, dachte sie. Wenn sie noch länger mit Voss in diesem Raum eingesperrt blieb, würde sie ihn erschlagen.

Es gab nur eine Möglichkeit den Raum zu verlassen, doch dafür müsste sie den Beamten draußen vor der Tür einen Grund nennen, warum sie öffnen sollten. ›Äh, hallo, Jungs! Ich hab Schiss‹ war sicherlich nicht das Richtige. Sie würde sich zum Gespött des gesamten LKA machen.

## 4

Er riss die Tür auf und rannte in Richtung Telefonzentrale, die sich direkt neben dem Eingangsbereich befand. Dort stürmte er auf den Schreibtisch eines Kollegen zu. Der Beamte sah Bürkle verwundert an.

»Hast du einen Geist gesehen? Geht's dir nicht gut?«, fragte er.

»Schau mal, ob wir eine Meldung von einem tödlichen Gleitschirmunfall am letzten Wochenende haben«, sagte Bürkle hastig. Als der Kollege nicht gleich reagierte, fügte er hinzu: »Schnell.«

Statt etwas in seinen Computer einzugeben, zeigte der Beamte zu Bürkles Überraschung in Richtung des Warteraumes. »Ich glaube, da solltest du mit dem Kerl reden, der auf dich wartet.«

Bürkle sah durch die Panzerglasscheibe in den Wartebereich. Dort saß Jochen Winter. Er hatte die Beine und Arme verschränkt und hockte wie ein Häufchen Elend auf einem der blauen Plastikstühle.

»Oh nein«, presste er durch seine fast geschlossenen Lippen, als er aus dem Büro stürzte.

Kurz bevor Bürkle den Warteraum erreichte, verlangsamte er bewusst seine Schritte. Er wollte Jochen Winter nicht zeigen, wie aufgebracht er selbst war.

Als Winter Bürkle sah, stand er langsam auf. Anstatt Bürkle die Hand zur Begrüßung zu geben, hielt er ihm wortlos einen Zettel entgegen. Seine Augen glänzten feucht. Er sah aus, als hätte er seit Tagen nicht mehr geschlafen.

Bürkle nahm das Papier wortlos entgegen. Er wusste genau, was er dort lesen würde. Die Gewissheit, recht zu haben, traf ihn dennoch wie ein Fausthieb.

»Es ist also tatsächlich wahr«, flüsterte er. Wieder überkam ihn ein Schwindelgefühl. Benommen setzte er sich auf einen der Besucherstühle.

Winter nahm neben ihm Platz. »Was ist wahr?«, fragte er verunsichert.

Bürkle überlegte. Sollte er ihm sagen, dass er das Monster, das neben vielen anderen Unschuldigen nun auch, so wie es aussah, seinen Freund auf dem Gewissen hatte, hier in diesem Haus gefangen hielt?

Winter hat die Wahrheit verdient, dachte er sich. »Herr Winter, wir haben letzte Nacht den mutmaßlichen Mörder gefasst. Es ist vorbei«, sagte er ruhig.

Winter zog die Augenbrauen nach oben. Mit dieser Neuigkeit hatte er offensichtlich nicht gerechnet. »Ist er hier?«, fragte er.

»Ja, er ist hier. Er kann keinen Schaden mehr anrichten.«

»Zu spät«, sagte Winter bitter. »Ralf ist tot.«

»Es tut mir sehr leid.« Bürkle stand auf. Wut brannte in seiner Kehle.

»Das macht ihn nicht wieder lebendig«, sagte Winter hart.

»Nein, das tut es nicht.«

Er wollte gerade wieder gehen, als ihm Winter hinterher rief: »Was ist jetzt? Wie geht es weiter?«

»Gehen Sie nach Hause. Hier können Sie nichts tun. Ich melde mich bei Ihnen.« Dann lief er den Gang entlang zum Verhörraum. Voss saß steif auf seinem Stuhl. Ronda ging wieder im Raum auf und ab.

»Endlich«, stöhnte sie erleichtert. »Wo waren Sie denn so lange?«

Bürkle reagierte nicht auf ihre Frage, sondern ging zielstrebig auf Voss zu, packte ihn bei den Schultern und gab ihm einen kräftigen Stoß. Voss kippte samt Stuhl rückwärts und schlug hart mit dem Kopf auf dem Boden auf.

Bürkles Geist hatte die Kontrolle über seinen Körper verloren. Er konnte nur noch mit ansehen, wie seine Gliedmaßen sich bewegten, aber nicht eingreifen. Bevor Voss jammern oder auch nur daran denken konnte, zu protestieren, beugte sich Bürkle über ihn und drückte ihm mit beiden Händen die Kehle zu.

# 5

Ronda sprang von ihrem Platz auf und hastete zu Bürkle, um ihn von Voss wegzuziehen.

»Sie verdammte Drecksau! Warum der Junge?«, brüllte Bürkle Voss an. Als er keine Antwort erhielt, schlug er Voss' Kopf gegen den Boden.

Voss ließ das alles ohne Gegenwehr über sich ergehen.

»Er hatte mit Ihrem hirnrissigen Racheplan nichts zu tun!«, schrie er weiter.

Ronda erkannte, sie allein konnte Bürkle nicht stoppen. Sie brauchte Hilfe. Also drückte sie den Notknopf neben der Tür. Sofort stürmten vier Beamte in den Verhörraum.

»Ziehen Sie ihn weg! Schnell!«, rief Ronda den Männern entgegen.

Obwohl es vier kräftige Männer waren, bereitete es ihnen einige Mühe, Voss aus Bürkles Griff zu befreien.

Endlich gelang es den Beamten, Bürkle wegzuziehen.

Voss lag keuchend auf dem Boden. Bei jedem Atemzug musste er heftig husten. Dort, wo Bürkle zugepackt hatte, waren tiefrote Würgemale zu erkennen.

Zwei Polizisten hielten Bürkle an den Armen fest. Seine Miene war wutverzerrt, sein Blick starr auf Voss gerichtet.

Bürkles Gesicht war schweißüberströmt. Tränen standen ihm in den Augen. Er hatte sich zwar wieder beruhigt, atmete aber noch schwer vor Anstrengung.

»André«, sagte sie ruhig. »Es ist vorbei. Er kann niemandem mehr etwas tun. Er wird seine gerechte Strafe bekommen.«

Bürkle reagierte nicht. Er stand nur da.

»Verstehen Sie mich? Er kann niemandem mehr etwas antun.«

Bürkle löste den Blick von Voss. Sein Kopf sank kraftlos auf die Brust. Seine Züge waren von tiefer Traurigkeit gezeichnet. Mit einem Nicken bat er die beiden Polizisten, die ihn festhielten, ihn loszulassen. Nachdem sie kurze Blicke miteinander getauscht hatten, ließen sie von ihm ab.

Er drehte sich um und ging mit hängenden Schultern langsam in Richtung Ausgang. Wie als Begleitschutz folgten ihm die vier Polizisten.

Verwirrt sah Ronda der Prozession hinterher. Sie fragte sich, was Bürkle so aus der Fassung gebracht hatte.

Die fünf Männer hatten den Raum noch nicht verlassen, als sich Voss bemerkbar machte. Er wollte wohl etwas sagen. Zwischen zwei Hustenanfällen keuchte er: »Es ist noch nicht vorbei.«

Ronda fuhr augenblicklich herum. Mit strenger Miene fixierte sie Voss. »Bringen Sie Herrn Bürkle nach draußen«, sagte sie langsam zu den Kollegen.

Bis die Tür geschlossen war, hielt sie dem Blick von Voss stand. Als sie das Klicken des Schließzylinders hörte, ging sie auf den Tisch zu und setzte sich auf ihren Stuhl. Voss, dem ebenfalls wieder auf den Stuhl geholfen worden war, saß ihr gegenüber. Kurz fixierte sie ihn, dann fragte sie ruhig: »Was wollen Sie damit sagen?« Es war kaum mehr als ein Flüstern. »Los!«, schrie sie plötzlich.

Voss zuckte vor Schreck zusammen. Die Hände hatte er wie zum Gebet gefaltet auf den Tisch gelegt. Sein Blick schien in weite Ferne gerichtet.

»Was ist noch nicht vorbei? Raus mit der Sprache!« Sie hatte wieder in einen normalen Tonfall gewechselt.

Voss sah sie an, sagte jedoch kein Wort.

Ronda fragte sich, was er damit gemeint haben könnte. Gab es tatsächlich ein weiteres Opfer, das noch nicht gefunden worden war? Oder hatte Voss sogar einen Komplizen, der für ihn die Drecksarbeit übernahm?

Ronda hatte nicht viel Erfahrung mit Verhören. Im Normalfall übernahm diesen Job einer ihrer männlichen Kollegen. Nach Ansicht ihres Chefs war eine Frau besser dafür geeignet, Opfer oder deren Angehörige zu beruhigen. Zu diesem Thema hatte sie mal eine externe Weiterbildung gezahlt bekommen. Daher rührten auch ihre Kenntnisse im Umgang mit traumatisierten Personen, wie sie sie gerade erfolgreich bei Larissa eingesetzt hatte. Ronda war sich sicher, ihr Vorgesetzter hatte das nur bewilligt, damit sie bezüglich der Verhöre, bei denen sie den Kürzeren zog, Ruhe behielt. Letztendlich war es ihr egal. Hauptsache, sie konnte etwas vorweisen, was sie von ihren männlichen Kollegen abhob.

Sie fragte sich, wie sie Voss zum Reden bringen konnte. Gewalt war nach Rondas Verständnis keine Lösung. Diplomatie vielleicht? Voss war jedoch sicherlich nicht darauf aus, mildernde Umstände zu bekommen. Immerhin hatte er in seiner Wohnung auf die Polizei gewartet. Er musste seine Verhaftung also so oder so ähnlich geplant haben.

Endlich kam ihr eine Idee. Voss war stolz auf das, was er tat. Vielleicht brachte sie mehr aus ihm heraus, wenn sie sich neugierig zeigte. »Herr Voss, seit Tagen gibt es keine neuen Opfer. Jetzt sitzen Sie in Haft. Wie wollen Sie es denn anstellen, noch jemanden zu ermorden?«, fragte sie ruhig.

Er legte den Kopf schief und betrachtete sie, als wäre sie ein kleines Mädchen. »Sie haben doch bis vor wenigen Minuten von dem ›Gleitschirmunfall‹ nichts gewusst. Oder?« Er blinzelte listig.

1:0 für ihn.

Ronda suchte schnell nach einer Erklärung. »Der Fall wird derzeit untersucht«, sagte sie.

Bevor sie fortfahren konnte, fiel ihr Voss ins Wort: »Ich glaube eher, die Idioten haben gar nicht die Parallelen zum Gesamtwerk gesehen.«

Er spricht wieder von einem Werk, dachte sie. Ihr war das bereits aufgefallen, als er von den Spielen erzählte, die er entwickelt hatte. »Wie wird Ihr Werk denn vollendet?«, fragte sie leise.

Er sah sie lange nachdenklich an. Zuerst war die einzige Reaktion ein belustigtes Schmunzeln. Schließlich sagte er: »Sie werden sich lieben bis an sein Lebensende.«

»Ach, wie nett. Wie im Märchen«, erwiderte sie zynisch.

Voss blieb ruhig. »Wenn Sie meinen«, antwortete er gleichgültig.

»Und wer sollen die Glücklichen sein?«, fragte sie. Bissig fügte sie hinzu: »Sie sicher nicht. Sie werden im Knast verrotten.«

»Oh nein, ich doch nicht. Mit so etwas möchte ich nichts zu tun haben. Meine Arbeit ist getan.«

Sie fragte erneut: »Wer sind die Glücklichen, die Ihr Werk vollenden dürfen?«

»Vollenden kann einzig und allein ich mein Werk«, belehrte er sie. »Allein ich habe die Macht und die Intelligenz dazu. Alle anderen sind nur Marionetten.« Er grinste breit. »Kanarienvögel im Käfig.«

Ronda war jetzt klar, der Kerl war völlig verrückt.

Ohne ein weiteres Wort ging sie zur Tür und betätigte die Gegensprechanlage. »Das Verhör ist beendet. Führen Sie den Gefangenen bitte ab.« Sofort kamen zwei Beamte in den Verhörraum.

Ronda trat auf den Flur. Augenblicklich ließ das beklemmende Gefühl nach, das sie in dem kleinen Zimmer gehabt hatte.

Sie traf auf zwei der vier Polizisten, die Bürkle weggebracht hatten.

»Der Typ ist nicht ganz dicht«, sagte sie tonlos.

Die Polizisten nickten ihr stumm zu.

»Wo ist Bürkle?«, fragte sie den größeren.

»Im Sanitätsraum«, gab er mit seiner tiefen, heiseren Stimme zur Antwort.

Na super, und wo sollte der sein?, dachte sie. Sie hatte keine Ahnung. Es blieb ihr nichts anderes übrig, als den Kollegen nach dem Weg zu fragen.

Im Sanitätsraum angekommen, erschrak Ronda. Bürkle saß zusammengekauert auf einem Stuhl. Jemand hatte ihm ein Glas Wasser gebracht. Er sah fürchterlich aus. Seine Augen waren blutunterlaufen, die sonst so akkurat gekämmten Haare zerzaust. Sein Gesichtsausdruck verriet, ihm war bewusst, dass er im Verhörraum vollkommen überreagiert hat.

Sie zog einen Stuhl heran und setzte sich ihm gegenüber. Bürkles Augen wirkten leer. Er schien unendlich müde.

»Es wird noch mehr Opfer geben«, sagte sie trocken.

Eines seiner Augen zuckte ein wenig. Es dauerte einen Moment, bis er antwortete. »Woher wissen Sie das?«

»Voss hat es gesagt. Er sagte, es sei noch nicht vorbei. Ich vermute, er hat einen Komplizen.«

»Komplizen? Wie kommen Sie darauf?«

»Ich weiß es nicht. Wie sollte es ihm sonst möglich sein, sein ›Werk‹, wie er seine Taten nennt, zu vollenden?«

»Was hat er außerdem gesagt?«

»Sie werden sich lieben bis an sein Lebensende.«

»Ihr.«

»Was?«

»Es muss heißen ›ihr Lebensende‹.«

»Er sagte aber ›sein Lebensende‹.«

»Sind Sie ganz sicher?«

»Ja.« Ronda ärgerte sich. Sie war der Annahme gewesen, Voss habe das klassische Märchenende lediglich falsch wiedergegeben. Nun vermutete sie jedoch, er hatte es absichtlich verändert.

Sofort kam sie ins Grübeln. Hatte er etwas Bestimmtes damit gemeint? Sollte das ein Hinweis sein?

Bürkles heisere Stimme holte sie aus ihren Gedanken. »Ich habe Hunger«, sagte er zusammenhanglos.

Von wegen Männer denken immer nur an Sex. Der Typ dachte immer ans Essen. Ronda schmunzelte. Sie warf einen Blick auf ihre Armbanduhr. 15:23 Uhr. Ob es um diese Zeit irgendwo, abgesehen von McDonald's, etwas zu kauen gab? Fast Food war für Bürkle sicherlich undenkbar. Sie befürchtete, sie müsste schon allein bei dem Vorschlag einen Vortrag über gesunde Ernährung über sich ergehen lassen. Dennoch lief ihr bei dem Gedanken an Cheeseburger oder Chicken Nuggets das Wasser im Munde zusammen.

»Gut.« Sie atmete tief aus. »Gehen wir was essen. Wo?«

»Wir könnten an die ›Zuflucht‹ fahren. Dort gibt es ein Restaurant direkt am Hang. Ich möchte mir die Gleitschirmflieger anschauen, um zu sehen, was Winter und seine Jungs daran so fasziniert«, erklärte er.

»Einverstanden. Da ich aber nicht weiß was, geschweige denn wo diese ›Zuflucht‹ sein soll, fahren Sie.«

# 6

Da stand ich nun. ›Gehen Sie nach Hause‹, hatte Bürkle in offiziellem Ton gesagt. Was sollte ich zu Hause tun? Der Mörder meines Freundes war hier in diesem Gebäude. Da konnte ich doch nicht einfach gehen. Ich hatte so viele Fragen. Die Frage, die sich mir am meisten aufdrängte, war die nach dem Warum.

Warum musste Ralf sterben? Warum er? Was hatte er getan?

Selbstverständlich bekam ich nicht die Möglichkeit, mit diesem Hurensohn zu sprechen. Ich brachte es dennoch nicht über mich, einfach zu gehen und Ralfs Mörder ungestraft zurückzulassen. Was sollte ich nur tun? Reingehen und ihn verprügeln? Ich würde nicht einmal durch die erste Tür kommen, geschweige denn an den Polizisten vorbei. Außerdem hatte ich mich noch nie geprügelt. Ich wüsste gar nicht, wo ich hinschlagen sollte.

Enttäuscht fuhr ich nach Hause.

Auf meinem Handy, das ich im Auto liegen gelassen hatte, sah ich, dass mein Chef bereits viermal versucht hatte, mich zu erreichen.

Na klasse.

Als ich mich an diesem Morgen gemeldet hatte, um einen Tag freizunehmen, hatte ich von ihm lediglich zu hören bekommen, es sei ihm scheißegal, was ich für private Probleme hätte. Ich solle meine Arbeit tun.

Vielen Dank für das Verständnis.

Ich wählte die Nummer seiner Sekretärin, um sie zu

fragen, ob es etwas Wichtiges gäbe, was ich wissen sollte, bevor ich am nächsten Tag zur Arbeit kam.

Es läutete zwei Mal und sie hob ab.

»Hallo, Hanne, hier ist Jochen«, meldete ich mich, nachdem sie ihre Standardbegrüßung heruntergeleiert hatte.

»Hallo, Jochen, der Chef hat ganz schön getobt.«

»Ich hatte Wichtiges zu tun.«

»Komm morgen ein wenig frü…« Die Verbindung brach ab. Scheiß-Handynetz, fluchte ich in mich hinein. Ein Blick auf das Display meines Telefons verriet mir jedoch, dass nicht das Netz schuld, sondern der Akku leer war.

Auch egal. Scheiße.

Das Telefon landete auf dem Beifahrersitz.

In Gedanken an Ralf, meinen Chef und meine Zukunft versunken quälte ich mich durch das von Touristen verstopfte Zentrum von Freudenstadt. Nach dem Ortsausgang fuhr ich die Landstraße zu dem Dorf, in dem ich lebe, und stellte meinen Wagen direkt vor meinem Haus ab.

Als ich die Haustür öffnete, sah ich im Eingang meinen Gleitschirm-Rucksack stehen. Normalerweise würde ich mir an einem freien Tag bei derart gutem Wetter meine Ausrüstung schnappen und auf einen Flugberg fahren.

An diesem Tag ging ich mit hängenden Schultern daran vorbei, ohne sie eines weiteren Blickes zu würdigen.

Mein Ziel war das Wohnzimmer. Vor dem Fernseher sitzen und mich berieseln lassen war das Einzige, zu dem mein Gehirn momentan imstande war. Irgendeine Hausfrauen-Mittagssendung würde sicherlich für die nötige Zerstreuung sorgen.

Ich holte mir eine Flasche Wasser aus dem Kühlschrank, legte mich auf das Sofa und schaltete den Fernseher an. Wie erwartet, durfte ich wilden Diskussionen zwischen Eltern und ihren Kindern zuhören, erfuhr, welche Promis in welchen Läden auf Marbella einkauften, und schlief irgendwann erschöpft ein.

# 7

Der Gamemaster setzt sich auf die harte Matratze in seiner Zelle.

Er ist glücklich. Alles nimmt seinen Lauf.

Zufrieden lehnt er sich gegen die Betonwand.

Sein Hals schmerzt noch ein wenig. Weitaus mehr tut ihm sein Kopf weh. Außerdem hat sich niemand seiner nach wie vor blutenden Wunde an der Leiste angenommen.

Das macht aber nichts.

Auch Jesus ertrug auf seinem letzten Gang große Schmerzen.

Er kichert leise bei dem Vergleich.

Nicht mehr lange, und sein Werk würde vollendet sein. Dann wird er als Held gefeiert. Alle gehen davon aus, er hätte sich nur an pickeligen Computerfreaks rächen wollen. Weit gefehlt. Das ist lediglich *ein* Teil seines Werkes.

Er wird der Menschheit zeigen, wie sie sich mit ihrem Exhibitionismus für die ganze Welt prostituiert.

Hier stehe ich, ich kann nicht anders.

So wie Martin Luther 1521 auf dem Reichstag in Worms

seinem Glauben trotz höchster Lebensgefahr voller Überzeugung treu geblieben war, so ist auch er absolut sicher, das Richtige zu tun. Er wird ebenso wie Luther die Menschheit zu einem neuen Bewusstsein führen.

Im Internet ist die Hemmschwelle vieler braver Bürger bei Dingen, die sie im realen Leben niemals tun würden, weit gesunken. Man zeigt sich halb nackt vor wildfremden Menschen, bezahlt Frauen, um sie sich in Livechats anschauen zu dürfen, oder spricht mit Unbekannten über derart persönliche Dinge, die nicht einmal die engsten Vertrauten wissen. Ohne eine Ahnung zu haben, was der Gesprächspartner darüber denkt oder mit den Informationen macht.

Der Mensch ist das gefährlichste Raubtier der Welt. Keine andere Art geht derart heimtückisch und hinterhältig bei ihrem Beutefang vor wie wir. Das Internet bietet uns eine außergewöhnliche Art der Jagd; für Jäger und Gejagte. Denn dies ist ein weiterer Unterschied zu allen anderen Lebewesen: Manche Menschen bieten sich freiwillig als Beute an.

Sein Leiden hat mit dem Internet begonnen, darum wird sein Werk auch mit dem Internet vollendet werden.

Der Jäger wird seine Beute reißen.

# 8

Was war das?

Ich schoss aus dem Schlaf hoch und war sofort hellwach. Ich glaubte, ein seltsames Krachen gehört zu haben, war mir jedoch nicht sicher, ob ich nicht geträumt hatte.

Krach – wieder dasselbe Geräusch. Es war also kein Traum gewesen. Es war jemand im Haus.

Mein Verstand begann zu ermitteln, wo dieses seltsame Geräusch herkam.

Vor Angst lag ich wie erstarrt auf dem Sofa. Bewegungslos horchte ich angestrengt in den dunklen Raum. Es war nichts mehr zu hören. Lediglich die Deckenbalken knackten vertraut, weil sie sich durch die Wärme des Tages aufgeheizt hatten.

Langsam setzte ich mich auf. Mein Blick schweifte durch das Wohnzimmer. Die Sonne war bereits untergegangen, sodass nur noch ein grauer Schein der Straßenlaterne in die Wohnung fiel.

Den Fernseher hatte ich wohl im Schlaf auf stumm geschaltet. Ein stimmloser Moderator kündigte soeben wohl einen neuen Gast an, woraufhin Scheinwerfer in dem Studio aufleuchteten. Bunte Farben und nervöse Lichtspiele durchzuckten mein Wohnzimmer.

Mein Blick schweifte in die Küche, die, in amerikanischer Art gehalten, zum Wohnzimmer hin offen war. Die Digitalanzeige der Kaffeemaschine leuchtete. Ihr schwacher Schein erhellte in rötlichem Licht das Spülbecken, das sich direkt neben der Kaffeemaschine befand. Seitlich davon stand ein Messerblock mit fünf Messern darin. Mein erster Impuls war, mir das größte Messer zu greifen, um es als Waffe zu verwenden. Ich verwarf den Gedanken jedoch gleich wieder, da es auch mein Vater sein könnte, der ins Haus gekommen war, um sich etwas aus meiner Werkstatt zu holen.

Schritte.

Aus dem Keller hörte ich eindeutig Schritte.

Mein Vater hätte sich mit Sicherheit gemeldet. Er wäre nicht einfach so nach unten gegangen.

Oh mein Gott, es ist tatsächlich jemand im Haus!, dachte ich. Schlagartig schlug mir mein Herz gegen den Hals. Mein Atem beschleunigte sich, ich geriet in Panik.

Atme tief aus, befahl ich mir.

Es brauchte einige Zeit, bis ich mich wieder einigermaßen unter Kontrolle hatte. Langsam stand ich auf.

Ruf die Polizei, dachte ich.

Mein Handy lag nur zwei Schritte von mir entfernt auf dem Esstisch. Ich nahm es und wollte die Tastensperre lösen.

Scheiße, leer. Ich hatte vergessen, es ans Ladegerät anzuschließen.

Was jetzt?, überlegte ich fieberhaft. Ein Festnetztelefon hatte ich nicht. Da ich ohnehin nicht oft zu Hause war, hielt ich es für rausgeworfenes Geld, die Grundgebühren zu bezahlen. Das war jetzt wohl die Strafe für meinen Geiz.

Du brauchst eine Waffe. Sofort.

Auf Zehenspitzen ging ich in die Küche. Dort zog ich das große Fleischmesser aus dem Holzblock.

Verdammt, es war stumpf.

Ich lauschte, ob Schritte die Treppe heraufkamen, hörte jedoch nichts.

Vorsichtig öffnete ich die Besteckladе. Darin fand ich, was ich suchte. Mein heiß geliebtes Tranchiermesser. Vom

Griff bis zur Klinge komplett aus einem Stück rostfreiem Stahl – rasiermesserscharf.

Damit bewaffnet bog ich links in den Flur. Leise schlich ich in das Treppenhaus.

Nichts zu hören.

Langsam trat ich auf die erste Stufe in Richtung Haustür und Keller. Immer darauf bedacht, keine Geräusche zu verursachen.

Ich wollte gerade weiter die Treppe hinuntergehen, als ich plötzlich leise Stimmen vernahm. Jemand sagte etwas, und eine andere Person kicherte gedämpft.

Mein Magen krampfte sich schlagartig zusammen.

Am liebsten wäre ich einfach davongerannt. Aber das war mein Haus. Es durfte sich nicht einfach jemand hier einschleichen ohne meine Erlaubnis. Ich bestimmte, wer hineinkam und wer nicht.

Also nahm ich den wenigen Mut, den ich hatte, zusammen und stieg vorsichtig eine Stufe nach der anderen nach unten.

Der leicht modrige Geruch nach kaltem Keller wehte mir entgegen.

Ich machte am Absatz vor der Haustür Halt, um in das Untergeschoss zu spähen. Lichtstrahlen einer Taschenlampe tanzten wild zu mir herauf. Wieder hörte ich Schritte. Sie wurden lauter.

Sie kommen, durchfuhr es mich.

Wie aus dem Nichts stand plötzlich eine Gestalt am Fuß der Treppe. Groß, breitschultrig, mit einer Lederjacke bekleidet. In der nächsten Sekunde stürmte der Unbekannte auf mich zu.

Erschrocken stolperte ich zurück. Dabei warf ich meinen tönernen Schirmständer um. Er fiel scheppernd auf die Steinfliesen und zerbrach in 1000 Teile.

Scherben bohrten sich tief in meine nackten Fußsohlen, als ich versuchte, zu fliehen.

Geschmeidig wie eine junge Katze schwang sich der zweite Einbrecher über das Geländer und blieb auf der kurzen Treppe nach oben zu meiner Wohnung stehen. Er war klein, geradezu zierlich und hatte dünne Arme. Sein Gesicht war … Nein, nicht *sein* Gesicht.

Es war eine Frau. Sie war vermutlich Anfang 40, hatte eine tief gebräunte, faltige Haut, die auf viele Stunden im Solarium und einen umtriebigen Lebenswandel schließen ließ. Ihre blonden Haare waren schulterlang, was sie jünger wirken ließ. Sie schien auf mich zu warten.

Ich saß in der Klemme.

Mein Fluchtweg nach unten war abgeschnitten, ebenso die Möglichkeit, mich in die Wohnung zu retten.

»Was zierst du dich denn so? Komm schon, lass uns spielen«, sagte der Kerl, der auf der Kellertreppe stand, neckisch.

»Was willst du denn mit dem Messer?«, hörte ich die Frau sagen. Ihre Stimme war tief, sie versuchte scheinbar, erotisch zu klingen.

»Was wollt ihr von mir? Verschwindet!«, schrie ich. Dabei streckte ich das Messer vor.

Er kam völlig unbeeindruckt eine Stufe höher.

Unsicher, wer mich als Erstes anfallen würde, drehte ich mich schnell zu ihr, dann wieder zu ihm. Sie stand still, als würde sie warten. Er ging einen Schritt weiter auf mich zu.

»Gib mir das Messer«, forderte er ruhig.

»Verschwindet!«, schrie ich erneut.

Er hatte nun die Haustür erreicht. Ich stieg hastig eine Stufe nach oben. Wieder drehte ich mich zu der Frau um. Sie wartete vor meiner Wohnung. Mir blieb kein Ausweg.

Plötzlich schien mein Gehirn sämtliche Denkprozesse abzuschalten und sich auf nur mehr eine Handlung zu konzentrieren.

Angriff.

Mit dem Messer voraus stürzte ich mich auf meinen Gegner. Als hätte er meinen Plan erahnt, wich er geschickt aus. Ungebremst prallte ich gegen die Haustür. Wieder schnitten die Scherben des zerbrochenen Tonkruges tief in mein Fleisch. Ich nahm jedoch keinen Schmerz wahr.

In meinem Kopf wurde der Schalter von Angriff auf Flucht umgelegt. Meine Hand legte sich auf die Türklinke und drückte sie herunter. Schon meinte ich, die kühle Luft des Abends auf meinem Gesicht zu spüren.

Doch daraus wurde nichts. Wie wild rüttelte ich an der Klinke.

Verdammt. Ich hatte die Tür abgeschlossen, als ich nach Hause kam. Jegliche Hoffnung auf Flucht verflog schlagartig.

Langsam drehte ich mich um. Der Mann stand direkt hinter mir. Er hatte kurz rasierte, helle Haare und einen dünnen Oberlippenbart. Er war vermutlich im selben Alter wie die Frau.

Sein Blick durchbohrte mich gierig. Ansonsten wirkte er völlig ruhig.

»Gib mir das Messer«, wiederholte er in einem Ton, der so süß war wie Honig.

Blitzschnell zog ich das Messer von rechts nach links. Getroffen heulte er auf. Blut quoll aus seinem linken Arm.

Die Reaktion ließ nicht lange auf sich warten.

Ein heftiger Schlag traf meinen Kopf. Erneut prallte ich gegen die Haustür.

Dann wurde alles um mich herum schwarz.

Ich wachte auf. Mein Schädel dröhnte, als würde ein Güterzug hindurchfahren. Ich wollte meinen Kopf berühren, wo er besonders wehtat. Es ging nicht. Meine Arme waren taub. Bei dem kleinsten Versuch, sie zu bewegen, spürte ich meine Schultergelenke, als triebe jemand glühende Pfeilspitzen hinein.

Schlagartig wurde mir bewusst, was geschehen war.

Panisch blickte ich um mich. Zuerst sah ich nur einen verschwommenen, hellen Umriss vor mir, der immer mehr Kontur annahm, bis ich ein deutliches Bild erkannte. Dutzende Kerzen waren in meiner Wohnung verteilt. Auf dem Boden lag eine grobe Pferdedecke. Darauf die zwei Einbrecher, die mich überwältigt hatten - beide nahezu nackt. Er trug eine schwarze Gummimaske und einen Stringtanga, der nur seine Hoden bedeckte, sie Reizwäsche aus schwarzem Latex. Der BH war an den Brüsten ausgespart. Ebenso der schwarze Slip an den Genitalien.

Hinter dem Paar war eine Videokamera auf einem Stativ befestigt.

Er stand aufrecht, hatte die Hände auf dem Rücken verschränkt und betrachtete mich lüstern. Sie kniete vor ihm und hatte seinen Penis im Mund. Unter den rhythmischen Bewegungen ihres Kopfes stöhnte er lustvoll auf. Dabei schaute er in meine Richtung. Er sah jedoch nicht in mein Gesicht. Seine Augen ruhten ein ganzes Stück tiefer.

Seinen Blicken folgend, sah ich langsam an mir hinab.

Ich war vollkommen nackt. Meine Beine waren gefesselt. Meine Arme waren über meinem Kopf mit einem Seil zusammengebunden. Es war über einen der Querbalken des Fachwerks geworfen und festgezurrt, sodass ich im Stehen aufgehängt war. Von dem Blutstau in meinen Händen schienen die Fingerspitzen platzen zu wollen. Meine überdehnte Rückenmuskulatur brannte, ebenso meine Arme. Die Fesseln schnitten tief in meine Handgelenke.

Mein Herz raste vor Angst.

Panik stieg in mir auf. Ich versuchte, um Hilfe zu schreien. Es drang jedoch nur ein erstickter Laut aus meinem Hals.

Sie hatten mir irgendetwas in den Mund gesteckt. Ich schmeckte Gummi.

Blanke Angst ergriff mich.

Ich zerrte wie wild an meinen Fesseln, was aber nur dazuführte, dass sich die Schlingen immer fester zuzogen. Ich schrie meine Qual in den Knebel. Blut lief an meinen Unterarmen hinunter. Gehetzt wie ein Hase bei einer Treibjagd sah ich wieder zu den beiden auf dem Boden. Sie hatte zwischenzeitlich von ihm abgelassen. Er kam auf mich zu.

Bitte lieber Gott, lass mich auf der Stelle sterben, flehte ich.

Er streckte die Hände nach mir aus.

Nach Luft schnappend zerrte ich an meinen Fesseln. Ich hatte panische Angst davor, dass seine Hände mich berührten. Ganz so, als wären es brennende Fackeln.

Zärtlich streichelte er meine Wange. Seine Lippen waren ganz nah an meinem Ohr. »Was wehrst du dich denn so?«, fragte er freundlich. »Gefällt es dir denn nicht?« Langsam umrundete er mich.

Ich blieb stocksteif stehen. Mein Herz trommelte gegen meinen Brustkorb. Meine Lunge drohte zu kollabieren, so schnell atmete ich.

Voller Ekel spürte ich, wie sein steifes Glied an meinem Oberschenkel entlang strich. In meinem Rücken blieb er stehen.

Einen Moment verharrte er ruhig. Starr vor Angst wagte ich nicht, mich zu bewegen, und hielt die Luft an.

Er schlang seinen rechten Arm um meinen Hals und drückte zu. Ich drehte mich um die eigene Achse und versuchte, mich aus dem Griff zu befreien. Er drückte noch fester zu.

Ich bekam keine Luft mehr. Blitze zuckten vor meinen Augen, als sich der Raum, mein Wohnzimmer, immer mehr in Dunkel hüllte.

Jetzt stirbst du, schoss es mir durch den Kopf.

Mit letzter Kraft versuchte ich, mich an dem Seil hochzuziehen, um nach dem Einbrecher zu treten. Der Schmerz, der mir dabei durch den Körper jagte, raubte mir fast die Sinne. Dennoch gelang es mir, ihm beide Beine kräftig in den Bauch zu rammen. Anstatt jedoch wie erhofft von mir abzulassen, würgte er mich nur noch fester. Mit seiner linken Faust schlug er mir mehrmals brutal in die Seite. Wieder zuckten Blitze vor meinen Augen.

In meiner Magengegend spürte ich ein Brennen, das langsam meine Speiseröhre hinaufstieg.

»Er kotzt gleich«, hörte ich die Frau sagen.

Der Knebel wurde aus meinem Mund gerissen. Im nächsten Augenblick erbrach ich mich heftig.

»Ach, jetzt schau, was du getan hast. Alles versaut«, sagte der Mann zu mir, als würde er mit einem Kind sprechen.

Es klingelte an der Tür. Ich schaute auf.

»Hil…!« Der Ansatz meines schwachen Schreis wurde von einer kräftigen Hand im Keim erstickt.

Anstatt hektisch zu reagieren, fragte der Mann nur: »Erwartest du etwa Besuch?«

Ich nickte. Das stimmte zwar nicht, aber tief in mir hatte ich die winzige Hoffnung, sie würden mich jetzt in Ruhe lassen.

»Dann muss dein Besuch leider warten, mein Lieber«, sagte der Mann.

»Fangen wir an«, drängte die Frau.

Ich riss die Augen auf. Womit anfangen? Ist es denn noch nicht vorbei?

Sie stand nun vor mir und starrte mich gierig an. Ihre Brustwarzen waren hart vor Lust. Ihr Lippenstift war verwischt. Ihr Körper verströmte einen unangenehmen Geruch von Schweiß und Sex. Ihre Haut fühlte sich heiß an, als sie sich an mir rieb wie eine Katze.

Wo war er?, fragte ich mich und drehte hektisch den Kopf nach allen Seiten. Links von mir in der Küche entdeckte ich ihn.

Er durchsuchte gerade meine Schubladen. Als er die mit dem Besteck öffnete, hellte sich seine Miene auf. Breit grinsend zog er ein langes Messer hervor.

Der Mann schlenderte vergnügt auf mich zu.

»Was haben Sie vor?«, presste ich heraus. Meine Kehle brannte trocken.

»Stopf ihm das Maul«, bellte der Mann seine Partnerin an.

Sie rammte mir einen roten Gummiball, an dem zwei Schnüre befestigt waren, in den Mund. Einer meiner Schneidezähne brach ab. Er blieb in dem Ball stecken und riss mit der scharfen Bruchstelle meinen Gaumen auf. Sofort füllte sich mein Mund mit Blut. Es quoll über meine Lippen und tropfte über das Kinn auf meine Brust.

Sie drückte meine Lippen auseinander, um zu sehen, weshalb ich blutete.

»Den brauchst du nicht mehr Schätzchen«, zischte sie.

Er trat neben die Frau und streichelte ihren Kopf. In der anderen Hand hielt er das Messer.

»Das gefällt dir, nicht wahr?«, fragte er mich. Mit der Klinge strich er sanft über meine Wange.

Ich atmete stoßweise. Mein Blick heftete sich weit aufgerissen auf die Messerspitze, die immer wieder an meinem Blickfeld vorbeizog. Einmal verharrte sie auf meiner rechten Wange. Als ich dachte, er würde das Messer wieder weiterschwenken, spürte ich einen stechenden Schmerz. Gleich darauf das beinahe schon vertraute Gefühl von warmem Blut auf meiner Haut.

Wieder riss ich an meinen Fesseln. Meine Wange glühte heiß wie Feuer, und mein Mundraum tat höllisch weh.

Der Schmerz zog sich hinunter über den Hals bis in meinen Bauch, wo er sich über die Bauchdecke ausbreitete. Meine Lunge brannte, da ich durch die Nase nicht genug Luft bekam. Panisch versuchte ich, durch den Mund zu atmen, was wegen des Knebels nicht möglich war, sodass lediglich Blut in meine Luftröhre gelangte und ich stark hustete.

Der Mann packte mein linkes Handgelenk. Er stand jetzt ganz nah bei mir. Auch er strömte eine feurige Hitze aus, in der ein leichter Schweißgeruch mitschwang.

Mit einer raschen Bewegung schnitt er mir den Unterarm auf. Seltsamerweise spürte ich fast nichts. Stattdessen verlangsamte sich mein Herzschlag, meine Atmung wurde ruhiger.

Mir wurde kalt. Was mir aber nichts ausmachte. Nichts störte mich mehr. Ich fühlte mich unbeschwert und leicht. Eine seltsame Ruhe hüllte mich ein. Geräusche wurden nur mehr gedämpft zu mir getragen, sie waren für mich ohne Bedeutung. Vor meinen Augen tanzten bunte Bälle auf und ab.

»Was war das?«, hörte ich ihre Stimme aus der Ferne.

»Die Bullen«, antwortete er nach ein paar Sekunden.

Die Bullen … Polizei? Das Wort grub sich langsam aber zielstrebig in meine Gedanken. War das doch nicht das Ende? Musste ich doch noch nicht sterben? Hoffnung flammte in mir auf. Wenige Sekunden zuvor hatte ich mich mit meinem Tod abgefunden. Nun aber wollte ich leben. Ich gierte geradezu danach.

Ich öffnete die Augen, um zu sehen, wo meine Retter waren. Doch statt uniformierter Polizisten entdeckte ich nur den nackten Mann, wie er eine Tasche, die sie mitgebracht hatten, hastig auf dem Sofa ausleerte. Dort, wo ich wenige Stunden zuvor noch geschlafen hatte, lag nun eine doppelläufige Schrotflinte. Eine der Art, wie man sie aus Filmen kannte.

»Nimm die hier und versteck dich in der Küche.« Er warf seiner Partnerin eine Pistole zu. Sie huschte lautlos hinter den Küchentresen und ging in Deckung.

Von draußen war kein Laut zu hören.

Er richtete die Waffe auf die Mitte der Wohnungstür und drückte ab.

Was dann geschah, konnte ich nur mehr schemenhaft wahrnehmen. Zu sehr hatte mich der Blutverlust schon geschwächt.

Zwei schwarz gekleidete Männer stürmten in die Wohnung. Einer verschanzte sich im Badezimmer. Der andere stand mitten im Wohnzimmer. Schüsse fielen. Der Einbrecher ging zu Boden. Getroffen. Ebenso der Polizist.

Dann war Ruhe. Beide Schützen lagen regungslos auf dem Boden.

Mein Kopf sackte nach vorn. Alles um mich herum wurde schwarz.

Irgendwann kam ich noch einmal zu mir. Nur mit großer Mühe konnte ich meine Augen öffnen.

Vier Menschen lagen leblos in meiner Wohnung. Das Paar, das in mein Haus eingebrochen war, ein Mann in Schwarz und eine mir unbekannte Frau mit feuerroten Haaren. Ein Mann, wohl der, der sich im Bad verschanzt hatte, stand mit auf die nackte Einbrecherin gerichteter Waffe da.

Erneut tauchte ich ab in die Stille.

# 9

Es war kalt. So schön der Frühling angefangen hatte, so abrupt wurde er nun unterbrochen. Dunkle Gewitterwolken hingen über der Stadt. Den ganzen Tag über hatte es immer wieder stark geregnet. In den Verkehrsnachrichten wurde von vollgelaufenen Tunnels und überschwemmten Straßen berichtet. Die Radiosprecherin, die die Masse an Meldungen durchgab, hatte merklich Mühe, alle gesperrten Routen in der kurzen Zeit, die ihr zwischen zwei Liedern blieb, vorzulesen. In den Höhenlagen des Schwarzwaldes und in den Alpen sollte es sogar noch einmal geschneit haben.

Ein dunkelgrüner Nissan Almera jagte durch die ungewöhnlich leere Stadt. Die schmalen Reifen schnitten durch die Wassermassen auf dem Asphalt. Hinter den wild hin und her tanzenden Scheibenwischern saß eine junge Frau. Sie hatte einen Verband um ihren Kopf, darunter eine dicke Kompresse am linken Ohr. Unter dem weißen Mull lugten leuchtend rote Haare hervor.

Schlitternd kam der Wagen direkt vor dem Krankenhaus in Freudenstadt zum Stehen. Passanten sprangen erschrocken zur Seite. Ungeachtet der bösen Rufe hastete die Frau, ohne das Fahrzeug abzuschließen, auf den Eingang des Krankenhauses zu.

»Wo liegt Jochen Winter?«, fragte sie schwer atmend die Dame an der Information. Dabei hielt sie ihr ihre Dienstmarke der Polizei Göppingen hin.

»Zweiter Stock, Zimmer 2.38«, gab diese Auskunft. »Äh … Sie dürfen da nicht parken.«

Unbeeindruckt lief die Rothaarige zu den Aufzügen.

»Hallo?« Die Infodame winkte resigniert ab. »Ach, ist mir doch egal. Sollen sie den Mistbock doch abschleppen.«

Antonia Ronda betrat den Aufzug und drückte auf den Knopf für den zweiten Stock. Ungeduldig trommelte sie auf die Edelstahlwand des Aufzuges. Die Fahrt dauerte lediglich 20 Sekunden, doch Ronda kam es vor, als wollte sie nie enden.

Mit einem leisen, metallischen Schleifgeräusch öffneten sich die Türen. Ronda trat heraus, sah sich zur Orientierung kurz um und rannte dann den Flur entlang. Vor Zimmer 2.38 atmete sie zweimal tief durch, bevor sie die Klinke herunterdrückte.

»Antonia«, rief Bürkle freudig, als sie eintrat.

Er saß in einem Rollstuhl neben einem Krankenbett. Bekleidet war er lediglich mit einem weißen Frotteebademantel. Über seinem Kopf baumelte eine Infusionsflasche an einem Ständer.

Er hatte stark abgenommen. Sein Gesicht war schmal und eingefallen. Sein einst muskulöser Körper wirkte kraftlos, geradezu dünn.

Ronda ging freudig auf Bürkle zu. Auch wenn er noch nicht wieder gesund aussah, war Ronda überglücklich, ihn in so guter Verfassung zu sehen. Bürkle hatte, nachdem ihm die Schrotflinte die Schulter beinahe zertrümmert und die Hauptschlagader angerissen hatte, vier Tage im Koma gelegen. Als er ins Krankenhaus eingeliefert wurde, war sein Zustand sehr ernst gewesen. In einer fünfstündigen Notoperation wurde er so weit wie möglich wieder zusammengeflickt. Ronda blieb die ganze Zeit über im Krankenhaus. Auch wenn sie ihn kaum kannte, machte sie sich große Sorgen. Es war erst wenige Tage her, dass er das erste Mal in ihrem Büro aufgetaucht war und sie wegen des toten Jungen von der Skisprungschanze befragt hatte. Seit damals fühlte sie sich zu ihm hingezogen. Jedoch verschwand er so schnell wieder, wie er gekommen war. Als er sie Tage später angerufen und gebeten hatte, ihm zu helfen, Larissa zum Sprechen zu bringen, war sie sofort Feuer und Flamme gewesen. Ronda fragte sich, weshalb sie derart auf ihn reagierte. Und warum wartete sie tagelang im Krankenhaus, um anwesend zu sein, wenn ein Kollege aus dem Koma erwachte, den sie kaum kannte und der nicht einmal zu ihrem Team gehörte?

»André, wie geht es Ihnen? Sie sind ja schon wieder gut auf den Beinen«, sagte sie und umarmte Bürkle freundschaftlich. Er erwiderte ihre Umarmung mit seinem gesunden Arm.

»Auf den Beinen ist vielleicht übertrieben, aber die Ärzte sagen, ich werd wieder.« Mit einem Fingerzeig auf das Krankenbett sagte er: »Schauen Sie mal, wer da aufgewacht ist.«

Ronda erkannte den jungen Mann, den sie nackt und gefesselt in seiner Wohnung gefunden hatten. Sie erinnerte sich genau daran, dass sie geglaubt hatten, er wäre tot. Das viele Blut auf dem Boden, auf seinem Körper und die Schnitte an seinen Unterarmen.

»Hallo, Herr Winter. Ich bin Antonia Ronda.«

Der junge Mann sah sie etwas verwirrt an.

»Sie kennen mich nicht. Ich war an Ihrer Rettungsaktion beteiligt.«

Jochen Winter sah müde aus. Das Weiß seiner Augen war rot geädert und er hatte dicke, dunkle Ringe unter den Augen. Offensichtlich war er noch sehr schwach.

Nur sehr langsam hob er seine rechte Hand, um Ronda zu begrüßen. »Sie sind die Frau, die mir das Leben gerettet hat!«

Ronda schüttelte seine Hand. Sie war eiskalt. »Nicht ganz. Ich bin kurz davor ohnmächtig umgefallen.« Verlegen mit den Schultern zuckend zeigte sie auf den dicken Verband an ihrem linken Ohr. »Der eigentliche Held, der uns alle gerettet hat, kommt aber auch bald«, fügte sie hinzu.

Winter wirkte nachdenklich. Leise sagte er: »Ich habe Sie gesehen. Sie haben in meiner Wohnung auf dem Boden gelegen.«

»Daran können Sie sich erinnern?«, fragte Ronda.

»Die roten Haare vergesse ich nie mehr.« Er lachte leise. »Aber leider weiß ich sonst kaum mehr was. Erzählen Sie mir alles.«

Ronda zog sich einen Stuhl heran und setzte sich zwischen Bürkle und Winter. Sie begann von der Stelle an zu berichten, als sie mit Bürkle nach Voss' Verhör zum Essen an die ›Zuflucht‹ bei Freudenstadt gefahren war.

Sie hatten eine ganze Weile am Startplatz der Gleitschirmflieger gesessen und dem bunten Treiben zugeschaut. Bürkle und sie waren fasziniert gewesen, wie sich die Piloten mit ihren Schirmen in die Luft schwangen und lautlos durch den Himmel glitten. Später beim Essen sprachen sie lange Zeit davon, wie wundervoll es sein musste, so unmittelbar ohne störende Wände die Welt von oben sehen zu dürfen. Wie ein Adler, meinte Ronda. Bürkle berichtigte sie: Gleitschirmflieger ähnelten durch ihre bunten Schirme und die farbenfrohe Kleidung eher Kanarienvögeln.

Die Erkenntnis traf Ronda wie ein Faustschlag. ›Wie Kanarienvögel im Käfig‹, hallten Voss' Worte in ihrem Kopf nach.

Sollte etwa noch jemand sterben? Hatte Voss sich als letztes Opfer einen weiteren Gleitschirmflieger ausgesucht?

Bürkle schien Rondas Gedanken gelesen zu haben. Sofort rief er die Polizeizentrale in Freudenstadt an und verlangte Winters Telefonnummer. Als er dann lediglich die Ansage ›Der gewünschte Teilnehmer ist zurzeit nicht erreichbar‹ hörte, waren sie sich sicher, Winter war Voss' nächstes Opfer.

Sie sprangen in Bürkles Wagen und legten die Strecke zu Winters Wohnung beinahe fliegend zurück. Als sie dort ankamen, dämmerte es bereits. Bürkle klingelte, es gab jedoch keine Reaktion. Ronda ging vorsichtig ums Haus. Die Rollläden waren heruntergelassen, gelbliches Kerzenlicht schimmerte durch die Spalten der Lamellen. Sie stieg auf einen Gartenstuhl, um durch die schmalen Schlitze ins Innere zu spähen. Was sie sah, ließ ihr das Blut in den Adern gefrieren.

Bürkle rief eilig Verstärkung, die innerhalb weniger Minuten vor Ort war, sodass sie das Haus stürmen konnten.

Vor der Wohnungstür wurde Bürkle durch Schüsse aus einer Schrotflinte schwer verletzt. Unglücklicherweise wurde er genau dort getroffen, wo ihn seine kugelsichere Weste nicht schützte. Im anschließenden Kugelhagel kamen der Einbrecher und ein Polizist ums Leben. Die Einbrecherin richtete ihre Waffe auf Ronda, die nicht sofort reagierte, sondern einen winzigen Moment zögerte. Der Kollege, der sich im Badezimmer verschanzt hatte, kam ihr zu Hilfe und erschoss die Frau, wobei seine Kugel Rondas Ohr streifte. Durch den Schock und die Aufregung verlor Antonia das Bewusstsein. »Sie, Herr Winter, wurden sofort in das Krankenhaus nach Freudenstadt geflogen. Und hier sind wir nun.«

»Warum das alles?«, fragte Winter ungläubig.

»Warum Voss, so heißt der Mann, getötet hat, meinen Sie?«, hakte Ronda nach.

Winter nickte langsam.

Sie erzählte Winter davon, dass Dirk Voss zum einen aus Rache handelte. Er wollte mit denjenigen abrechnen, die vermeintlich sein Leben zerstört hatten.

»Ralf und ich kannten ihn doch gar nicht. Wie sollten wir sein Leben zerstört haben?« Winter war verzweifelt.

»Der Racheplan von Voss war viel verworrener, als wir uns das vorstellen konnten«, erklärte Ronda.

Sie berichtete von den Firmenpleiten durch den illegalen Spieledownload, und wie Voss von einem angesehenen Programmierer zum Wachmann wurde. Durch die genaue Kenntnis von Schwachstellen des Biometrik-Programms des LKA war es ihm später ein Leichtes, sich Zugang zu verschaffen und die Bilder von Google Street View mit der Datenbank abzugleichen. Normalerweise hätte Voss so nur die Daten von bereits straffällig gewordenen Personen ermitteln können. Da aber zu Testzwecken, ob die Software mit großen Datenmengen zurechtkam, alle vorliegenden biometrischen Fotos der Baden-Württemberger in die Software eingespielt worden waren, hatte er Zugriff auf die persönlichen Daten von deutlich mehr Menschen.

»Und zu welchem Zweck hat er sich über Google Street View Leute ausgesucht?«, fragte Winter.

»Um sie für seinen perfiden Plan zu missbrauchen«, sagte Ronda.

»Was für einen Plan denn?« Winter kniff die Augen zusammen.

»Alles in Ordnung mit Ihnen? Sollen wir eine Pause machen?« Ronda war besorgt.

»Nein, ich möchte alles wissen.«

»Gut.« Sie atmete hörbar aus. »Der …«

»Plan«, Winter hauchte das Wort gedankenverloren.

»Äh … ja. Es funktionierte folgendermaßen: Voss hatte eine Internetseite programmiert, von der man angeblich kostenlos Software herunterladen konnte. Man musste sich lediglich mit seiner E-Mail-Adresse registrieren. Die Seite war allerdings eine Täuschung, ein Lockmittel. Herunterladen konnte man nichts. Man erhielt stattdessen eine Mail mit einem Link zu einem Bild und einem Virus.«

»Das Google Street View-Bild«, kombinierte Winter.

»Genau. Wenig später bekam man eine weitere Mail mit Spielregeln, wie Voss sie nannte. Die waren ganz einfach: Man hatte die abgebildete Person innerhalb einer bestimmten Zeit zu finden und ihr einen Zettel mit einem Facebook-Link unterzuschieben. Schaffte man das nicht, musste die Person auf dem Bild sterben.«

»Meine Kollegen haben mir zwar bereits berichtet, wie Voss die abgelichteten Leute verfolgen konnte, aber so richtig klar ist es mir noch nicht geworden; außer, dass meine Theorie mit den Detektiven falsch war. Vielleicht können Sie es noch mal erklären«, bat Bürkle.

»Dazu muss ich etwas weiter ausholen: Voss hatte durch jahrelange Aktivitäten in den verschiedensten Online-Communitys wie Facebook, Twitter, StudiVZ und so weiter weitverzweigte Kontakte zu vielen 1000 Mitgliedern. Er hatte ein sympathisches Foto von sich eingestellt und verhielt sich stets freundlich, sodass er sehr beliebt war. Er bot den Bekannten sämtlicher ›Freunde‹, die er in diesen Netzwerken hatte, die Freundschaft an, die meistens angenommen wurde. So wuchs seine ›Freundesliste‹ rasend schnell. Immer mehr Leute aus aller Welt wollten eine virtuelle Freundschaft mit ihm, tauschten Bilder aus, verrieten ihm intime Geheimnisse oder erzählten einfach nur, was sie den Tag über gemacht hatten. Wenn er an jemandem interessiert war, verschickte er einfach eine Freundschaftsanfrage und im Normalfall hatte er Erfolg damit.«

Bürkle schüttelte den Kopf. »Das gibt's doch nicht. Treffen sich die Leute nicht mehr in Kneipen, Diskotheken oder beim Fußball?«

Ronda zuckte mit den Schultern. »Ich habe eine Weile recherchiert und war innerhalb weniger Tage mit über 400 Leuten befreundet. Scheinbar nutzen viele Menschen tatsächlich öfter das Internet für ihre sozialen Bedürfnisse, als dass sie ausgehen und auf diese Art jemanden kennenlernen. Dazu kommt, dass viele extrem mitteilungsbedürftig sind. Sie zeigen öffentlich ihre Urlaubsfotos und Hochzeitsbilder, geben der ganzen Welt ihre Handynummer preis oder beschreiben stolz, wie genial der Sex mit ihrem neuen Partner ist. Viele halten ihre Freunde zudem auf dem Laufenden, wo sie sich gerade aufhalten.«

»Wie das denn?«, fragte Bürkle.

»Sie schreiben es entweder in ihren Status in ihrem Profil oder sie schicken es als Nachricht an alle ihre Freunde. Manche schreiben, sie sind gerade bei der Arbeit oder beim Lernen oder warten auf ihren Freund. So war es für Voss ganz einfach nachvollziehbar, wo sich seine Opfer aufhielten. Er musste nicht fragen. Sie teilten es ihm ganz freiwillig mit.«

»Das ist doch pervers«, meinte Bürkle leise.

»Genau dieses extreme Mitteilungsbedürfnis machte sich Voss zu Nutzen. Er suchte mithilfe der Biometrik-Software nach dem Namen der bei Google Street View abgebildeten Person. Anschließend war er in der Lage, sich virtuell, soweit er es nicht bereits war, mit den Leuten anzufreunden und stand so stets in Kontakt mit ihnen. Da viele nicht nur ihren kompletten Namen angeben, sondern auch Teile ihrer Adresse, Telefonnummer, Arbeitgeber oder Schule, kann man richtig viel herausfinden.«

»Herr Bürkle, Sie haben uns damals gesagt, als wir bei Ihnen auf der Wache waren, die Opfer würden aus verschiedenen Altersklassen stammen. Sind nicht eher Jugendliche in solchen Communitys vertreten?«, fragte Winter.

Ronda übernahm die Erklärung: »Auf SchülerVZ oder StudiVZ trifft das zu. Bei Facebook, Twitter, Wer-kennt-wen oder Myspace sind alle Altersklassen aktiv. Manche spüren alte Bekannte auf, einige halten Kontakte zu Freunden aus anderen Ländern. Die meisten suchen einfach nach Möglichkeiten, ihre persönlichen *Bedürfnisse*«, sie deutete mit beiden Händen Anführungszeichen an, »zu befriedigen.«

»Na ja …« Winter versuchte, sich in seinem Bett ein wenig aufzusetzen. »Ich bin auch bei Facebook unterwegs und habe viele Freunde, aber so wie sie es darstellen, teilt sich von meinen Freunden niemand mit.«

»Da gebe ich Ihnen nur bedingt recht. Viele Menschen sind wirklich sehr mitteilungsbedürftig, manche vielleicht auch erst auf Nachfrage.«

»Auf Nachfrage?«, hakte Winter nach.

»Ja. Wenn man bei einem Chat oder in einer persönlichen Nachricht wissen will, was der andere gerade macht. Mit ein paar geschickt gestellten Fragen erfährt man sehr viel.«

»Mir erscheint es etwas unwahrscheinlich, dass wirklich

jeder, der auf einem Google Street View-Bild zu sehen ist, gleichzeitig bei Facebook oder etwas Vergleichbarem aktiv ist«, warf Bürkle ein.

»Und damit kommen wir auch schon zur Notlösung in Voss' Plan. Gelang ihm die Verfolgung über soziale Netzwerke nicht, hat er mithilfe einer SMS einen Virus auf das Handy des Opfers aufgespielt. Die Handynummer hat er entweder aus dem Telefonbuch oder ebenfalls über soziale Netzwerke erfahren. Da fast alle Handys heutzutage über ein GPS-Modul verfügen, hat er einen Virus geschrieben, der ihm über die zumeist durchgehend offene Internetverbindung des Handys die aktuellen GPS-Koordinaten auf eine Internetseite übertragen hat.«

Winter versank wieder in seinem Kissen. »Und damit wusste er immer, wo seine Opfer waren.«

»Und warum Notlösung?«, fragte Bürkle. »Warum hat er die Verfolgung nicht gleich mithilfe von GPS aufgenommen, sondern hat es sich mit den sozialen Onlinenetzwerken unnötig schwer gemacht?«

»Wegen der Botschaft, die er der Welt mit seinem Werk, wie er es nennt, überbringen wollte«, sagte Ronda.

»Ah, verstehe schon, Exhibitionismus im Internet und das ganze Zeug.« Bürkle klopfte mit dem Zeigefinger an seine rechte Schläfe. »Kaum zu glauben. Und ich dachte, er hätte Detektive engagiert und Kreditkartendaten gehackt. Wie veraltet!« Er schüttelte den Kopf. Dabei lachte er trocken. »In Zeiten von Facebook und Co. braucht man das nicht mehr.«

»Ja, das ist wahr. Als ich Voss mit unserer These bezüglich der Detektive konfrontiert habe, ist er vor Lachen fast erstickt. Er hat sich gar nicht mehr einbekommen«, antwortete Ronda. Ein leichtes Grinsen konnte sie sich nicht verkneifen. Dabei blickte sie zu Bürkle, der etwas verlegen wirkte.

Nachdenklich schaute er zu Boden. Im nächsten Moment hatte er eine neue Idee und blickte wieder auf. »Bleibt aber immer noch die Frage, wie Voss es geschafft hat, zu erfahren, ob den Opfern rechtzeitig dieser Zettel aus der Spielanleitung untergeschoben werden konnte. Hat er hierzu seine Opfer selber observiert?«

»Es war viel einfacher. Auf den Zetteln, die den Opfern untergeschoben wurden, standen Links zu Facebook Seiten.«

»Facebook-Seiten?«, fragte Bürkle.

»Sie wissen schon, dieses Farmville-Zeugs und so was.«

Bürkles Miene verriet sein Unverständnis.

»Bei Facebook gibt es Onlinespiele, wozu ›Farmville‹ zählt. Da tummeln sich noch allerhand andere Spiele, Verkaufsplattformen, Fanseiten und so weiter. Die Links von Voss wirkten allerdings nur so, als würden sie zu den Spielen führen.« Ronda machte eine wegwerfende Handbewegung. »Wie auch immer. Die Opfer riefen die Links sofort auf, sobald sie die Zettel fanden. Ganz freiwillig. Aus reiner Neugierde, was dahintersteckte. In Wahrheit verbarg sich in den Links eine Codierung, die Voss erkennen ließ, dass die gesuchte Person gefunden worden war. Wurde jemand bis zum Stichtag nicht gefunden, hatte er den Link nicht. Ganz einfach. Ach ja, falls jemand auf die Idee kommen sollte, den Link anzuklicken, bevor das Opfer gefunden wurde, fand Voss das über die IP-Adresse heraus und verkürzte die Spielzeit um die Hälfte.« Ronda hielt ihre Hände in die Höhe und zuckte mit den Achseln.

»Woher sollte ich denn wissen, dass die Leute *so* neugierig sind und alles aufrufen, was sie in die Finger bekommen?«, sagte Bürkle entschuldigend. »Obwohl, eigentlich hätte es mir klar sein müssen. Ich schaue öfter auf YouTube

Musikvideos von Bands oder Solokünstlern an. Dabei interessiert mich ganz besonders, wie die ihre Lieder live performen. Wenn man bestimmte Titel eingibt, meistens neuere, findet man Massen an Videos von Spinnern, die hoffen, einmal ein Star zu werden. Die stellen sich peinlich geschminkt vor eine Kamera und imitieren Pink oder andere angesagte Musiker. Teilweise werden die Videos von Millionen Leuten angeschaut.«

Ronda unterbrach ihn: »Und das oft nur, weil die Links dazu von irgendjemandem per E-Mail, SMS oder Facebook 'rumgeschickt werden. Die Leute klicken einfach alles an, was sich irgendwie spannend, witzig oder interessant anhört. Man will ja auf keinen Fall irgendetwas verpassen, über das später gesprochen werden könnte.«

»Manche Leute sind wirklich gestört«, sagte Bürkle.

»Ach, die sind doch harmlos. Ich hatte vorhin, als wir die Gründe diskutierten, weshalb so viele Menschen in sozialen Onlinenetzwerken unterwegs sind, eher von extremeren intimen Bedürfnissen gesprochen«, hakte Ronda ein.

»Intime Vorlieben? Dafür gibt's doch Partnerbörsen oder Chats«, sagte Bürkle.

»Wenn Sie einen Flirt suchen, vielleicht. Wenn Sie jedoch Neigungen *solcher* Art haben, wovon ich spreche, müssen Sie mit der Wahl Ihrer Gesprächspartner vorsichtiger sein.« Ronda sah plötzlich finster drein.

»Was meinen Sie damit?«, fragte Winter.

Ronda ließ eine kurze Pause entstehen, in der sie Winter tief in die Augen schaute. »Herr Winter, die Einbrecher gehören zu einer Gruppe von Menschen, die sich im Internet zum Mord verabreden. Manchen gibt es einen Kick, wenn ihr Selbstmord wie ein Mord inszeniert wird. Passend dazu finden andere es geil, jemanden zu quälen oder sogar zu töten«, sagte sie ernst. Allein bei dem Gedanken daran fröstelte sie immer wieder. Im Lauf der weiteren Ermittlungen war sie tief in diese bizarre Welt eingetaucht. Viel tiefer, als sie eigentlich gewollt hatte. »Sogenannte Suizidforen sind geschaffen worden, um aufzuklären und Krisenangebote zur Verfügung zu stellen. Dort können sich Personen, die über Selbstmord nachdenken, austauschen, über ihre Ängste und Gefühle sprechen und mit Gleichgesinnten diskutieren. Leider werden diese Foren ab und an auch zur Verabredung zum Selbstmord oder anderen Dingen missbraucht.«

Winter und Bürkle starrten sie fassungslos an.

»Es gehören immer zwei dazu. Derjenige, der Selbstmord verüben will und die Person, die dabei behilflich sein will. Normalerweise durchstöbert der ›Helfende‹ das Internet nach Suizidgefährdeten. In Foren oder anderen Plattformen sprechen sie ganz offen über ihre Absichten. Der Helfer knüpft Kontakt zu ihnen und vertieft das Gespräch nach und nach. So lange, bis er die alles entscheidende Frage stellt. Bis dahin können Monate vergehen.«

»Und da wird niemand aufmerksam? Es gibt doch in Foren immer Administratoren, die darauf achten, dass die Regeln eingehalten werden«, sagte Winter.

»Das ist richtig. Jedoch kann man in den meisten Foren private Räume einrichten, in denen sich die Teilnehmer ungestört unterhalten können. Oder sie treffen sich über Chatprogramme wie ICQ oder MSN. So erfolgt dann die Verabredung zum Selbstmord. Der Weg über E-Mails wird in diesen Fällen seltener genutzt, da die Beteiligten Bedenken haben, andere könnten eine Nachricht zu sehen bekommen.« Ronda machte eine kurze Pause und holte tief Luft. »Genau über diesen Weg ist Voss auf das Pärchen, das Sie überfallen hat, aufmerksam geworden. Er hat sich einfach für Sie ausgegeben«, sagte Ronda. »Voss hatte mit dem Paar alles bis ins Detail besprochen. Vom Einbruch bis hin zu der Art, wie Sie getötet werden sollten. Er hat dem Pärchen sogar gesagt, dass der Einstieg durch ein kaputtes Kellerfenster am einfachsten wäre.«

»Woher wusste er denn von meinem defekten Kellerfenster?«, fragte Winter erstaunt.

»Ganz einfach: Sie haben in einem Internetforum für Heimwerker nach Hilfe gefragt und das Problem mit Ihrem Fenster beschrieben«, antwortete Ronda.

»Aber woher wusste er, wo ich wohne?«, fragte Winter wieder. »Ich gebe meine Adresse an niemanden raus. Und schon gar nicht im Internet.«

Ronda ließ ihre rechte Hand in die Innentasche ihrer Jacke gleiten und zog ihr Handy heraus. »Daher«, sagte sie.

Winter zog die Augenbrauen zusammen, sodass sich seine Stirn in Falten legte. »Wie? Durch mein Handy? Etwa durch diesen Virus, von dem Sie vorher erzählt haben?«

»Weit gefehlt. Den Aufwand brauchte er sich bei Ihnen gar nicht zu machen.« Ronda winkte ab. »Soviel ich weiß, nutzen Sie die GPS-Funktion Ihres Handys, um die Routen nachzuvollziehen, die Sie mit Ihrem Gleitschirm fliegen.«

»Stimmt«, sagte er.

»Stimmt es auch, dass Sie oft die Daten, die Ihr Handy sammelt, direkt ins Internet übertragen?«

Er nickte langsam. »Ja, man nennt das Live-Tracking. So kann ich bei Google Earth nachvollziehen, wo und wie weit ich geflogen bin. Zusätzlich nehme ich durch die Summe der geflogenen Kilometer an einem Online-Wettbewerb unter Gleitschirmfliegern teil.«

»Genau. Hat mich ziemlich beeindruckt, was ich da gesehen habe. Manche fliegen Hunderte Kilometer mit den Gleitschirmen. Die Strecken, die die Jungs zurücklegen, kann man bei Google Earth richtig nachfliegen.« Ronda war begeistert.

Bürkle räusperte sich. »Das ist ja sehr interessant, aber könnten wir bitte …«

»Entschuldigung. Wie dem auch sei. Die Übertragung der GPS-Daten kann entweder per Upload nach dem Flug oder über das sogenannte Live-Tracking per SMS an eine Webseite erfolgen.«

»Kann mir mal jemand erklären, was Live-Tracking sein soll?«, fragte Bürkle.

»Live-Tracking wird zwischenzeitlich in einigen Outdoor-Sportarten verwendet. Durch regelmäßige Übertragung der GPS-Koordinaten ins Internet ist es möglich, den Weg des Wanderers, Bergsteigers oder eben des Gleitschirmfliegers nachzuvollziehen. Die Route kann nahezu in Echtzeit mitverfolgt werden, beispielsweise über Google Earth. Genau das hat Herr Winter für seine Flüge verwendet«, erklärte Ronda.

Plötzlich war Winters Gesicht aschgrau. »Oh mein Gott. Durch den Unfall von Ralf habe ich vergessen, das Live-Tracking abzuschalten. So hat der Kerl jeden meiner Schritte mitbekommen. Darum war auch der Akku meines Handys leer. Der GPS-Sender verbraucht ziemlich viel Strom.« Es war kaum mehr als ein Flüstern.

»Was es alles gibt.« Bürkle schüttelte den Kopf.

»Ich habe mich auch hier ein wenig schlaugemacht. Dabei habe ich rausgefunden, dass Live-Tracking zwischenzeitlich nicht nur von Sportlern verwendet wird, sondern auch in die beliebten Online-Communitys Einzug gehalten hat. So kann man Freunden jederzeit mitteilen, wo man sich gerade aufhält«, sagte Ronda.

»Das gibt es doch nicht!«, bellte Bürkle. Sofort fasste er sich mit schmerzverzerrtem Gesicht an die Brust. Mit zusammengebissenen Zähnen fuhr er fort: »Da wird immer auf dem Datenschutz 'rumgeritten, und im privaten Bereich gibt man sein Leben der ganzen Welt preis. Es gibt Demonstrationen gegen Verkehrsüberwachung, Behörden werden angeprangert, wenn sie gefährliche Plätze per Video überwachen lassen wollen. Leute regen sich maßlos auf, wenn sie an einem Gewinnspiel teilnehmen und später von Unternehmen angerufen werden. Im Internet aber denken sie, völlig anonym zu sein und legen intimste Geheimnisse offen.«

Winter sah von Bürkle zu Ronda. Leise fragt er: »Warum ich?«

»Das war mehr oder weniger Zufall. Er kannte Sie zwar von früher, als Sie während Ihres Marketingstudiums Anti-Gewaltspiele-T-Shirts mit dem Aufdruck ›Stop the War - in your House‹ verkauft haben. Aber eigentlich kam ihm eher Ihr Versehen gelegen, das Live-Tracking zu deaktivieren. Er hat einfach ein Opfer für den letzten Teil seines Plans gebraucht«, sagte Ronda.

Winter war sichtlich geschockt. Er ließ seinen Kopf zurück in das Kissen fallen. »Also bin ich nur durch einen dummen Zufall gefoltert und fast umgebracht worden?«

Ronda spürte regelrecht, wie sich eine tiefe Trauer in Winter ausbreitete. Sein Freund starb durch reine Willkür, und auch er selbst wurde beinahe umgebracht, nur weil er harmlose Daten an eine Webseite gesendet hatte.

Da sie nicht wusste, was sie antworten sollte, nickte sie nur stumm.

»Antonia, Sie haben gesagt, dass Voss das Versehen ganz gelegen kam. Inwiefern?«, fragte Bürkle.

Seine Frage riss sie aus ihren Gedanken. »Das hatte etwas mit der Botschaft zu tun, die er durch seine Tat übermitteln wollte. Zum einen hat er sich den perfiden Plan ausgedacht, um sich an den sogenannten Saugern zu rächen. Zum anderen wollte er beweisen, wie exhibitionistisch und naiv die Menschen geworden sind.«

Winter drehte den Kopf zur Seite. »Und ich Idiot stelle per GPS ins Netz, wo ich mich aufhalte.«

»Das war ein Versehen, Herr Winter. Andere machen das ganz bewusst. Entweder auch über GPS oder mithilfe von Mitteilungen. Sie erzählen, was sie am Abend vorhaben, wo sie hingehen, wann der nächste Urlaub ist und wohin es geht. Wildfremde Menschen können sie nach dem Urlaub am Strand von Ibiza im Badezeug betrachten, schauen ihnen beim Ja-Wort in der Kirche zu oder sehen sie sturzbetrunken auf Partys. Die wenigsten machen sich über die möglichen Auswirkungen Gedanken. Man wundert sich später eventuell nur, warum man von jeder Firma, bei der man sich beworben hat, Absagen bekommt.«

»Wie kommen Sie denn darauf?«, fragte Bürkle.

»Die Personalchefs sind doch nicht blöd. Dass heutzutage erst mal gegoogelt wird, wenn sich jemand bewirbt, ist bekannt. Seit es die Online-Communitys gibt, wird eben auch dort nachgeschaut. Sie können sich, glaube ich, vorstellen, was es für einen Eindruck macht, wenn Sie der Personalchef vollgekotzt unter einer Bierbank liegen sieht.«

Bürkle nickte zustimmend. »Voss hat also bewiesen, wie einfach es ist, im Internet nahezu alles über jemanden herauszufinden. Man benötigt nur ein paar Tricks.«

Er schloss die Augen und sank tiefer in seinen Rollstuhl. Den Kopf lehnte er gegen die Rückenlehne. Mit einem Seufzer fragte er: »Warum wollte er das beweisen? Was hatte er für einen Grund?«

»Können Sie sich daran erinnern, dass Voss erzählte, er habe sich mit einem Bekannten selbstständig gemacht?«, fragte Ronda.

Bürkle nickte.

Ronda fuhr fort: »Ein Start-up-Unternehmen, das auf Telefonservice und persönliche Beratung spezialisiert ist, muss einen Großteil seiner Tätigkeit über das Telefon abwickeln: Neukunden gewinnen und Bestandskunden Upgrades anbieten. Da kam ihnen irgendwann genau der Datenschutz in die Quere, den Sie gerade angesprochen haben. Angerufene haben sich beim Verbraucherschutz beschwert. Letzten Endes wurde über die Bundesnetzagentur der Telefonanschluss der Jungunternehmer gesperrt. Verstoß gegen das Telekommunikationsgesetz war die Begründung. Damit war die Firma von heute auf morgen am Ende.«

»Schizophrenerweise wird im Internet mit persönlichen Daten viel nachlässiger umgegangen. Hier scheint der Datenschutz vielen Bürgern egal zu sein. Voss aber musste, weil ihm vorgeworfen wurde, gegen Gesetze zum Schutz der persönlichen Daten von Privatleuten verstoßen zu haben, seine Firma schließen«, sagte Bürkle.

»Und hat dabei seine gesamten Ersparnisse verloren«, fügte Ronda an.

Lange starrten die Drei vor sich hin. Jeder in Gedanken versunken.

Winter brach als Erster das Schweigen. »Und Ralf?«

Diese Frage hatte Ronda die ganze Zeit über erwartet und versucht, sie so lange wie möglich hinauszuzögern. Nun eine Antwort geben zu müssen, stach ihr tief ins Herz. Nur zögerlich begann sie zu sprechen: »Warum Ralf zum Opfer wurde?«

Winter nickte. Sie sah, wie seine Augen glasig wurden.

»Soweit wir wissen, war Ralf bei Google Street View zu sehen.«

»Und sein Schirm?«, hakte Winter nach.

»Ralf hatte in der Nacht, bevor Sie zusammen nach Bayern gefahren sind, seinen Wagen bereits gepackt. Voss ist in das Fahrzeug eingebrochen, hat die Leinen angeritzt und die Verbindungsleine zwischen Rettungsschirm und Gurtzeug zerschnitten.« Ronda dachte an die uralte Klapperkiste, die Ralf besessen hatte. ›Da wäre jeder Zehnjährige reingekommen‹, hatte ein Kollege von ihr gemutmaßt. Wie zum Beweis hatte der Beamte gegen den hinteren Kotflügel direkt unterhalb des Kofferraumdeckels getreten. Der Kofferraum war direkt aufgesprungen.

»Was geschieht jetzt mit Voss?«, fragte Winter tonlos.

»Er wird wegen mehrerer Verbrechen angeklagt werden: mehrfacher Mord, versuchte Vergewaltigung, schwere Körperverletzung, Anstiftung zum versuchten Mord und illegaler Zugriff auf Staatsunterlagen. Die Liste ist lang. Er ist in allen Punkten geständig. Es hat ihm scheinbar nichts ausgemacht, als er gehört hat, dass sich der Staatsanwalt für eine an die Haft anschließende lebenslange Sicherheitsverwahrung einsetzt. Was ihn aus der Fassung gebracht hat, war, als er erfahren hat, dass Sie, Herr Winter, überlebt haben.«

»Ich?«, fragte Winter ungläubig.

»Ja. In Voss' Augen haben Sie mit Ihrem Überleben sein Werk, wie er es nennt, zerstört. Wir mussten ihm eine Zwangsjacke anlegen, so hat er getobt. Er hat wie ein Irrer gebrüllt und gegen alles geschlagen, was ihm in den Weg kam. Er hat überhaupt nicht erwartet, dass wir seinen Plan durchkreuzen würden. Die Kollegen hatten alle Mühe, ihn unter Kontrolle zu bringen. In dem Handgemenge brach ihm ein Beamter unbeabsichtigt den rechten Arm. Voss verbringt wohl die Zeit bis zur Verhandlung im Gefängniskrankenhaus Hohenasperg bei Ludwigsburg.« Ronda grinste die beiden Männer an.

Bürkle konnte sich ein zufriedenes Lächeln nicht verkneifen. Auch Winters Mundwinkel zuckten ein wenig.

# EPILOG

›Manche Wunden heilen schneller und manche langsamer. Seelische Wunden jedoch verheilen niemals ganz.‹

Dieser tiefgründige Spruch sprang mir aus dem Flyer einer Selbsthilfegruppe von Misshandlungsopfern entgegen. Die Organisation mit dem geistreichen Namen ›Schwarzer Fleck‹ war mir von meinem Arzt empfohlen worden, als ich ihn wegen anhaltender Schlaflosigkeit aufgesucht hatte.

Ich wurde jede Nacht von denselben Albträumen geplagt: Immer wieder hing ich nackt an den Deckenbalken meiner Wohnung. Der Boden war ein See aus Blut. In dem See suhlten sich ineinander verschlungene Paare, die sich gegenseitig die Schlagadern aufschlitzten. Meine Träume waren so real, dass ich das Blut noch immer roch, als ich bereits wieder aufgewacht war. Oft erkannte ich in der sich lustvoll windenden Masse Ralfs zerschundenes Gesicht. Er lag mit verrenkten und gebrochenen Gliedern auf dem Boden. Sein Blick war starr auf mich gerichtet. Seine Augen schienen zu rufen: ›Hilf mir. Bitte!‹ Ich aber war gefesselt. Ich konnte nicht einmal meinen Kopf bewegen, um mich abzuwenden, oder wegzuschauen. Ich war dazu verdammt, in diese gepeinigten Augen zu sehen, die so sehr um Erlösung von allen Qualen flehten.

Meistens wachte ich schreiend auf. Mein Bettlaken war völlig durchnässt vom Schweiß. Mein Herz hämmerte in meiner Brust, als drohte es, mir die Rippen zu brechen.

Ich hoffte, wenn ich aus meinem Haus auszog, würden meine Albträume besser werden. Also verkaufte ich es kurzerhand. Ich wollte schon immer weiter in Richtung der Alpen ziehen. Deshalb schlug ich sofort zu, als ich im Internet eine nette Zweizimmerwohnung in Rosenheim fand. Sie lag in einem Außenbezirk der Stadt, in der hauptsächlich Ein- oder Zweifamilienhäuser standen. Die Gärten waren gepflegt und die Nachbarn freundlich. Hier kannte jeder jeden. Waren Fremde unterwegs, wurden sie kritisch beäugt, damit auch niemand sich an einem Auto oder einer Haustür zu schaffen machte.

Ich fühlte mich dort sehr wohl. Auch wenn mich die Albträume immer noch heimsuchten.

Mit Armin hatte ich in der Zeit nach Ralfs Tod wenig Kontakt. Er wollte mit seiner Trauer allein sein. Selbst die langjährige Beziehung zu seiner Freundin beendete er, da er ein neues Leben beginnen wollte. Ich hatte zu Beginn den Eindruck, dass auch ich in diesem Leben keinen Platz mehr hatte.

Umso mehr wunderte es mich, als er eines Tages bei mir zu Hause anklopfte. Er stand vor mir mit einer großen Reisetasche und seinem Gleitschirmrucksack.

Ohne Hallo zu sagen, fragte er: »Hast du noch einen Platz frei? Da du jetzt arbeitslos bist, kannst du sicher jemanden brauchen, der die Miete mitträgt, oder?«

Seitdem wohnt Armin bei mir. Wir arrangieren uns sehr gut. Er kocht für uns beide und ich halte die Wohnung in Schuss. Da wir weiter nichts zu tun haben, nutzen wir den Sommer und gehen so oft wie möglich Fliegen.

Den Job in Stuttgart hatte ich gekündigt. Mein Chef hatte angerufen, als ich noch im Krankenhaus lag; ich sollte meinen faulen Hintern in die Firma bewegen. Jeder müsste Schicksalsschläge ertragen, und ich hätte gefälligst zu lernen, damit zu leben.

Nachträglich muss ich ihm wohl danken. Er hat mich erst dazu gebracht zu überlegen, was das Leben bereithält.

Ist es wirklich dazu da, Tag für Tag die Arbeit zu tun, welche - zumindest in meinem Fall - die Eltern vor langer Zeit ausgesucht haben? Nur weil man damals nicht wusste, was man werden wollte? Sollten Lebenstage damit vergeudet werden, belanglose Dinge zu tun und nur zu warten, bis der nächste Urlaub oder das nächste Wochenende kam?

Ich habe erfahren, was es bedeutet, eine zweite Chance zu bekommen. Und ich habe mir fest vorgenommen, diese Chance zu nutzen.

Ich weiß nur noch nicht, wie.

ENDE

**Ich bedanke mich bei:**

Klaus für die Geduld bei all meinen Fragen, Philipp für die Ideen und den kritischen Blick, meiner Schwester Daniela für die Unbeschwertheit und Zuversicht, Claudia Senghaas und Armin Gmeiner für die Chance der Veröffentlichung und die viele Arbeit, die sie mit mir hatten, und dem gesamten Gmeiner-Team für die freundliche und produktive Zusammenarbeit.

Zuletzt danke ich Mirjam, ohne die ich dieses Buch niemals geschrieben hätte.

*Oliver Becker*
*Schmetterlingstod*
*978-3-8392-1322-3*

»Mit Draufgängertum und seiner unkonventionellen Art bringt Privatdetektiv John Dietz Schwung in die Krimiszene. Ein liebenswerter Antiheld.«

John Dietz hat den Sprung ins kalte Wasser gewagt und in Freiburg eine Privatdetektei eröffnet. Unterstützt von seiner rechten Hand Elvis: einem Papagei. Er hat eine Waffe, einen Computer und jede Menge Enthusiasmus – nur leider keinen Fall. Bis eine frühere Bekannte sein Büro betritt: Laura Winter.

Lauras Schwester ist tot. Überfahren von einem Unbekannten. John Dietz beginnt zu ermitteln – und sticht in ein Wespennest.

GMEINER

*Wir machen's spannend*

*Michael Boenke*
*Nonnenfürzle*
*978-3-8392-1306-3*

Über Daniel Bönles ersten Fall:
»Wer Krimis liebt, wird ›Gott'sacker‹ gerne lesen, und wer die Region kennt, mag das Buch sowieso.«
*Schwäbische Zeitung*

In der oberschwäbischen Provinz will der Berufsschullehrer und Lebenskünstler Daniel Bönle die Fasnetszeit trotz Schulunterricht entspannt genießen. Er besucht mit seiner Klasse ein nahegelegenes Kloster, doch ein Schneesturm zwingt ihn und die Jugendlichen zur Übernachtung bei den Nonnen. Der nächste Morgen hält eine tödliche Überraschung im klösterlichen Gottesdienst bereit …

GMEINER
*Wir machen's spannend*